ミコタにう
ill. 椎名咲月
没
は
Family
家族を養いたい
TOブ

[目次]

The Daughter of
a downfall Earl
Wants to Support
Her Family

Contents

Illustration 椎名咲月
Design Afterglow

伯爵令嬢ただいま所持金ゼロ

「ゲルトルード嬢、このたびはお父上のこと、お悔やみ申し上げます。つきましては、多少なりともお慰めになればと、我がベルツライン子爵家の茶会にお誘い申し上げたいのですが……」

私はその声に振り向いた。

授業を終え、急ぎ帰宅すべく校舎の玄関ホールに向かっているところだった。

我がベルツライン子爵家？　って誰だっけ？　えっと、初対面だよね？　なんかブロンドに青い目の、典型的王子さまタイプのイケメンさんなんだけど。

私は彼のその青い目を見上げて少し困ったように微笑み、制服のスカートに手を添えて軽く膝を折り挨拶した。

「まあ、お誘いありがとうございます。けれど申し訳ございません、当主の急逝により、遺されたわたくしたちは立ち退きを迫られておりまして」

「た、立ち退き？」

「ええ、当主が賭け事で領地をすべて、それにこの王都のタウンハウスに至るまで何もかも失ってから亡くなってしまったものですから」

「え、あの、領地をすべて？」

子爵家ご令息さまの目が一気に泳ぐ。

私は頬に片手を当てて小首を傾げた。

「ええ、ですからわたくしたち、タウンハウスから早急に立ち退きを」

「そ、それは大変なことになりましたね。いや、それではあの、お忙しいでしょうから茶会には無理にご参加くださらなくても……」

そうですね、本当に残念ですが……と私が寂しげに見えるように微笑むと、ベルツライン子爵家ご令息さまはそそくさと去っていった。

その後ろ姿に、私は思わず目をすがめる。

そして傍に控えていた侍女のナリッサが、そのきれいな顔に笑顔を貼り付けたまま、ぼそりと言った。

「あれほどあからさまに手のひらを返してくださるのなら、いっそ清々しくございますね」

「まあでも、そういうものでしょ」

私は小さく息を吐いてナリッサにささやく。

「領地を含め財産をすべて失って、残っているのは伯爵という爵位だけ。それがわかれば、わざわざわたくしに言い寄ってくるような殿方もいらっしゃらないと思うわ」

地味顔でチビのツルペタ体形で華やかさのかけらもない私に、地位と財産以外の目的で言い寄るような男がいるわけないじゃん、と私は率直に思うのだけど、ナリッサは違うらしい。

「そんなことはございません」

頑（がん）としてナリッサは首を振る。「いままでは単に、ゲルトルードお嬢さまの存在が貴族社会の中で知られていなかっただけでございましょう。おそらく今後は貴族家の殿方だけでなく、平民の豪商などもお嬢さまに注目するはずです」

ナリッサの言葉に、私は貴族令嬢らしからぬ顔のしかめ方をしてしまった。

我が家には伯爵位を継げる男子がいない。

当主はかねてより、このまま男子が生まれなければ、長女の私ではなく、妹で次女のアデルリーナに婿をとって跡を継がせると公言していた。

けれど、当主の息子は生まれず、しかも正式な遺言書を作成する前に当主が亡くなってしまったため、このレクスガルゼ王国の法に則り、長女である私の配偶者が伯爵位を継ぐことになってしまったというわけだ。

おかげで、まったくもってはた迷惑な、打算まみれモテ期の到来になりそうである。

家督を継げない貴族家の次男以下の子息が手っ取り早く爵位を得るには、いわゆる爵位持ち娘をつかまえて婿養子に入ることだからね。

ホンット、こちとら身ぐるみ剝がれてそれどころじゃないってのに。とにかく当面の生活資金をどうやって工面するか、それだけでもう頭ん中はパンパンなんだから。

って、そこまであからさまなことは、さすがにナリッサ相手でも口にはできない。若いけど超有能侍女のナリッサとは、ふだんからかなり突っ込んだ話もしているんだけど。

「勘弁してほしいわ。それは確かに、これから商人とのおつきあいは必要だけれど」

ぶなんな返事をした私に、ナリッサはにんまりと悪い笑みを浮かべてくれた。

「とりあえず今夜の取引具合で、商人たちとの今後のつきあいは決まりそうでございますね」

校舎の玄関ホール前の車寄せに次々と馬車が入ってくる。

ただ、いまの時期は、お迎えの馬車の数は少なめだ。秋の収穫期に入っているため、この王都から領地へと戻っている貴族が多いからだ。生徒数が減ることに応じて、学院も明日からしばらく自由登院期間に入る。

我が家であるクルゼライヒ伯爵家の紋章が入った馬車がやってくると、私はナリッサとともに乗り込んだ。

この馬車が自由に使えるのも今日までだ。御者が今日限りで辞めることになっているから。

我が家の使用人の大半は、当主が賭け事で全財産を失った状態で急逝したとわかったとたん、とっとと去っていった。この御者はたまたま、次の仕事が決まるまで少し日にちがかかったというだけの話だ。

ホンット、明日から自由登院期間に入るのがありがたい。通学のために貸馬車や臨時の御者を雇わなくて済むもの。いまは本当に、減らせる出費は全部減らしていかないと。

だってね、もう冗談抜きで、所持金ゼロなの。ホンットにゼロ！

博打で全財産をすってしまうなんて、まったく盛大にやらかしてくれたもんよ。

伯爵家だっていうのに、食材すらいまはツケで売ってもらってる状況って、信じられる？

そりゃあ、ツケであってもまだ、食べるものが手に入っているっていうだけでマシなんだと思うけど……そのツケも、もし払えなかったらどうしようって、本気で毎日胃が痛い。

ああもう、この御者にだって今日までのお給金を日割りで支払わないといけないのに、お金が入るまで待ってもらうことになる。

もちろん、辞めていった使用人たちみんな待ってもらっている状態だ。お母さまがせっせと紹介状を書いてくださったおかげで、みんなすぐ次の仕事が決まったみたいだけど。

こうなるともう、使用人の大半がとっとと辞めてくれてありがたいほどだわ。

債権者であるエクシュタイン公爵さまの代理人だという弁護士からの申し伝えでは、特に期日は設けないので今後の身の振り方をよく考えた上で連絡するように、とのことだったけど、身の振り方って言われてもね。

ギャンブルだろうがなんだろうが正式な証文があるんだから、その証文通り家屋敷全財産を明け渡す以外、ナニをどうしろっていうのよね。

だいたい、相手は公爵さまなのよ？

学院図書館の貴族名鑑によると、現在のエクシュタイン公爵家当主って国王陛下の義理の弟にあたるんだから。つまり、現公爵家当主の姉君が王妃さま。学院の一学年上に王太子殿下も在籍されてるけど、たまーに遠くからお見かけするけど、その王太子殿下の叔父上ってこと。

ちなみに公爵さまにはもう一人姉君がいらっしゃるそうなんだけど、そちらはほかの公爵家に嫁いでいらっしゃるとか。

公爵家に王家。そんな雲の上の高貴なおかたに誰が逆らえるって言うのよ？

まあ、そんな高貴なおかたが博打で相手の身ぐるみ剥いじゃうっていうのも、私ゃびっくりだったけどね！


王都の北西部にある貴族街、その中でも一等地といっていい場所にある壮大なタウンハウスに到着し、私はナリッサと馬車を降りた。

玄関前に立つと、ナリッサがノッカーを持ち上げる前に扉が開く。

「お帰りなさいませ、ゲルトルードお嬢さま」

「ただいま、ヨーゼフ」

出迎えてくれた初老の執事にうなずきながら、私は家に入る。

ヨーゼフが私のケープを受け取りながら言った。

「クラウスさんがお見えです。居間で奥さまとお待ちです」

その言葉に、私は気を引き締める。

今夜は大勝負だ。

少しでも多くの現金をゲットせねば！

しっかり気を引き締めたまま居間へ入ると、ソファーに腰を下ろしていたお母さまが、立ち上がって私を迎えてくれた。

「お帰りなさい、ルーディ」

「お母さま、ただいま帰りました」

私を優しくハグしてくれたお母さまは、ナリッサにも笑みを向ける。

「ナリッサもお帰りなさい」

そして居間にいたもう一人、すらりとした長身の青年が立ち上がり、私に挨拶をした。

「お邪魔しております、ゲルトルードお嬢さま」

「本日はわざわざありがとうございます、クラウスさん」

「どうか、クラウスと」

さわやかな笑みを浮かべたイケメン眼鏡男子は、その笑みを少しばかり苦笑に変えて言った。

「姉弟そろってこれほどお世話になっておりますのに、私が『さん付け』で呼ばれるのはどうにも居心地が悪いですから」

「ええ、お嬢さまも奥さまもクラウスのことはクラウスと」

その姉であるナリッサも、うんうんと頷きながら言う。

「それでクラウス、今日の仕込みはどうなの？」

クラウス青年はにんまりと、姉のナリッサと同じように悪い笑みを浮かべてくれた。

「予定通りだよ、姉さん」

そして彼は私たちに頭を下げる。

「ではこれから最後の作戦会議と参りましょう」

このレクスガルゼ王国では、貴族といえども女性の権利なんてほとんど認められていない。娘は父親の所有物だし、妻は夫の所有物だ。

娘は実子であっても爵位を継ぐことができず、娘の配偶者である夫がその爵位を受け取る。それどころか、娘はどれだけ莫大な遺産を相続していようが、結婚したとたん、それはすべて夫のものになってしまう。それでいて、結婚しなければ女性は爵位持ち貴族であることを認められないんだから、どうしろっていうのよね。

だからあのゲス野郎……ホンットに父親だなんて呼びたくもない我が家の伯爵家当主が、自分の財産をすべて抵当に入れて博打で大負けしやがったおかげで、遺された伯爵家夫人と伯爵家令嬢である私たちは、文字通り路頭に迷いそうな状況になっちゃったわけよ。

いま住んでる家もあるし、たぶん家の中の金庫にはお金もあるんじゃないかと思うんだけど、私たちの財産とは認められてないからね。

おまけにゲス野郎は私だけでなくお母さまにさえ、現金をいっさい持たせていなかった。おかげで所持金ゼロ！

それでも、あのゲス野郎もさすがに全財産を失ったってことにショックを受けたのか泥酔して、帰り道で馬車にはねられて死んでくれたのは、ぶっちゃけ僥倖(ぎょうこう)だったわ。

ええもう、はっきり言っちゃうわよ、全財産を失ってなお、あのゲス野郎が生きてなんかいやがったら、お母さまもアデルリーナもどこぞの変態野郎に売り飛ばされちゃうっていう地獄の未来しか見えなかったもの。

本当に幸いなことに、あのゲス野郎が死んでくれた。

少なくとも、私たちが債権者によってどうこうされちゃう心配だけはない。妻子は夫であり父親である当主の所有物扱いだといっても、『財産』ではないから。

だから私はいま、先のことに不安を覚えながらも、同時に心の底から安堵してる。これから私たちは母娘三人で生きていくんだ。お金がないのは大問題だけど、お母さまとアデルリーナを養っていくくらい、私がなんとかしてみせるわよ！


と、いうわけで、いま我が家の小ホールには商人が七人集合している。

全員が貴族との取引もある名の知れた商人なのだけれど、七人もまとめて貴族の邸宅に呼ばれるなんてことは彼らも初めてらしく、ちらちらとお互いのようすを探るような視線をかわしつつ微妙な顔をしていた。

「お待たせいたしました」

お母さまが声をかけ小ホールへ入っていくと、商人たちはさっと姿勢を正して恭しく礼をする。

「本日は当家への来訪、感謝いたします」

未亡人らしく黒のシンプルなドレスに身を包んだお母さまは、商人たちが思わず息を呑んでしまうほどの美しさだ。可憐に整った顔立ちはもちろん、輝くようなプラチナブロンドに、透き通ったアメジスト色の瞳。肌は抜けるように白く、冗談抜きでシミもシワもまったく見当たらない。

本当に、私みたいにすでに王都中央学院へ通っているような年齢の子どもがいる母親なのかと、誰もが疑わずにはいられない清楚な美しさがお母さまにはある。

お母さまに続いて娘の私も小ホールに入ったんだけど、たぶん私の姿は商人たちにはまるで見えてないんじゃないかな。まあ、自慢じゃないけど自慢できるほど私の容姿は地味で平凡だから。

私の後に控えている侍女のナリッサも、いまは気配を消してる。ナリッサも、お母さまとはまったくタイプは違うけど実はものすごい美人さんなんだよね。きりっとした顔立ちなんだけど、赤銅色の髪は本当につややかで、エメラルド色の瞳は一度見たら忘れられないほどに印象的だ。しかもすらっとした長身で、出るとこはばっちり出た超ナイスバディだし。

で、案の定お母さまの美貌にくぎ付けになってた商人たちは、そのお母さまの後ろに控えているイケメン眼鏡青年クラウスくんの姿に気が付いたとたん、少しばかりざわついた。

お母さまはそんな彼らのようすにまるで気を留めることなく、柔らかなほほ笑みを浮かべて言葉を続ける。

「このたび、当クルゼライヒ伯爵家が長年所有してきました宝飾品を、いくつか手放すことにいたしました。購入を希望されるかたは、ぜひ名乗りをあげてくださいませ」

そう、我が家のこの小ホールで、いまからオークションが開催されちゃうのよ。

妻の財産はすべて夫が所有できるのがこのレクスガルゼ王国の法律だ。ただし宝飾品、いわゆる貴金属のアクセサリー類だけは、代々女性が受け継ぐという『名目』になっている。本当に名目だけなので、実際は夫や父親が勝手に売り払ったりできちゃうんだけど。

それでも、実質がどうであろうが、名目はちゃんとある。

つまり、宝飾品は名目上妻の所有となるので当主の財産とはみなされず、今回あのゲス野郎がつくった借金の形になってる『伯爵家当主の全財産』からは除外されるというわけ。

たぶんこれって、貴族女性に対する一種の救済措置だと思うんだけどね。だからもう、売れるものは売払っちゃって、当面の生活費に充てることにしたのよ。

ただ、そこで問題になったのが、いったいいくらで売れるのか、ってこと。

なにしろウチは伯爵位だけど歴史が長く、しかも代々国政において重要な役割を担ってきた、いわゆる名門だ。その伯爵家が何代にもわたって所有してきた家宝ともいえる宝飾品なんだけれど、私にはその正確な市場価値がわからない。

しかも、伯爵家当主が博打で身ぐるみ剥がれて亡くなったなんて情報は、目ざとい商人ならすぐにつかんじゃうはず。そうなると、路頭に迷いそうな私たちが、貴族女性の救済措置にすがって宝飾品の売却に踏み切ることは、誰でもすぐわかっちゃうよね。

つまり、商人から足元を見られて、安く買いたたかれちゃう可能性がめちゃくちゃ高い、ってことだ。

だから私は、できる限り高値で販売できるよう、このオークションを計画したのよ。

そう、オークションを開こうなんてことを思いついたのは私が前世の記憶、それも二十一世紀の日本で暮らしていた記憶を持つ転生者だったから、なんだけどね。

現金ゲットの秘策は大成功！

お母さまの言葉に、その場の商人たちがまたざわついた。

けれど、お母さまはやはり彼らのようすなんかまったく気にせず、にこやかに続ける。

「では、今回ご用意した宝飾品を実際に見ていただきましょう。ヨーゼフ」

呼ばれたヨーゼフが一礼して廊下に出る。そしてすぐに、身なりのよい初老の男性を伴って小ホールに戻ってきた。

ヨーゼフが連れてきたその男性は、自らの手でワゴンを押している。そして見るからに神経質そうなようすで、ピンと背筋を伸ばすとワゴンから手を離さずに挨拶をした。

「私はケールニヒ銀行副頭取でグラスラッドと申します。クルゼライヒ伯爵家より長年お預かりしておりました宝飾品をお持ちいたしました」

レクスガルゼ王国の銀行は、お金だけじゃなく宝飾品も預かってくれる。ただし、宝飾品の場合は管理費をこちらから支払って、貸金庫を使用するような形で預かってもらうのだけれど。

運ばれてきたワゴンの上には繊細な細工が施(ほどこ)された保管箱が五つ並んでいる。この箱だけでも結構な値打ちがあるんじゃないかしらと、根が庶民な私は思っちゃう。

「それでは、今回お持ちした宝飾品をご覧いただきましょう」

副頭取が白い手袋を装着した手で、保管箱を端から順に開いていく。

商人たちが息を詰めている。

最後に一番大きな箱が開かれたときには、声にならない感嘆の息が商人たちから漏れた。

そこには、『クルゼライヒの真珠』と呼ばれている、大粒の真珠をあしらったチョーカーが収めてあったのだから。

クルゼライヒ伯爵家は、真珠の蒐集で知られている。外交官だった四代前の伯爵が、海のある異国に赴任したとき、その地の真珠に魅せられて蒐集を始めたのだという。

蒐集された真珠の宝飾品はいくつもあるのだけれど、『クルゼライヒの真珠』といえば通常、このチョーカーを指す。我が家の蒐集品の代名詞ともいえる逸品だからだ。

「それではここからは、わたくしではなく、こちらのかたにお願いしますね」

そう言ってお母さまは、自分の後ろに控えていたクラウスに視線を送りほほ笑んだ。

お母さまに目礼したクラウスが、商人たちの前へ出る。

「すでにご面識を得ていただいているかたもおられますが、まずはご挨拶を。私はこのレクスガルゼ王国王都リンツデールの商業ギルドにおいて、宝飾品部門の一端を担わせていただいております、クラウス・ハーツェルと申します」

有数の豪商たちがずらりと並んでいるというのに、クラウスは実に落ち着いたようすで淡々と話し始めた。

「今回、こちらのクルゼライヒ伯爵家未亡人コーデリアさまよりご相談をいただき、このような形で私ども商業ギルドが仲立ちをさせていただくこととなりました」

「質問はいいかね、ハーツェル」

最前列にいた年配の、でっぷりとした商人が手を挙げた。

「どうぞ」

「これまでこちらのクルゼライヒ伯爵家には、我がゴドクリフ商会が出入りさせていただいていたことについて、きみも承知していると思っていたのだが」

そう言い始めたその商人の目に、明らかな不満が浮かんでいた。

私はそのようすに、ひっそりと目をすがめる。

コイツか、あのゲス野郎とつるんでた悪徳商人は。

「商業ギルドで伯爵家未亡人が宝飾品を手放すご相談を受けたというのなら、まずは出入り商人である私に話をもってくるのが筋というものだろう。それなのになぜ、今回はこのように多数の商人がこの場に居るのだろうか？」

もはや、言葉の上でもはっきりと不満を表明したその商人に対し、クラウスは変わらず淡々と答えた。

「それは今回、ほかでもないクルゼライヒ伯爵家の蒐集品が市場に出ることになったからです」

「私がお願いしたのですよ」

商人たちが並ぶ、その最後列から声があがった。

「噂に聞く『クルゼライヒの真珠』が売却されるのではと思い、こちらの商業ギルドにお願いしたのです。どうにかして、私が手に入れる方法はないだろうか、と。なにしろ我がホーンゼット共和国にも聞こえた名品ですからね」

堂々とした体躯に快活な笑みを浮かべて言ったその壮年の商人に、ほかの商人たちの視線がいっせいに集まる。ただし、その視線はまったく好意的なものではない。

けれど視線を向けられた商人は頓着したようすもなく、さらに明るい声で笑った。

「まさか競売にしていただけるとは。これなら、我々のような異邦の商人にも、平等に機会を与えていただけるというものです」

そう言ってその商人は、自分のとなりにいる商人にその笑顔を向けた。

笑顔を向けられたほうの商人も、同じく笑顔を浮かべる。

「エエ、本当にありがたいコトデス。ワタシの国でも、コレホドの真珠はメッタにお目にかかれマセン」

「お聞きの通り、クルゼライヒ伯爵家の蒐集品、特に真珠の蒐集品に関しては、他国にまで知れ渡っているほどの逸品ぞろいです」

クラウスがまた口を開いた。

「今回、どのようなお品を手放されるかについてはいっさいの情報を伏せておりましたが、それでも他国のかたがたも非常に興味をお持ちだと伯爵家未亡人にお話ししたところ、ぜひ他国のかたがたにも当家の蒐集品をご覧いただきたいとおっしゃってくださいまして」

「そうなんですの」

クラウスの言葉を受けて、お母さまがにこやかに言った。

「当家の真珠はもともと四代前の当主が他国より持ち帰ったものですもの。我が国内だけにとどめておくべきではないのかもしれないと思いましたの」

最前列にいた例のゴドクリフとかいう商人が顔を伏せる。

まあ、よくぞ舌打ちを堪えたと本人は思ってるんじゃないだろうか。私はソイツが顔を伏せる直前に、お母さまを忌々しげににらんだのを見逃さなかった。たぶん、これだから常識というものを知らない女は、とか思ってんだろうね。

でも、これこそが私の狙いだった。


あのゲス野郎は、私はもちろんお母さまにもお金のことはいっさいタッチさせなかった。おかげで私たちは、我が家にどんな商人が出入りしているのかも知らなかった。だから、未亡人であるお母さまが宝飾品の売却について商業ギルドに相談すること自体は、それほど不審な行動じゃない。たいていは、そこで商業ギルドから出入りの商人を紹介され、出入りの商人がほぼ独占的に買取を行うものらしい。

だけどね、そもそも我が家に出入りしている商人が、まっとうな商人であるはずがないのよ。そりゃあもうあのドケチのゲス野郎と長年取引してたってだけで、簡単に想像できちゃう。誰がどう考えたって悪徳商人でしょうが。

そんなヤツが、まっとうな値段で我が家のお宝を買い取ってくれるとは到底思えない。

だから私は、なんとかほかの商人も巻き込んでオークション、つまり競売制にして一番高い値段を付けた商人に売りたいと考えたのよね。

そのことを侍女のナリッサに相談したところ、弟のクラウスを紹介してくれたってわけ。弟が商業ギルドに居るっていう話は以前から聞いていたし、私としてはオークションに参加してくれそうな商人のリストを横流ししてもらえればってくらいだったんだけど。

でも話を聞いたクラウスは、大乗り気でやってきてくれた。

クラウスによると、貴族の邸宅で競売によって宝飾品を売却するなど、いままで聞いたこともないとのことだった。

それでも競売という制度自体は存在するので、単に多数の商人を集めて競売を行うだけなら商人同士で事前に、場合によってはその場で根回しをして、競り合うようなふりをしながらも誰がどの程度の金額で落札するのか決めてしまう、つまり談合を行う可能性が高いとのことだった。

商人は、同業者は競争相手であると同時に、協力相手として横のつながりが強いらしい。特にふだんから貴族を相手にしている商人にはその傾向が顕著だという。

その対応策として、クラウスは他国の商人を競売に参加させることを私に提案してくれた。他国の商人であれば、この王都の商業ギルドに登録していても横のつながりは強くない。根回しをすることは難しく、しかも『クルゼライヒの真珠』が購入できるというのであれば積極的に競り合ってくれるはずだと、クラウスは教えてくれた。

さらには、競売による買取といういわば掟破りの方法をとることについても、いままで商取引などまったくしたこともない深窓の令夫人が、ただもう無邪気によかれと思って行っただけということにしておけば、出入りの商人であろうが表立って異議を唱えることはできないだろうということも、クラウスは悪い笑顔で教えてくれた。

そんでもって競売に参加できる他国の商人まで紹介してくれたんだから、イケメン眼鏡男子クラウスくんってば有能が過ぎるってもんだわ。

で、先ほどの、隣国であるホーンゼット共和国のイケオジ商人の発言である。

かの商人にクラウスが話を持ちかけたところ、願ってもないことだと大喜びして私の企みに乗ってくれたらしい。

その上このイケオジ商人は、他国の商人が自分だけではあからさま過ぎるだろうと、知り合いであるロウナ王国の商人も連れてきてくれたんだ。実際、ロウナ王国の商人も『クルゼライヒの真珠』にはとても興味を示しているとのことだった。

結果、我が家のオークションは大成功だったといっていいんじゃないだろうか。

注目の『クルゼライヒの真珠』こと大粒真珠のチョーカーと、そのチョーカーとセットで使える真珠のイヤリングは、クラウスが教えてくれていた予想価格よりはるかに高い価格で、隣国のイケオジ商人が落札してくれた。

イケオジ商人は本当に積極的で、ロウナ王国の商人と、それにやはり意地があったのか我が家の出入りだという でっぷり商人との三つ巴状態で競り合ってくれた。

正直、このレクスガルゼ王国ではホーンゼット共和国のことをよく思っていない人が多いので、そんなに派手に競り合って今後の取引に影響しないんだろうかと、こっちが気を揉んでしまったくらいだ。

なお、今回出品したほかの宝飾品のうち、珍しいイエローダイヤモンドのペンダントと、そのペンダントとセットで使える同じイエローダイヤモンドのイヤリングはロウナ王国の商人が競り落としてくれた。

そして、ちょっと小ぶりながらも粒のそろった真珠をあしらったピンブローチは我が国の商人、それも結構若手の新興商会らしい商人が競り落としてくれた。

いずれも、事前に聞いていた予想価格よりも高額になり、私はもう落札のたびに心の中でガッツポーズをしまくっちゃったわよ。

だって現金ゲットよ、現金！

とりあえず、いままでツケにしてもらってる諸々の支払いをして回らなくちゃ。いやもう、ツケの支払いなんて伯爵令嬢にあるまじきみみっちさかもしれないけど。

でもね、伯爵令嬢的なお金の使い方もすでにスタンバイしてるのよ。

家を買うの！

新居として、すでに目をつけてる小さなタウンハウスがあるの。そのタウンハウスを買うに十分なお金が手に入ったどころか、お釣りがきちゃうのよ、真珠のチョーカーとイヤリングの代金だけで！

ああもう、タウンハウスを買えるだけの資金が確保できて本当によかった。

最初はタウンハウスじゃなくてテラスハウスを、要するに一戸建てのお家じゃなくて長屋式の、もうちょっとお安い家を考えてたのよね。庭もなくて維持費だって安く済むし、馬車も同じ並びの貴族家同士で共有できたりするし。

でも、商業ギルドを通して問い合わせをしたテラスハウスは、軒並み断られちゃったのよ。

理由は、爵位持ちの、しかも伯爵なんて上位爵位のご一家にお住みいただけるような物件ではございませんから、ってことらしいんだけど。要するに、上位貴族が下位貴族の住居を買いあさってんじゃねーよって意味だったらしくて。

そんなこと言ったって、こっちはもう領地も失って身ぐるみ剥がれて没落確定なのよ、爵位だけで食べていける状況じゃないってのにー！

ホンット、貴族って面倒くさい。

その後、商業ギルドっていうかクラウスから、小ぶりなタウンハウスが売りに出たって教えてもらったので、なんとかそこを購入できるだけの資金を捻出しなきゃって思ってたの。

結果、タウンハウス購入のお釣りとほかの品の代金を合わせれば、三〜四年は暮らしていけるだけの資金になったと思う。もちろんぜいたくはできないけど十分よ。

ちょっともう、涙目になりそう。

「このたびは、世に聞こえる素晴らしい品を我が手にさせていただくという光栄に浴し、このルーベック・ハウゼン、身が震えるほどに感激しております」

いくぶん芝居がかったようすで、イケオジ商人のハウゼンさんがお母さまの前に跪いた。

オークションが終了し、落札した商人以外はすでに場を辞している。

「こちらこそ、当家の品を本当に望んでくださったかたにお求めいただだけて、よかったですわ」

おっとりとほほ笑むお母さまが差し出した手を、イケオジ商人がそっと受け取ってその指先に軽く唇を寄せた。もちろん、手袋越しね。

「さらには、クルゼライヒ伯爵家の令夫人である貴女さまにこうしてお目にかかれたことも、この上ない喜びにございます」

思わず、私は目をすがめちゃった。

いやいや、イケオジ商人さんには感謝してるけど、お母さまに色目なんか使ってくれちゃったりしたら許さないからね？

イケオジ商人は名残惜しそうにお母さまの前から下がり、代わってロウナ王国の商人が進み出てきた。南方の国らしく褐色の肌をしたその商人は、同じようにお母さまの前に跪き、その手を取って挨拶している。

「このタビは、たいへんよい品をいただきマシタ。マコトにありがとうございマス」

「喜んでいただけて、わたくしとしても嬉しいですわ」

「ハイ、またこのような機会があれバ、ゼヒおよびくだサイ」

「ええ、ぜひ来てくださいませ」

どうやら、我が家の真珠コレクションがこれで終わりじゃないことは、他国の商人にも知られているらしい。

前世の日本と違い、養殖技術が確立されていないこの世界において、真珠は本当に希少で高価な宝飾品なんだ。それはもう、ダイヤモンドよりも貴重だといわれているほどに。

だから、有数のダイヤモンド鉱山を持つホーンゼット共和国のイケオジ商人も、強烈に我が家の真珠コレクションを欲しがったのかなと思う。

って、つまりこれは今後、急な物入りがあったときなんか、またオークションを開催すれば資金をゲットできるってことよね？　覚えておかなくちゃ。

最後に、真珠のピンブローチを落札してくれた商人がお母さまの前にやってきた。

「今回、このような場を設けてくださったこと、本当に感謝に堪えません。私どものような新参者が、まさか名門クルゼライヒ伯爵家の蒐集品を手にすることができようとは、夢にも思っておりませんでした」

その若い商人は興奮した面持ちで跪き、キラキラした目でお母さまを見上げている。

「まことに僭越ではございますが、またこのような機会がございますれば、ぜひ私どもツェルニック商会にお声をかけてくださいますよう、どうかよろしくお願い申し上げます」

「ええ、それはもう」

お母さまはにこやかに答えてる。「こちらこそ、今後もよろしくお願いしますね」

うーん、この商人はお母さまに色目とかじゃなく、純粋に我が家と取引できたことに感動してるみたいね。商人として箔がついたってことかしら。

ツェルニック商会ね、宝飾品以外にもどんなものを扱っているのか、あとでクラウスくんに確認しとこうっと。全財産を失った没落伯爵家であっても喜んでくれるなら、こちらとしても積極的に取引させていただきたいもの。

「それでは、お支払いとお品のお引き渡しは、クルゼライヒ伯爵家未亡人コーデリアさまと副頭取である私、グラスラッドの立ち会いのもと、当ケールニヒ銀行にて行わせていただきます」

副頭取さんの言葉に、その場の全員がうなずく。

「伯爵家未亡人には、これより当行にご足労願えますでしょうか」

「もちろんですわ。よろしくお願いしますね、グラスラッド副頭取」

お母さまが鷹揚に答えた。なにしろ超高額商品の受け渡しである。一応現金ではなく手形による取引になるそうなのだけれど、もう銀行で代金を受け取ってそのまんま銀行の口座に振り込んでもらうことにした。

幸い、ケールニヒ銀行にはお母さまが結婚のさい、持参金用に作った口座が残っていたし。

いやもう、妻の財産は夫のもの、ってことで中身はとっくにあのゲス野郎に使い尽くされて空っぽになったままらしいんだけど、よくぞ口座は残しておいてくれたって感じよ。だってお母さま名義の口座である以上、今回の売上金を預けておいても債権者であるエクシュタイン公爵は手が出せないからね。

我が家の玄関前、車寄せには、商人たちが乗ってきた馬車に続き、見るからに厳つい護衛に囲まれた重厚な馬車が入ってきた。

その馬車の窓にはめられた鉄格子を横目に、コレってつまりこの世界の現金輸送車みたいなもんよね、と私は思ってしまう。

そう、この馬車で我が家の宝飾品は銀行から運ばれてきて、また銀行へと運ばれていくんだ。さすがに超高額商品の運搬だけあって十分にものものしい。

その重厚な馬車に我が家の、いや元我が家の宝飾品が積み込まれ、お母さまが執事のヨーゼフを伴って乗り込む。そして副頭取が乗り込み、最後にギルド職員のクラウスが乗り込むさい、私はそっと彼に耳打ちした。

「例のタウンハウスなのだけれど、できるだけ早く手付金を納めておいてもらえるかしら?」

「かしこまりました、ゲルトルードお嬢さま」

にっこり笑ってクラウスが答えてくれた。

超有能イケメン眼鏡男子クラウスくんにお願いしておけば間違いあるまい。

お母さまたちが乗り込んだ馬車が門を出ていくのを見送り、私はナリッサとともに邸内に戻った。

そのとたん、なんかもうドッと脱力しちゃって、思わずナリッサにもたれかかってしまう。

「上々の首尾です、ゲルトルードお嬢さま」

澄ました笑みを浮かべたナリッサが、私の肩を支えてくれた。

「ええもう本当に、クラウスには感謝しきりよ」

脱力したまま私が答えると、ナリッサは私の肩を軽く撫でてくれる。

「何をおっしゃいます。貴族さまの邸宅で競売を行うだなんて、そんなことを考えつかれたゲルトルードお嬢さまは本当にすごいと、クラウスは本気で感心しておりましたよ」

いや、まあ、私に前世の記憶があるからこそ、だったんだけどね。

「それに、商業ギルドにも競売仲介の手数料を支払っていただけるのですから、クラウスとしても新しい形態の仕事が開拓できたと、本当に喜んでおりました」

そうなんだよね、私は最初からクラウスには説明しておいた。売上金額のうち一定の割合を商業ギルドに仲介手数料として支払うってことを。

クラウスはその話に本当に驚いていた。貴族が自らギルドに金銭を支払うと言い出してくれるだなんて、まったく思っていなかったらしい。しかもクラウスは、我が家が身ぐるみ剥がれて切羽詰まった状態にあることも知ってたしね。

だから、当初彼は私の申し出を固辞してた。我が家の取り分をたとえ少しでも減らすべきではないと言って。ホント、有能な上にいいヤツ過ぎるよクラウスくん。

でも、私は彼を説得した。

だってこれから先、我が家のような立場に追い込まれる貴族女性って絶対出てくると思うから。

そのとき、我が家が先例となってこういう方法もあるってことを示せれば、商業ギルドのほうから困窮している貴族女性に話を持っていくことができる。仲介手数料を求めるのだから、あくまで商業ギルドの仕事の一環として、ね。

そうすれば、市場のことなどよくわからない貴族女性が、出入りの商人にいいように買いたたかれてしまうことは避けられる。

そして、その仲介手数料は定額ではなく、売上金額によって変動するよう歩合を決めさせてもらった。それなら少額の取引であっても、手数料によって貴族女性の取り分が変に目減りすることが避けられるから。

それに、宝飾ギルドではなく全体を統括する商業ギルドが仲介をするように決めておけば、宝飾品以外の美術品や調度品、銀食器なんかもオークションにかけられる。可能性はできるだけ広げておきたいと思ったんだよね。

今回はクラウスが商業ギルドの宝飾品部門に在籍していたことも幸いして、この話はとんとん拍子に進んだ。

本当に、今後私たちのような立場に追い込まれてしまった貴族女性が一人でも多く救済されますようにと願わずにいられない。

お姉さまは頑張ります

ようやく一息ついた私は、ナリッサとともに厨房へと向かった。

厨房の扉を開けたとたん明るい声が響く。

「ルーディお姉さま、お仕事は終わったのですか？」

「ええ、お待たせしてごめんなさいね、リーナ」

嬉しそうに飛びついてきた妹のアデルリーナを、私はぎゅっと抱きしめる。

はぁー癒される。てかもう、あらゆることが浄化されちゃう気分。

十歳になる妹のアデルリーナは、私の天使だ。

本当に素直でかわいくて、たとえこのお母さま譲りの輝くような容姿でなくても、私はこのかわいいかわいいかわいい（大切なことなので三回言いました）妹を溺愛しまくる自信ありまくりである。むしろ、この輝くような容姿のおかげで悪い虫がつくんじゃないかと、お姉さまとしては心配しまくりである。

アデルリーナのほうも姉である私をとても慕ってくれていて、いまも私に抱きついたまま嬉しそうに話してくれる。

「ルーディお姉さま、今日はわたくし、おイモをつぶしましたのよ。とってもきれいにつぶせているって、カールもほめてくれましたの」

アデルリーナが示すところ、厨房のテーブルの上には、蒸かしたじゃがいもをつぶして入れたボウルが置いてある。

そのボウルを前に、一人の少年が得意気に立っていた。

「ゲルトルードお嬢さま、アデルリーナお嬢さまはお料理がとてもお上手ですよ」

「まあ、素晴らしいわ。リーナはお料理も天才なのね。それにさすがカールね、リーナの素晴らしさがよくわかっているようね。今度ゆっくりリーナの素晴らしさについて語り合いたいわ」

私がデレデレになって言う横から、ナリッサが冷静に突っ込んでくれる。

「ゲルトルードお嬢さま、カールと語り合うのはおやめください」

そのままナリッサは、さくさくとテーブルの上に並べられた料理を検分していく。

「お食事はご用意できてるようね、カール」

「うん、すぐにお出しできるよ、ナリッサ姉さん」

カールは、ナリッサの下の弟だ。上の弟のクラウスとナリッサは一歳しか違わなくて二十歳と十九歳なんだけど、カールはちょっと歳が離れていてまだ十二歳だ。まあ、我が家も私とアデルリーナは六歳違いなんだけどね。

一年ほど前に我が家の下働きに入ったばかりのカールには、あらゆる雑用をこなしてもらっている。なにしろいまは、使用人が片っ端から辞めてしまった状態なのだから仕方ない。

今日も私たちがオークションを開催している間、こうやってアデルリーナの相手をしながら厨房で食事の準備をしてくれていたんだ。

実際、カールは料理もなかなかの腕前だ。幼いころに両親を亡くし、姉と兄が働きに出た後は孤児院に預けられていて、孤児院ではよく厨房を手伝っていたらしい。いまは我が家に住み込みなので、姉のナリッサと一緒に暮らせて本当に嬉しいと言ってくれている。

ちなみに、ナリッサも最初は十二歳で我が家ではないほかの貴族家へ侍女見習いに出ていて、クラウスは十一歳で商業ギルドの下働きになったと言っていた。それでも、働きに出るには遅いほうだったらしい。

このレクスガルゼ王国には平民のための学校施設などがなく、平民はみな幼いころから働きに出る。ナリッサたちはそれでも、両親が生きている間はそれなりに恵まれた暮らしだったと言っていたけど、なんの保障もないこの国で親を亡くした子どもたちがどんな目に遭うか想像に難くない。

ナリッサもクラウスも、幼い弟のカールを育てるために本当に頑張ってきたんだと思う。

まあその結果、さっくり悪い笑顔を浮かべちゃうようなワザも身に付けちゃったんだろうね。


今日もテーブルの上には、カールが調理してくれた美味しそうなものが並んでいる。

アデルリーナがつぶしたじゃがいもに加えて、サラダにするために刻んだ野菜とゆで卵が用意され、美味しそうなハムとチーズがきれいに切りそろえられてお皿に盛られている。かまどにかけてあるお鍋からはいい匂いがただよっていて、おそらく野菜たっぷりのスープが用意されているんだろう。


ああでも、これでやっと、毎日ごはんを食べながら、このごはんの代金を支払えなかったらどうしようなんて思い悩まずに済む。

ホンット、伯爵家がお肉や野菜を街の商店からツケで買うってどうよ？

お母さまには現金もある程度持って帰ってくれるようお願いしておいたから、ヨーゼフに頼んで明日からツケを払ってもらおう。

「奥さまはまだお戻りではないんですか？」

現金が手に入った幸せを噛みしめていた私にカールが問いかけた。

「ええ、お母さまは少し遅くなられるわ」

私が答えると、カールはちらりとアデルリーナに視線を送ってからまた私に問いかけた。

「じゃあ、お食事はどうしましょう？」

「そうね……」

私もちらっとアデルリーナに視線を送ってしまった。

幼い妹の夕食をあまり遅くしたくない。お腹もすいているだろうし、遅い時間に食事をとると寝つきも悪くなる。

かわいいかわいいアデルリーナには、いつも幸せな気持ちでいてもらいたいから、いつもしっかりごはんを食べてぐっすり眠って健康に過ごしてもらわないと。

でもかわいくて賢いアデルリーナは、私とカールがちらりと寄こした視線の意味が、ちゃんとわかってる。

「ルーディお姉さま、わたくしもお母さまといっしょにお食事をとりたいです」

おねだりするようにアデルリーナが私の袖をつかんでくれちゃうと、ついよろめきそうになってしまう。でもダメ、子どもは早寝早起きが基本なんだから！

だから私は心を鬼にして言うのよ。

「そうね、でもリーナを夜更かしさせてしまうと、お母さまも心配されるわ。明日はまたみんなで一緒にお食事ができると思うから、今日は先にいただきましょうね」

「でも、お姉さまはお母さまをお待ちになるのでしょう……？」

しょんぼり加減で眉を下げて私を見上げてくるアデルリーナ、もうなんなのこのかわいさは！

ああもうこんなにかわいいかわいいかわいい（以下略）。

「じゃあわたくしも、スープだけリーナと一緒にいただくわ」

「よかった！　ありがとうございます、ルーディお姉さま！」

ぱあっと顔をほころばせるアデルリーナ、もう傍にいてくれるだけでこんなにも私を幸せな気持ちにしてくれるほど本当にかわいくてかわいくてかわいく（以下略）。

私のダダ漏れ妹愛に慣れ切ってるナリッサは、私とアデルリーナのやり取りを華麗にスルーしてカールに指示を出し、さくさくと食事の準備をしてくれていた。

「カール、私がお皿を出してる間にスープをご用意して」

「うん、スープはゲルトルードお嬢さまと二人分だね」

いつの間にか、アデルリーナがつぶしたじゃがいもにはゆで卵や野菜が混ぜ込まれてサラダが完成していて、ナリッサは戸棚から出してきたお皿にさくさくと盛り付けていく。

「ではお嬢さま、朝食室に参りましょう」

ナリッサが厨房の扉を開け、私たちを先導してくれる。食事を載せたワゴンを押すカールが後に続く。

このレクスガルゼ王国の貴族の食事は、基本的に朝と夜の二食だ。朝は比較的遅い時間に食べ、午後にアフタヌーンティー的な軽食やおやつがあり、夜かなり遅い時間の晩餐となっている。

朝食はたいてい自宅の朝食室でとり、夜は自宅の晩餐室でとるか、どこかの夜会に招かれてそこで晩餐をいただく。

午後のアフタヌーンティー的なのっていうのはアレね、帰宅時にいきなり声をかけてきたナントカ子爵家のご令息がご招待しようとしてくれてたお茶会のことね。

我が家の晩餐室はすでに閉鎖してある。

あんなだだっ広い部屋を毎日セッティングして食事のためだけに使うなんて、使用人がほとんど残っていないいまの状況ではどう考えても無理だもの。それにどうせこのタウンハウスは、もうすぐエクシュタイン公爵に明け渡さなきゃいけないんだし。

だからいまは、朝も夜も厨房の隣にある朝食室で済ませている。

朝食室の扉を開けると、ナリッサは右手の親指と人差し指をきゅっとこすり、その指先に淡く小さな光を灯した。

そしてその光をまとった指先で、入り口脇の照明器具にセットしてある魔石を軽く押す。そのとたん、ぽうっとやわらかい明かりが室内を照らした。

そう、これは魔法。

この世界には、魔法があるんだよね。

私が前世の記憶を思い出したのは十二歳のときだった。

それまでも、私には何か不思議な記憶があるようだという、そういう自覚はあった。

フッと頭に浮かんでくるモノや言葉を誰かに伝えても、誰もそれが何なのか理解してくれない。そういうことがよくあった。周りからすると、なんとも奇妙な子どもだっただろうな。

それが、なぜか魔力の発現と同時に前世の記憶をはっきりと思い出したんだ。

しばらくは前世の記憶と今世の記憶が入り混じってしまって混乱したけど、少ししたら落ち着いた。そんでもって、中近世のヨーロッパ的な雰囲気でしかも魔法があるだなんて、ずいぶんとテンプレな異世界に転生しちゃったんだなあって思ったもんだ。

おまけに貴族のための学院まであるし、もしかしたらこの先、乙女ゲー的展開もあるのかもしれないとも思っちゃったわ。

ま、そんでも間違いなく私はモブ令嬢だな、すでに没落確定だし。見た目は華やかさのかけらもない地味子で、名前だってゲルトルードだからねえ。日本人的感覚からすると全然ヒロインっぽくないこの響きでしょ。私自身は、お母さまがつけてくれた名前だから気に入ってるんだけど。

魔法があって魔石もあるんだから、このレクスガルゼ王国でも辺境には魔物が出る。魔物からは魔石がとれる。ほかにも魔力を帯びた鉱石も採掘されていて、そちらと区別するために魔物からとれた魔石は魔物石、採掘された魔石は魔鉱石と呼ばれている。

この国では平民も多少魔力を持っているのが普通で、いまナリッサがしたように自分の魔力で魔物石や魔鉱石を起動し、明かりを灯したり料理のための火を熾（おこ）したりお風呂のお湯を沸かしたりなんていう、日常生活に必要な動力として使っている。

平民と貴族が違うのは、その魔力量だ。

貴族はたいてい平民よりはるかに多い魔力を持っており、しかもそれぞれ固有魔力を持っていることが多い。

固有魔力は大雑把に言って操作系と身体系にわかれている。つまり、火や水などの物質や雷といった現象などを操ることができる魔力と、特定の身体能力を著しく強化できる魔力だ。

固有魔力が操作系になるか身体系になるかは親、特に母親からの遺伝が大きく影響するらしい。

私も一応、お母さまと同じく身体系なんだけど……いや、これって同じ身体系魔力って言っていいの？　っていうくらいモノが違うんだよね。確かに特定の身体能力を著しく強化できるっていう点では同じなんだけど、なんかもう、ナニがいったいどうなってこうなった？　って感じの落差なのよねえ……。

私が一人脳内突っ込みをして凹んでる間に、テーブルがセッティングされていった。真っ白なテーブルクロスの上に料理とカトラリーが並べられていく。本来なら、私たちが席に着いたところで順番に料理がサーブされていくんだけど、いまは侍女がナリッサしかいないので簡略化したマナーにしちゃってるんだ。

でもそのおかげで、アデルリーナも一緒に夕食をとることができる。

まだ幼いアデルリーナは正式な晩餐の席に着くことが許されておらず、これまでずっと夕食は子ども部屋で一人きりで食べてたんだよね。だから、いまこうやって簡略化した形で私やお母さまと一緒に食事ができるのが嬉しくてたまらないらしい。

それに私も、だだっ広くてテーブルの端と端では大声を出さないと聞こえないような晩餐室で、お母さまと遠く離れて座らされた食事なんて一人で食べてるのと変わらなかったし、ごくごく稀にあのゲス野郎と同席してピリピリした雰囲気の中で食べる晩餐なんかろくすっぽ味なんかしなかったけど、いまは毎日の食事が楽しい。

こんな数人が座ればいっぱいになる程度の朝食室で、アデルリーナやお母さまと他愛もないおしゃべりをしながら食事ができるんだもの。

でもアデルリーナは、カールが作ってくれた美味しいスープをいただきながらぽつんと言った。

「どうしてわたくしはまだ、魔力が発現しないのでしょう。魔力が発現すれば、わたくしもお姉さまやお母さまと、いつだっていっしょにお食事ができるのに……」

「リーナ」

私は思わずスプーンを持った手を止めてしまった。

貴族も平民も、だいたい十歳前後で魔力が発現し使えるようになる。貴族の場合、魔力が発現することでもう子どもではないとみなされ、正式な晩餐にも出席を許されることが多い。

「いつも言っているでしょう？　わたくしも魔力が発現したのは十二歳と少し遅かったのよ。お母さまも十二歳になる直前だったとおっしゃっていたし。リーナはまだ十歳なのだから、発現していなくてもちっともおかしくなくてよ」

「それは……そうなのですけど……」

あああやっぱりしょんぼり加減で眉を下げちゃうアデルリーナ、かわいすぎる。

ホンットに私の妹はどんな顔をしていてもすべての表情がかわいくてかわいくてかわいい、いやそうじゃなくて、ちゃんと励ましてあげないと。

「大丈夫よ、いずれリーナの魔力も発現して、わたくしたち母娘三人、これからいくらでも一緒にお食事をすることができるようになるわ」

それでもやっぱりしょんぼり加減のかわいいかわいい妹に、私はつい言ってしまう。

「それにね、お引越しが決まりそうなの。ここよりもずっと小さなタウンハウスよ。だから晩餐のときも広すぎないお部屋で、いまのようにおしゃべりをしながら、毎日楽しくお食事できるようになるわよ」

「本当ですか、ルーディお姉さま！」

はぅあっ！

ぱあっと花が咲いたようにその顔を輝かせるアデルリーナのかわいさといったら！　もうどうして私の妹はこんなにもかわいくてかわいくてかわいく（以下略）。

すでに私の妹愛がダダ漏れ状態になってるのに、アデルリーナはさらに追い打ちをかけてくれちゃう。

「本当は、こういうことを、言ってはいけないのだと思うのですけれど……」

なんだかもじもじしながらアデルリーナが言う。「わたくし、こうしてルーディお姉さまとごいっしょできる時間がふえたことが、とってもうれしいのです」

ぐっふぁぁぁ天使！

ちょっぴり頬を染めて、恥ずかしそうに、また申し訳なさそうに、でも本当に嬉しそうに言ってくれちゃう天使よ、リアル天使！

いや、この世界には天使っていないから、精霊？　いやいや、天使も精霊も全部まとめてもきっと私の妹にはかなわないわ、もうどうしろっていうの、こんなかわいいかわいいかわいいかわ（以下略）。

アデルリーナには、このタウンハウスから引越さなければならないということだけは、話してあった。

ただ、やっぱりまだたった十歳の天使のようなアデルリーナに、いま我が家がめちゃくちゃ切羽詰まった状態であるってことまでは、さすがにためらわれて私もお母さまも話すことはできなかったんだけど。

それでも一応父親であるあのゲス野郎が死んじゃって、しかも一気に使用人が辞めてっちゃったんだから、何かあるんだってことくらい、この賢くてかわいい妹が察していないわけがないと思うわ。だってアデルリーナはかわいいだけじゃなく本当に賢くてかわいいんだもの（かわいいは何度言ってもいいルール）。

ああホンット、それを思うとホンットに、オークションが成功して、当面の生活のめどが立ってよかった。

このかわいいかわいいアデルリーナがずっと笑顔でいてくれるよう、お姉さまはますます頑張っちゃうわよ！

食事を終えたアデルリーナを部屋へ連れていき、カールが用意しておいてくれたお風呂に入れてあげてからベッドに寝かしつける。

本来、こういうことは侍女に丸投げしちゃうのが貴族のやり方なんだけど、いま我が家にはナリッサしか侍女がいないから、私も一緒に妹の世話をしてるのよね。そもそも一人じゃ着替えもできないのよ、貴族女性のドレスって基本的に一人じゃ脱ぎ着が難しい構造になってるんだもの。

でも、私が身の回りの世話をしてあげることを、アデルリーナは申し訳なさそうにしながらも、すごく嬉しそうにしてくれちゃってるの。お姉さまとお話しできる機会が増えた、って。

いままでは同じ邸内で暮らす姉妹とはいえ、部屋は完全に別々で、しかもバカでかい建物の端と端、その上アデルリーナは常に何人もの侍女に囲まれて暮らしてた。

それに私たち姉妹は歳が少し離れているので、学院に入学するまでの家庭学習でも一緒に勉強する機会がほとんどなかったし。歳が近いと一緒に子ども部屋で勉強したり食事をしたりもできたんだけどね。

おまけにあのゲス野郎は、私が妹に近づくことをとことん嫌がった。反抗的な長女の私が、自分の手駒に使えそうな美少女の次女に変なことを吹き込まないか警戒してたんだと思う。

そんな状況でよく、このかわいいかわいいアデルリーナがお姉さまである私を慕ってくれるようになってくれたと思わずにはいられない。

たぶん、アデルリーナにはお母さまがいろいろ、私のことをいい感じに話してくれていたんだと思うのよね。お母さまは自分が一人娘だというせいもあって、せっかく姉妹に生まれた私たちが仲良くできていない状況をすごく悲しんでたもの。

それがいまは、私とアデルリーナは同じ部屋で寝起きしている。使用人激減の影響と引越し準備のため、使う部屋を最低限まで減らしてるのでね。

そのことをアデルリーナは喜んでくれてる。我が家が緊急事態にあることも察しているから、遠慮がちにふるまっているところがまた、かわいくて賢くてかわいいのがかわいい（以下略）。

ちなみにお母さまも続き間になっているとなりの部屋を使っていて、ナリッサと私の二人で部屋を行き来しながら、お母さまの身の回りの世話もしてる。

そりゃもう、ナリッサがどれだけスーパー有能な侍女であっても、一人で貴族女性三人のお世話をするなんて無理だから。だって、もともとお母さまには専属の侍女が四人、アデルリーナには二人ついてたんだよ。

私は諸々の事情があって三年前からずっと専属侍女はナリッサ一人だけだったし、ナリッサが専属侍女になってくれる前は、何年も専属侍女がいなかった。あのゲス野郎の嫌がらせでね。だから私は、自分一人でも結構身の回りのことができるようになっちゃってたっていう。

ゲス野郎の嫌がらせもちょっとは役に立ったって……いや、そんなこと思うだけでムカつくから絶対思わないけど。
とりあえず、新しいタウンハウスに引越したら、少なくとも一人、できたら二人、侍女を雇いたい。当然、料理人も必要だし。カールには本来、ほかにしてもらうことがいっぱいある。
それにやっぱ男手が、まだ少年のカールとおじいちゃん執事のヨーゼフの二人だけっていうのも不安っちゃあ不安だしね、従僕も一人入れるかなあ。馬車を買うなら御者も必要になるし……庭師は通いでもよさそうだけど……その辺も悩ましいとこだわ。
それにつけても貴族の暮らしって、お金がかかるわー。
どうやらゲットできそうになってる引越し先のタウンハウスも、いまのこのタウンハウスとは比
べものにならないくらい小さいんだけど、そんでも日本人感覚でいうとタワーマンションのワンフ
ロアをまるごとってくらいの感じだからね。じゅーぶん豪邸だって。
今世の私は貴族令嬢として十六年生きてきたとはいえ、前世の私はまるっきり庶民の日本人だか
ら、母娘三人なら３ＬＤＫくらいのお家でも贅沢だとか思っちゃうし、食事だってなんなら私が毎
日作って慎ましく暮らせればいいのに、って思っちゃうんだけど。
でもお母さまは、地方男爵家とはいえ生まれも育ちも貴族の純粋培養お嬢さま。どう考えても貴
族の暮らししかできないでしょ。アデルリーナだって、せっかく貴族の家に生まれたんだから、ち
ゃんと貴族の暮らしをさせてあげたい。
だいたい、お母さまは美しすぎるしアデルリーナはかわいすぎるのよ。街で平民の暮らしなんか

始めたら、もう秒で悪い虫がつきまくりそうなんだもん。

ただ、貴族の暮らしを維持していくには、お金の問題以外にも、ものすっごい大問題もある。

つまり、私たちが今後もずっと伯爵家の一員であることを認められるには、私が結婚しなきゃいけないってことなのよ。それも、二十二歳になるまでに。

ホンット、ワケわかんないんだけど、二十二歳までに私が結婚しなかった場合は、私というか私が産んだ子どもが、伯爵位を継承する権利を失っちゃうんだ。

同時に、お母さまもアデルリーナも伯爵家の称号を失う。

我が国では、こんなことが本当に明文化され法律になってんのよ。ここ数日、学院の図書館で必死になって調べた結果がこれ。

二十二歳までに私が結婚すれば、私の配偶者が『クルゼライイヒ伯爵』になるんだけど、正確にいうと伯爵位の継承権はやっぱり長女である私にあって、私が産んだ子どもにその継承権が引き継がれることになるの。

配偶者は私の夫である限りクルゼライイヒ伯爵を名乗ることができるけど、あくまで子どもに爵位を譲るまでのピンチヒッター的な扱いなのよね。

これってたぶん、貴族の固有魔力が母親に由来することが多いからなんだろうな。その割には女性の扱いが雑だと思わずにいられないけどねえ。

で、私が二十二歳までに結婚しなかった場合は、私が伯爵位を放棄したとみなされ、伯爵位は国に返上されることになる。その後、国というか国王陛下が選んだ誰かに、新たに伯爵位が授けられるって流れになってる。

この場合慣例的に、爵位を返上した一家の縁戚関係にある男性が選ばれることが多いらしい。

それでね、なんかそれに該当する、私たちが顔も知らない遠い親戚が、我が家にもいるらしいのよ。あのゲス野郎のまたいとこの息子みたいなのが。

いやもう正直に、どんだけ遠かろうがあのゲス野郎の血縁者には、伯爵位をくれてやりたくなんかないって気持ちしかない。

さらに、五年後にはアデルリーナが王都中央学院へ入学するんだけどそっちも問題ありなのよ。

私が二十二歳になるまであと六年あるから、五年後の入学時点ではアデルリーナは確実に『伯爵家令嬢』としての扱いになる。

でもアデルリーナの在学中に私が伯爵位継承権を失ってしまったら、アデルリーナは伯爵家令嬢の称号を失って名誉貴族（オナラブル）になっちゃうので、貴族の中でのランクは一気に下げられることになってしまう。

ちなみに、クルゼライヒっていうのは伯爵としての称号であり領地の名前でもあるんだよね。だから私たちの苗字は別にあって、私のフルネームはクルゼライヒ伯爵家令嬢ゲルトルード・フォン・ダ・オルデベルグっていう長ったらしいものだったりする。

フォンは貴族であることの称号で、ダは女性を示す冠詞、かな?

名誉貴族（オナラブル）になった場合、フォン・ダはそのままだけど、クルゼライヒ伯爵家を名乗ることができなくなっちゃうってわけ。

いや、すでに領地であるクルゼライヒ領は借金の形に取られちゃってるから、正確に言うと私たちはもう『クルゼライヒ伯爵家』じゃないんだけどね、なんか正式に伯爵位を返上するまでは便宜的に『クルゼライヒ伯爵家』を名乗っていいらしいの。

でも、もし私が結婚してその配偶者が爵位を継ぐことになったら、領地がないのに『クルゼライヒ伯爵家』になるの？　っていうそのあたり、学院図書館で調べたんだけど、よくわかんなかったわ……調べる時間もいまはあんまりないし。

いずれにせよ、領地もないし爵位もないっていう名誉貴族（オナラブル）は、間違いなく貴族社会の最下位なのね。そんでもって、貴族間での上下関係ってかなりシビアなんだわ。

だから、もし名誉貴族（オナラブル）になっちゃったら、このかわいいかわいいかわいい素直で天使のようなアデルリーナが、貴族社会の中で差別されたりいじめられたりなんてことが……ダメ、絶対ダメ！

もうひとつちなみに、私が二十二歳までに結婚してもしなくても、次女のアデルリーナには伯爵位継承権はまったくない。権利をアデルリーナに譲ることもできないっていうのがもう。

かわいいかわいいアデルリーナのためにも伯爵位はキープしたい。

それに、貴族以外の暮らしができるとは思えないお母さまのためにも、やっぱり伯爵位はキープしたい。

もうひとつおまけに、あのゲス野郎の血縁者になんか伯爵位をくれてやりたくない。

ああもう、これだけ伯爵位を手放しちゃダメな理由がそろってるのに、私は自分が結婚できる未来がまったく想像できないの。

自慢じゃないけど私、前世でも男運は最悪だったんだもの。

なんだかいろいろ考えちゃって遠い目になりながら、私はお母さまの帰宅を待っていた。

ナリッサが私にショールをかけてくれて、それでようやくずいぶん遅い時間になっているんだと気がついた。

日中はまだ上着なしでも大丈夫だけど、朝晩はだいぶ冷え込むようになっている。これから年末に向け、どんどん寒くなっていくんだ。

レクスガルゼ王国の四季は日本の四季と似ているので、その辺りは私にもなじみやすかった。ただ、王都の冬はかなり寒い。北海道ほどじゃないかもしれないけど、本当に寒い。

でもこんな時間になっても帰宅されないなんて、お母さまに何かあったんじゃないだろうかと私が気を揉み始めたころ、玄関から帰宅を告げるヨーゼフの声が聞こえた。

「お帰りなさいませ、お母さま」

ナリッサと一緒に急いで玄関へ下りると、なぜかクラウスも一緒にいる。クラウスは銀行からそのまま商業ギルドの職員寮へ帰ることになっていたのに。

「どうしたの、クラウス？」

「それが……」

ナリッサの問いかけに困惑顔のクラウスは答えに詰まる。

そこでお母さまが頬に片手を当て、やはり困惑顔で言ってくれた。

「それがね、お金が入っていたのよ」

「は、い？」

思わず間の抜けた声をもらした私に、お母さまも困惑顔のままさらに言った。

「わたくしの口座に、お金が振り込まれていたの」

ますますわけがわからない私は、お母さまとクラウス、それにヨーゼフの顔を順番に見比べてしまう。

そこでヨーゼフがおもむろに一枚の紙を取り出し、私に示してくれた。

それはお母さまの口座の内容控えで……本当に、昨日の日付でお母さまの口座にお金が振り込まれていた。それも、私たちが一年は余裕で暮らせるような大金だ。

「お、お母さま、この振込人の、ゲンダッツさんとはいったい……？」

「わからないのよ」

あっけにとられて問いかける私に、お母さまはやっぱり困惑顔だ。

「どこかで聞いた名前だった気もするのだけれど……誰だったかしら？」

いや、いやいや、こんな大金をぽんと振り込んでくれるような人に覚えがないだとか……もしかしてお母さまのファン？

お母さまは滅多に社交の場には出ていなかったんだけど、その清楚な美しさは有名なんだし、ひそかにファンになってる人がいてもおかしくはない……いや、いやいや、そんなの何の下心もなしに、こんな大金をプレゼントしてくれちゃったりなんかしないよね？

どうしよう、後日なんかすっごい無茶な要求されたりして……もしお母さまに愛人契約を迫ってくるような人だったら……ダメ！　そんなの絶対ダメ！

「銀行にも問い合わせたのですが、守秘義務があるとのことで詳しくは教えてもらえなかったのです」

クラウスが説明してくれる。

「この書類ではゲンダッツというお名前しかわかりませんが、称号が併記されていないところをみると平民のかただと思われます。これだけの金額を一度に動かせる平民となると限られますので、商業ギルドで何かわからないか調べてみます」

「そうしてもらえると、すごく助かるわ」

私は詰めていた息を吐いてクラウスに言った。「面倒をかけて申し訳ないけど、よろしくお願いしますね、クラウス」

「はい。でもどうか、過度な期待はなさらないでください。ギルドで調べられることには限りがありますので」

「もちろんよ」

「ええ、無理をしない範囲で十分です。お願いしますね、クラウス」

お母さまもそう言って、クラウスもうなずいてくれた。

なんだかもう、次から次へと問題が起きてる気がする。

もし本当に無体な要求を突き付けてくるような人だったらどうしよう。すでに振り込まれちゃったお金を受取拒否なんてできるんだろうか。

抜け道と光明

悶々としてよく眠れないまま私は朝を迎えたっていうのに、この問題は実にあっさり解決した。

翌日、当のゲンダッツさん本人が、我が家を訪ねてきたからだ。

ヨーゼフに案内されて我が家の客間に入ってきたゲンダッツさんは、小太りで頭もきれいに禿げちゃってる、見るからに人のよさそうなおじいちゃんだった。

お母さまはゲンダッツさんの顔を見たとたんハッとした表情を浮かべ、すぐに嬉しそうに両手を広げた。

「まあ、貴方でしたのね、弁護士の小父(おじ)さま」

「私を覚えておいてくださいましたか、コーデリアさま」

ゲンダッツさんも嬉しそうに、にこにこしながら挨拶してくれた。

「こちらのゲンダッツさんはわたくしのお父さま、先代のマールロウ男爵の顧問弁護士だったかたなのよ。わたくし、いつも弁護士の小父さまとしか呼んでいなくて」

お母さまの言葉に、私はなんかもうどっちゃりと脱力してしまった。

「男爵家が代替わりしたさいに、弁護士は引退されたと聞いていたのですけれど」

「はい、その通りです。ただ、先代男爵さまより、最後の仕事を申し付かっておりまして」

ナリッサが淹れてくれたお茶を飲みながら、ゲンダッツさんは説明してくれる。

「先代男爵さまのご遺産から、ご息女であるコーデリアさまを受益者に指定された信託金を、私に委託してくださったのです」

ゲンダッツさんの説明はこうだ。

お母さまの実の父親である先代マールロウ男爵は、なんとかして娘に自分の財産を遺せないか考えた。

その結果、先代男爵は顧問弁護士であるゲンダッツさんに自分の財産の一部を委託し、そのお金を自分が指定した相手、つまり娘であるコーデリアお母さまに年金として一定年数支払うよう、信託契約を結んだんだ。

「このお金は先代男爵さまが私に委託された信託財産ですから、コーデリアさまにお支払いする以外には使うことができません」

ゲンダッツさんはさらに説明してくれる。

「それでも、そのままコーデリアさまにお支払いしてしまうと、夫である前伯爵に使い込まれてしまう可能性がありましたので……今回のような緊急事態になるまでは、信託金の存在を伏せておくことも、先代男爵さまから依頼されていたのです」

なんとまあ。

お母さまのお父さま、つまり私たちのお祖父さまって、ものすごくちゃんと考えてくれてたんだ。

私は一度も会わないうちに亡くなってしまわれたし、それにいくら相手が名門伯爵だったからってあんなゲス野郎に言われるまま、一人娘のコーデリアお母さまを差し出しちゃうなんてどうなのよ、としか思ってなかったんだけど。

ごめんなさい、お祖父さま。私は悪い孫でした。いまはお祖父さまにめちゃめちゃ感謝しております。

だってゲンダッツさんの話では、これから十五年間、毎年同じ金額をお母さまの口座に振り込んでもらえるっていうんだもの。

しかも、もし私が結婚しても、この信託金はあくまでお母さまに渡されるお金なので、私の配偶者の財産に組み入れられてしまうこともないらしい。

なんて素晴らしいの！

そしてゲンダッツさんはさらに泣かせることを言ってくれた。

「もし、今回のような緊急事態にならなければ、このお金はゲルトルードお嬢さまの持参金として使うよう、コーデリアさまにご相談差し上げることになっておりました。ですから、今回このような形でお渡しすることになったのは、いささか残念な気もしておるのですが」

お祖父さまはもしかして、長女の私があのゲス野郎から疎まれいてたこともご存じだったんだろうか。

お祖父さま、本当にごめんなさい。私は本当に悪い孫でした。

しかし、信託金か。

要するにこのお金は、すでに亡くなっているとはいえあくまで先代マールロウ男爵の財産であって、その財産から娘に生活費を渡しているに過ぎない、って建前なんだと思う。

貴族家では、娘は遺産を相続しても結婚すればすべて配偶者の財産になってしまうし、かといって結婚しないと爵位を放棄したことになっちゃうって、そんな理不尽しかないと思ってたのに。

こんな『抜け道』があったんだ……。


お母さまの実家であるマールロウ男爵家は地方貴族だ。

国から領地を賜(たまわ)った中央貴族であるクルゼライヒ伯爵家とは違い、最初からその地で暮らしている地元の郷士というか名士が、国から爵位を賜って領主になっている。

ちなみに、地方貴族の爵位は男爵しかない。男爵であればすなわち地方貴族ということになる。

ただし、爵位の中では下位になる男爵位であっても、男爵家はもともとその地域に地盤を持っている領主なので、かなり裕福な家が多いらしい。

マールロウ男爵家もかなり裕福で、しかも歴史のある名門男爵家として数えられてるけど、地方貴族の場合それほど代が続かず領主が入れ替わることも珍しくない。

現在のマールロウ男爵家は、一人娘だったお母さまが伯爵家に嫁がされちゃったというか実質的に強奪されてしまったので、遠縁の男子を養子に迎えて跡を継がせたのだそうだ。ある意味、領主一族が入れ替わったと言っていいのかもしれない。

実際、その養子として入った現男爵家当主とは、お母さまはもともとあまり交流がなかったらしく、お母さまの両親が亡くなられたいまはもう、まったくやりとりをしていなかった。

「地方で暮らしておりますと、中央の情報にはどうにも疎くなってしまいます。新聞も二日遅れで届くほどですから」

ゲンダッツさんは苦笑しながら言う。「それでも新聞の死亡広告でクルゼライヒ伯爵の急逝を知りまして、大急ぎで信託金お支払いの手続きをいたしました。手続きの処理にはどうしても数日かかってしまいますので、先にお知らせの手紙をお送りしたのですが、どうやらその手紙が遅れてしまったようですな」

そう、ゲンダッツさんが事情を説明してくれた手紙、いまさっき届いたのよ。この世界の郵便事情、あんまり当てになんないわ。

でもホント、めっちゃいい人よね、ゲンダッツさんって。

だって、お祖父さまの信託金の存在なんて誰も知らなかったんだから、ゲンダッツさんが知らん顔して横領しちゃっても誰にもわからなかったんじゃないの？

それを律儀にも、こうして支払いの手続きをしてくれたんだから。

お祖父さまもたぶん、こういうゲンダッツさんの人柄を見込んで信託契約をされたんだろうね。

こういう人なら大丈夫だろうと、私はお母さまとアイコンタクトを交わし、我が家の現状についてゲンダッツさんに話すことにした。今後のことについても、ぜひ相談に乗ってもらいたいと思ったからだ。

「なんと、『クルゼライヒの真珠』を、売却されたのですか……」

私たちの現状説明を聞いたゲンダッツさんは、なんだか茫然としたように言った。

「それはまた、思い切ったことをなさいましたな……」

そんなこと言ったって、まさかお祖父さまが信託金を遺してくださってたなんて夢にも思ってなかったんだから、しょうがないじゃん。

思わず私が口をとがらせてしまいそうになった横で、お母さまがおっとりと言った。

「でも後悔はありませんわ。わたくしたちがこれから暮らしていくために、何ができるか十分考えた末に行ったことでしたもの」

お母さまはさらに、嬉しそうに言う。「それにゲルトルードが知恵を絞ってくれて、本当によい条件で買い取ってもらえましたのよ。おかげで、これからわたくしたちが暮らしていける家も買えることになりましたし」

「では、ご新居の当てはございますので？」

目を見張ったゲンダッツさんに、私が答える。

「はい、わたくしたち三人が暮らしていくには十分なタウンハウスを、買い取れる見込みが立ちました」

って、手付金がどうなってるのか、昨夜あれからクラウスに確認するの忘れてたわ。謎の振込金のおかげでそれどころじゃなくなっちゃってて。

そう思ったとたん、ヨーゼフがクラウスの来訪を告げに来てくれた。

いや、ゲンダッツさんが我が家にやってきたって時点で、クラウスを呼んできてくれるようカールに頼んで商業ギルドへ走ってもらってたんだけどね。超ナイスタイミング。

私たちはクラウスを客間に招き入れ、ゲンダッツさんを紹介した。

振込金の謎が解けただけでなく、ゲンダッツさんがマールロウ男爵家の顧問弁護士だったということに、クラウスもすごく安堵したようだった。

「ゲルトルードお嬢さまからご指示のありましたタウンハウスの手付金は、本日早々に納めて参りました。それで先方は、一日も早く本契約を交わしたいとのことなのですが」

クラウスの言葉に、私はしっかりとうなずく。

そしてゲンダッツさんに向き直って言った。

「ゲンダッツさん、もしよろしければ、本契約に立ち会っていただけませんか？　弁護士のかたにお立ち会いいただければ、本当に心強いですから。もちろん、立ち会い手数料はお支払いいたします」

購入を考えているタウンハウスの売主については、商業ギルドでのこれまでの取引状況からまず大丈夫だろうとはクラウスから聞いているのだけれど、こちらは世間知らずな貴族家夫人と令嬢だからね、どこで足元を見られてしまうかわからない。

だから本契約の前に弁護士に相談するかどうか、お母さまとも話していたのよね。

ただ、あのゲス野郎の使ってた顧問弁護士なんて絶対頼りたくないし、かといってどの弁護士に相談すればいいのか、商業ギルドで紹介してもらうにしても『クルゼライヒ伯爵家』として頼む以上いろいろと制約もあるだろうし、悩みは尽きない状況だったの。

そこへ、なんていうかもう棚から牡丹餅のように、元男爵家顧問弁護士ゲンダッツさんが登場してくれちゃったんだから、これはもう頼りにせずにはいられないってもんでしょ。

果たしてゲンダッツさんは、少し驚いたように眉を上げたものの、すぐににっこりとうなずいてくれた。

「私でよろしければ、喜んで」

そしてゲンダッツさんは早速、クラウスが持参していたタウンハウスの物件資料と売買契約書の確認を始めてくれたんだ。


「これは、なかなかの掘り出しものだと思いますな」

ゲンダッツさんは感心したように言ってくれた。

購入予定のタウンハウスを実際に確認したいということで、ゲンダッツさんは私とお母さまに同行して内覧に来てくれたんだ。

「契約書も問題ございません。この内容でご契約されることをお勧めいたします」

このタウンハウスは、もともとある地方男爵家が社交シーズンである冬の間、王都で過ごすために用意したものだったらしい。けれどその男爵家は事情があって爵位を返上したため、このタウンハウスも売りに出されていたんだ。

だから小さいとはいえ貴族家の邸宅、それも爵位持ち貴族家の邸宅としての格式が整っている。場所は貴族街のはずれのほうなのだけど、私たちにはそのほうが静かに暮らせそうで都合がいい。

その上、建物自体も比較的新しいからリフォームの必要がなく、家具やカーテン、一通りの什器なども備え付けになっていることが正直にありがたかった。

お母さまは、その場で契約書にサインした。

支払いのための手形は、ケールニヒ銀行が発行してくれる手はずになっている。

それらの手続きはゲンダッツさんではなく、ゲンダッツさんの跡継ぎさんが行ってくれることになった。

ゲンダッツさんは弁護士業を引退し、いまはマールロウ領で娘さんご一家と悠々自適の老後を送っている。唯一残っている仕事が、前マールロウ男爵から委託されているお母さまの信託金の管理だけという状況だ。

ゲンダッツさんの弁護士業については、もともと彼が事務所で雇っていた若い弁護士を養子にして跡を継いでもらったのだそうだ。

私たちはこれを機会に、その養子である若いほうのゲンダッツさんに顧問弁護士になってもらえるよう、お願いした。やっぱりお金の管理も含めて、常に相談できるプロがいてくれるって大きいもの。

「名門クルゼライヒ伯爵家の御用を仰せつかるとは、まことに光栄でございます」

若いといってもおそらく三十代半ばか後半と思われる、いかにも生真面目そうな若いほうのゲンダッツさんはそう言って引き受けてくれた。

いやー我が家はもう没落確定なんで、なんか申し訳ないんですけど。

それでも、若いほうのゲンダッツさんはこの王都に事務所を構えているし、それにクラウスがこっそり教えてくれたところによると、なかなか評判のいい弁護士さんだということだし、さらにはお母さまの実家である男爵家の元顧問弁護士の後継弁護士なんだから、条件的にもまったく問題がない。

申し訳ないながらも、こちらこそよろしくお願いします、という感じだったりする。

ちなみに、若いほうのゲンダッツさんは、マールロウ男爵家の顧問はしていないそうだ。やはり、代替わりしたときに関係が切れてしまったらしい。

だから今回、おじいちゃんのほうのゲンダッツさんがいきなり王都にやってきて、お母さまの信託金の話をされたときは本気でびっくりしたということだった。

はあ、でも本当によかった。

帰路の馬車の中で、私はしみじみと息を吐いてしまった。新居も無事に手に入れたし、しかもこれから十五年間も毎年生活費がもらえることになったんだから。

「お母さま、これでもう明日にもお引越しできますね」

「ええ、本当に」

四人乗り箱馬車の中には、私とお母さまのほか、ナリッサとクラウスも乗り込んでいる。おじいちゃんと若いほうのゲンダッツさんズは別の馬車だ。

となりに座っているお母さまが私の顔を覗き込み、膝においていた私の手をそっと取った。

「ルーディ、本当にありがとう」

「お母さま？」

「貴女がこんな不甲斐ない母親であるわたくしの娘でいてくれて、本当に感謝しているのよ」

「お母さま！」

思わず馬車のシートから腰を浮かせてしまった私に、お母さまはほほ笑みを浮かべてる。

「これからは、わたくしも頑張らなければ。こうして母娘三人、寄り添って暮らしていけるようになったのですものね」

感、無量である。

私も、本当にあんなゲス野郎が父親だなんてどうしようと思ったことはもう数えきれないほどあるんだけど、お母さまが私のお母さまであることには、ずっと感謝してきた。

お母さまにとっては決して望んだ結婚ではなかっただろうし、子どもだって決して望んでなどいなかっただろう。それなのに、お母さまはあのゲス野郎になんと言われようと、頑として私を乳母の手には渡さなかった。本当に自らの手で私を育ててくれたんだ。

そりゃあね、ゲス野郎にしてみれば娘なんて息子と違って自分の跡継ぎにはならないし、おまけに見た目もお母さまとは程遠い地味子だったし、どうでもいいと思ってたところはあると思うよ。それにあのドケチは、乳母を雇うより安上がりだ、くらいは思ってたかもしれない。

でもお母さまは、娘であれば跡継ぎの息子と違って自分の手から取り上げられることはないからと、娘の私が生まれたことが本当に嬉しかったって、絶対自分の手で大事に大事にかわいがって育てるって決めたんだって、ずっと言ってくれているの。

私、愛されてるんだなあ、って……本当に、それを日々実感できるっていうだけでもう、この世界に転生してきてよかったって、心から思ってる。

私、妹愛も半端ないけど、お母さま愛も半端ないからね！

お母さまはそれから、私たちの前に座っているナリッサとクラウスに顔を向けた。

「ナリッサ、それにクラウス、あなたたちにも本当に感謝しています」

「もったいないお言葉にございます、奥さま」

すぐにナリッサが答え、クラウスも一緒に頭を下げた。

それからお母さまは、少しためらうように片手を自分の口元に当てたんだけど、でもナリッサに向き合って言ったんだ。

「ナリッサ、これからはもう、邸内で貴女の身に危害が及ぶおそれはなくなりました」

ハッとナリッサが目を見開く。

驚いたのは私も同じだった。

お母さま、やっぱり気が付いていたんだ。ナリッサが、あのゲス野郎に狙われてたってことに。

いや、そりゃそうだわ、お母さまの固有魔力を考えれば、あのバカでかい邸内といえども隠し事なんかできるわけがないもの。

そう、下働きとして我が家にやってきたナリッサを私が自分の侍女にしたのは、あのゲス野郎から守るためだった。私の侍女になれば、私の寝室の続きにある侍女のための控室で寝起きができるから。

さすがにあのゲス野郎でも、娘の寝室にまでは踏み込んでこなかった。

ナリッサのほかにも私が知る限り二人、あのゲス野郎に目をつけられていて、私はなんとかその身を守ろうとしたんだけど、二人とも怖がって我が家を辞めてしまった。

そりゃそうだよね、令嬢だとはいえ私はまだほんの子どもだったし、彼女たちは当主であるゲス野郎の命令には逆らえない。

だから、ナリッサが私の侍女として残ってくれたことに、私は本当に感謝している。

その思いは、どうやらお母さまも同じだったみたい。

「どうかこれからもずっと、ルーディを助けてあげ――」

「もちろんでございます、奥さま」

お母さまの言葉にナリッサはがっつり食い気味に答えてくれた。

「私は生涯、ゲルトルードお嬢さまにお仕えする所存です」

お、おう、ナリッサ、これからもよろしくね。


ブラック過ぎる！


帰宅した私たちは、次なる案件の相談に入った。

お留守番させられていたアデルリーナがちょっぴり拗ねていたけれど、それがまた本当にかわいくてかわいくてかわいく（以下略）。

そして、いまからの相談には参加させてもらえると知ってすぐさまご機嫌になったアデルリーナがもうどうしようもなくかわいくてかわいくてかわ（以下略）。

「ご新居が決まりましたので、次は使用人の手配をさせていただきます。ご当家でお求めの使用人は、料理人一名、侍女が一〜二名、それに庭師は通いをご希望でよろしいでしょうか」

クラウスが、新しく雇う使用人について確認をしてくれる。

弁護士のゲンダッツさんズにも同席してもらい、それに当然執事のヨーゼフと下働きのカールもこの場に参加している。我が家の全員会議だ。

下働きのカールまで参加することにゲンダッツさんズはちょっと驚いてたけど、カールの同僚になる人たちの話なんだから、参加は当然よね？

「料理人については、以前私がお話ししました者と一度面接していただければと思います。もしお気に召さないようであれば、改めて商業ギルドで募集をかけますので」

クラウスおすすめの料理人は、ほかの貴族家に勤めたこともあり料理人としてのキャリアも長い女性だそうで、紹介状もないしちょっとクセの強い性格だけれど我が家にはぴったりだと思うとのこと。

うーん、クセが強くて我が家にぴったりって、どうなんだろうね？

クラウスもだんだん遠慮がなくなってきたわ。まあ、いい傾向だと思うけど。

「ええとクラウス、ちょっといいかしら？」

「はい、何でしょう、ゲルトルードお嬢さま」

私はまず基本的な確認をしておくことにした。

「本当に恥ずかしいことなのだけれど、わたくしたちいままで我が家の家計にはまったく関与させてもらえなかったの」

言いながら、私とお母さまは目を合わせてうなずきあう。

「だから、我が家で働いてくれる人たちに、どの程度お給金を払えばいいのかわからないのよ。それで、相場を教えてもらえないかと思って」

「相場、ですか……？」

クラウスが眼鏡の奥で目を瞬く。

「そうなの、一応、残っていた我が家の帳簿も確認してみたのだけれど、使用人のお給金についてちゃんと記載してないみたいなの。すでに辞めた人たちにも、辞めるまでのお給金を日割りにして払ってあげないといけないし」

「えっ？」

「えっ？」

クラウスが目を真ん丸にして声をあげ、それどころかゲンダッツさんズもそろって目を真ん丸にしちゃってて、私も思わず目を丸くして声をあげてしまった。

「あの、わたくし、何か変なこと言ったかしら？」

クラウスとゲンダッツさんズが顔を見合わせている。

そしてクラウスは顎に手をやり、眉を寄せて視線を落としてしまう。

え、えーと、なんだろう、ホントに私、なんかまずいこと言った？　日割りとかじゃなくて、満額お給金を支払わないとダメとか？　でもこっちから辞めてもらう前に、みんな自分から辞めてっちゃったんだし、そこは自己都合ってことじゃないの？　あ、もしかして退職金が必要とか？　どうしよう、結構な人数だったから、かなりの出費になっちゃうかも。

「あー、えっと、ゲルトルードお嬢さま」

少しばかり視線をさまよわせながらクラウスが口を開いた。

「あの、使用人の給金については……基本的に雇い主である貴族家ご当主のご判断がすべてです。そうですね、執事や侍女頭、それに料理人など、上位の使用人で他家に引き抜かれたくないという場合や、使用人という立場であっても貴族家のご出身のかたなどは、役職に応じて給金が支払われるものですが……それ以外の平民で、特に住み込みになっている者は、衣食住を与えられているということで、たいてい決まった給金はありません。ご当主のご意向で一時金などが配られることはあるようですが、それもかなり珍しいようです」

は、い？

私は完全に目が点状態になってた。

クラウスが言ったことを理解するのに数秒かかり、理解したところですぐに気が付いた。

え、えっと、じゃあ、あの、ナリッサは？

このスーパー有能侍女のナリッサも、もしかしてずっと無給だったとか……？

「……ナリッサ？」

私はギギギと首を回してナリッサに顔を向けた。

「ねえ、ナリッサも、もしかしてお給金って……？」

すっ……と、ナリッサが視線を外す。

えええええーーー？

ちょ、ちょまっ、ちょっと待って、なんなの、真っ黒じゃん！

我が家ってそんな超ブラック職場だったの？　セクハラにパワハラ、しかもまともにお給料も支払ってもらえないなんて！　いや、お休みだって、ほとんどないよね？

ナリッサには最低でも週に一回は休むよう言ってるけど、休んでもすることがなくて逆に困るからって全然休んでくれなくて……超サービス残業？

そんなの、お給料もらってないなら、休みの日に遊びに行くとかお買い物に行くとか、そんなことすらできないじゃない、そりゃ休んでもすることがないって、なっちゃうって！

ダメ、ダメよ、福利厚生大事！　従業員には気持ちよく働いてもらわないと！

なんかもう、いままでよくナリッサもヨーゼフも辞めないで働いていてくれたもんだと、私は本気で血の気が引く思いがした。

ナリッサもそうだけど、ヨーゼフはたぶんもっとひどい。

だってヨーゼフはもともと執事だったのに、何かあのゲス野郎に逆らったとかで、何年も下働きに落とされてたんだから。

執事って使用人のトップだよ、それがいきなり下働きだよ？　間違いなくお給金ゼロだよね？

おまけにゲス野郎が代わりに連れてきた、いけ好かない恰好だけの役立たず執事にさんざん嫌がらせされてたし。

本当によくヨーゼフは辞めないで残っていてくれたと思う。今回だって、やっぱりヨーゼフは我が家に残りたいって言ってくれて、もう即行で執事に戻ってもらったんだけど。

ふと見ると、お母さまも片手を額に当ててうつむいちゃってる。

お母さまもまったく知らなかったんだ。事前に二人で使用人について相談したときも、いったいどのくらいお給金を支払えばいいのかわからないって、お母さまも言ってたもの。

「お母さま、わたくし、ナリッサにもヨーゼフにも、それにカールにも、ちゃんとお給金を払いたいのですけど」

「もちろんよ、ルーディ」

私の声に、お母さまは顔を上げてうなずいてくれた。

「本当に申し訳なかったわ。これからはあなたたちにも、ちゃんとさせてちょうだいね」

お母さまから順番に顔を向けられたヨーゼフ、ナリッサ、カールはむしろびっくりしたような顔をしている。

「とんでもないことです、奥さま」

ヨーゼフが控えめに口を開いた。「私のような老体を、いまでもお使いくださっているだけで、十分でございますから」

「いいえ、それはいけません」

お母さまがきっぱりとした口調で言った。

「ヨーゼフ、あなたがわたくしたちにしてくれたことを、わたくしは絶対にないがしろにしたくないの」

なんだか気迫がこもっているようなお母さまのようすに、私はちょっと驚いた。ヨーゼフも驚いたのか、口ごもって視線を落としてしまった。

だから私も言った。

「そうよ、お母さまの言われる通りです。ヨーゼフは立派に我が家の執事を務めてくれているわ。真面目にしっかり働いてくれている人に、適切な対価を支払わないのはとても失礼なことよ。わたくし、ヨーゼフに失礼なことはしたくないの」

顔を上げたヨーゼフの目が丸くなってる。

私はナリッサに向き直った。

「ナリッサもよ。わたくし、いままでどれほどナリッサに助けてもらったか、もうわからないくらいなのだから。しっかりと働いてくれているナリッサにふさわしいだけ、きちんと対価を支払わせてもらいますからね」

「ゲルトルードお嬢さま……」

なんだかもう、ナリッサはあきれたように私を見ている。

でも、私の言うことはちゃんと受け入れてくれたようだ。ナリッサはほんの少し口元を緩めて答えてくれた。

「かしこまりました、ゲルトルードお嬢さま」

うん、これで、現在我が家で働いてくれている人たちに対する福利厚生は、ちょっとはマシになったと思うわ。

じゃあ、次は辞めていった人たちね、と私は思ったんだけど、クラウスは軽く首を振った。

「すでにこちらを辞めた使用人については、特に給金の日割りなどはお考えにならなくて結構だと思います」

「でも、みんな我が家で働いてくれていた人たちなのよ？」

そりゃあ確かに、ヨーゼフの代わりだったいけ好かない役立たず執事とか私のことを完無視してた侍女頭とか、正直辞めてくれて清々した相手も結構いるんだけど。

「その者たちはみな、辞めるさいに奥さまから紹介状をいただいておりますので」

なんだか苦笑気味にクラウスが言う。「下働きの者までもが伯爵家夫人の紹介状を持っているというのは、あまり聞く話ではありません。けれどそのおかげで、全員が条件のよい勤め先を新たに得ていますから」

「そうなの？」

「はい。正直なところ、紹介状をまったく出さない貴族家もめずらしくありません。今回こちらを辞めた者はみな、十分に感謝していると思います」

私はお母さまと顔を見合わせてしまった。

お母さまはクルゼライヒ伯爵家の紋章入りの便せんを使って、形式通りにせっせと何十枚も紹介状を書いてサインを入れた。私も辞める使用人のリストを作るなど、せっせとお手伝いをした。

私もお母さまも、我が家を辞める人が次の仕事探しに困らないよう紹介状を渡すのは当然だと思ってたから、そうしただけなのに。

なんなんだろう、貴族家ってどこもブラック過ぎるよ。

そう思って、私は気がついた。

住み込みで衣食住を与えるだけでお給料を渡さないってことは、侍女も従僕もいつまでたっても自立できない。それどころか、仕事を辞めたとたん衣食住のすべてを失って路頭に迷う。お金を貯めて結婚して家庭を持って何か自分で商売を始めるとか、そんな展望なんてまったく描けない。

それこそが貴族の狙いなんだ。

最低限の保障で人を縛り付け身動きできないようにして、できるだけ安上がりに使いつぶす。

完全に、消耗品扱いだ。

うわーでもこれって完全に、日本のブラック企業と同じだよね？

日本だってあったもん、お給料は一定額支払われてるけど、寮に住まわせて寮費だの食費だの研修費だのってさんざん天引きして、社員の手元にほとんどお金が残らないようにしちゃうブラック企業って。

もうどうしようもなく、前世が身に染みるわ……。

「クラウス、わたくしは真面目に働いている人には、ちゃんと対価を得てもらいたいの」

なんだか泣きそうな気分で私は言ってしまった。

「だって、一生懸命真面目に生きてる人が報われないなんて、すごく悲しいことじゃない？」

「ゲルトルードお嬢さま……」

「だからね、我が家はこんな状況で、正直あまり余裕もないのだけれど、それでも新しく雇う人たちにもちゃんと、できる限りお給金を払いたいのよ」

　宝飾品も売れたしお祖父さまの信託金ももらえることになったし、私たちは本当に恵まれてる。だって、貴族に生まれたっていうだけで、最初から与えてもらっているものを使っているだけで、贅沢な暮らしができちゃうんだもの。

　それを少しでも還元するのって、絶対大事なことだよね？

「いいでしょう、お母さま？」

　確認をとるようにお母さまへ視線を送ると、お母さまもしっかりとうなずいてくれた。

「もちろんよ、ルーディ」

　お母さまが私の手を取ってくれる。

「そうやってほかの人のことを思いやれる貴女は、本当にわたくしの自慢の娘よ」

　それから、弁護士のゲンダッツさんズにも相談して、使用人の基本給を決めた。

　本当に大した金額じゃないんだけど、真面目に働いてくれればそこに手当や一時金（ボーナス）を上乗せしていくことにした。

　執事のヨーゼフには当然使用人のトップとして管理職手当をつけるし、ナリッサもこれを機会に侍女頭になってもらって手当をつけることにした。

下働きのカールは基本給だけだけど、それでも破格だとクラウスはちょっと遠い目をしていた。クラウス、商業ギルドでどれくらいお給料もらってんだろ。まさか、職員も無給なんてことはないよね？

「この条件で使用人の募集をかけると、おそらく応募が殺到しますよ」

なんだかやっぱり遠い目でクラウスが言う。

「侍女は一人か二人とおっしゃっておられましたが、それはいかがいたしましょう？」

「わたくし、もしもできるのなら侍女は、ヨアンナに戻ってきてもらいたいのだけれど……」

お母さまが突然言い出した。

そして言いながら、お母さまは視線をヨーゼフのほうへ送っている。その視線に答えるように、ヨーゼフがうなずいた。

「ヨアンナの消息については心当たりがございます」

お母さまがハッと身を乗り出した。

「では連絡は可能かしら？」

「確実とは申し上げられませんが、連絡をとってみましょう」

「ええ、ええ、ぜひお願いね、ヨーゼフ」

ヨアンナというのは、以前我が家に勤めていた侍女だ。

確かお母さまの専属侍女の一人で、幼い私にも親切にしてくれていた記憶がある。当時はまだ二十歳を過ぎたばかりの、若い侍女だったと思う。

でも、ある日気がついたら、ヨアンナはいなくなっていた。

お母さまは、ヨアンナは急な事情があって辞めたのよ、と言われてたんだけど……私はいまのお母さまとヨーゼフのやり取りで確信した。ヨアンナは、あのゲス野郎に辞めさせられたんだ。それもたぶん、私が原因で。

ヨアンナがいなくなる前の数日間、私は記憶がおぼろげだ。そのことに関係があると思って間違いない。

「では、そのヨアンナさんというかたの復帰が決まるまでは、侍女の募集はお待ちしたほうがよろしいですか？」

クラウスの問いかけに、お母さまは少し思案する。

「そうね、確実ではないとのことだから、一人は募集をかけておいてもらえるかしら？」

「かしこまりました」

クラウスが頭を下げる。

「では、従僕や御者はどういたしましょう？　先ほどの条件で募集をかけると、やはり応募が殺到すると思いますが……それに、もし御者を雇用される場合は、馬車と馬のご購入についても商業ギルドで業者をご紹介できますが、いかがいたしましょう？」

うーん、従僕や御者をどうするかって、本当に悩みどころなのよね。

我が家は未亡人と令嬢だけの家になっちゃって、しかもいま居る男手はおじいちゃん執事のヨーゼフとまだ少年のカールだけっていう状況はさすがに不安。

だからできれば用心棒も兼ねてくれるような、ちょっと厳つい感じの男手が欲しい。

でも、だからこそ邸内に住み込みになる従僕の場合、人選がすごく難しくなるのよ。それでなくてもお母さまは美しすぎるしアデルリーナはかわいすぎるんだから、まかり間違っても変な気を起こしそうな人を家に入れるわけにいかない。それに、本人にそんな気がまったくなくても貴族には『外聞』ってものもあるし。

ホント、あと四～五年もすれば、カールを従僕にすることができるんだけど。

カールなら侍女頭になったナリッサの弟だからね。なんか、同じ屋敷内にその使用人の身内が雇われている場合、外聞的に問題がないとみなされることが多いらしいのよ。だからカールがどんだけイケメン青年に育っても（その可能性は高い）大丈夫なのよね。

御者の場合は厩暮らしになるのでそこまで気を遣う必要はないのだけれど、御者がいるのに馬車がないという状況にはできない。

ただね、馬車って維持するのにすっごく経費がかかるの。御者だけでなく馬も必要だし、場合によっては御者以外に馬の世話をする厩番も必要になるし。

だから当面は必要に応じて貸馬車を利用し、通学には貴族令嬢用の乗り合い馬車を利用するのもアリかと思ってたんだけど……ただ、乗合馬車で通学する場合、ナリッサは連れて行けない。本来は、侍女をともなって登院できないような爵位のない名誉貴族の令嬢が利用するものなんだよね、通学用乗合馬車って。

うーん、ほぼ実質的に名誉貴族向けといっていいテラスハウスに住むことも拒否されちゃったくらいなんだから、乗合馬車にも乗せてもらえない可能性が高いなあ。

それを思うと、やっぱり馬車は買うしかないかって気がする。そして御者も雇う。できたらちょっと厳つい感じの。

とにかく問題なのは私の通学だ。新居から学院まで、正直に言って歩けない距離じゃないんだけど、貴族令嬢が街中を徒歩で通学するのはどう考えてもまずいだろうしねえ……。

とか思っていたら、またお母さまが突然言い出した。

「御者は、ハンスがいいのではないかしら？」

お母さまはにこやかに言う。「真面目に勤めてくれているし、馬の世話も好きだと言っていたし、カールとも仲良くしているのでしょう？」

「あ、はい！」

カールが緊張しながら、でも嬉しそうに答えた。

「ハンスも、ずっとこちらでお世話になれたらいいのにと言ってます！」

商業ギルドの厩で下働きをしているというハンスは、厩番が辞めてしまって馬の世話に困っていた我が家にクラウスが斡旋してくれた、いわば臨時のアルバイトだ。

当主の財産である馬車も馬もすべて、債権者であるエクシュタイン公爵に引き渡す必要があるんだけど、でも引き渡しまでの間ずっと馬を放置しておくわけにもいかず、バイト代というかお駄賃だけで毎日馬の世話をしにきてくれるハンスの存在は、本当にありがたい。

それに、ハンスは本当にいつもにこにこしてて、性格がよさそうだというのは一目でわかる。

そのことは、お母さまも十分わかっているようだ。

「リーナ、ハンスは厨房のお手伝いもしてくれているのよね？」

「はい、そうです、お母さま」

アデルリーナが嬉しそうに答えた。

大人の話が続いていて退屈しているだろうに、私の賢くてかわいいかわいい妹はそんな顔や態度なんていっさい見せない。ちゃんと話を聞いていて、こうやって問いかけられるとすぐにお返事ができる。

「お肉やお野菜が配達されてきたら、ハンスがぜんぶ厨房へ持ってきてくれます。お野菜の皮やごみも、ハンスが集めて捨ててくれます」

厩番で、しかも臨時雇いの子が、厨房の下働きまで手伝ってくれるというのは、かなり珍しいと思う。人手が足りない我が家で、下働きのカールが大忙しなのを見かねて、ハンスはいろいろ手伝ってくれているらしい。

「ただ、ハンスは歳も若すぎますし、御者としての経験がほとんどございません」

クラウスは思案顔だ。「確かに真面目な性格で、もしこちらで雇っていただければ一生懸命働くものとは思われますが……」

そうなんだよね、ハンスってまだ十四歳なのよね。年齢の割には背も高いし体つきもしっかりしているけど、本職の御者として雇うのはやっぱり難しいだろう。

それでもハンスは、今日初めて従僕のお仕着せをヨーゼフから貸してもらって、ものすごく嬉しそうにそれを着ていた。

契約のため購入先のタウンハウスに行ったとき、私たちは我が家の紋章付き箱馬車と馬を使ったんだけど、後部の立ち台には従僕としてハンスが乗ってくれたんだ。本当はカールが乗りたがっていたんだけど、カールじゃちょっと身長が足りなくてお仕着せが合わなかったんだよね。カールはめちゃくちゃ悔しがってた。

ちなみに、御者は商業ギルドに臨時雇いを頼んだ。

ハンスはすごく緊張してたようだけどとっても嬉しそうだったし、カールの言う通り我が家で働きたがっていると思って間違いなさそうだよね。

うーん、従僕としてもちょっと若すぎるし、本職の御者としても経験が足りないしだけど、雇えば真面目に働いてくれるのは間違いない。

ただまあ、あんなにいつもにこにこしてるハンスじゃ用心棒にはならないよねえ……。

「発言、よろしいでしょうか」

ナリッサがすっと手を挙げた。

「ええ、もちろん貴女の意見もどんどん言ってほしいわ」

答えるお母さまに目礼し、ナリッサが口を開く。

「私としてはハンスを正式に雇っていただき、その上で先日ゴートニール侯爵家が購入されたような一頭立て二輪軽装馬車をご検討いただけないかと思うのですが」

「ああ、あれはいま話題になっていますね。非常に小回りが利いて便利そうだと」

声をあげたのは若いほうのゲンダッツさん。

でも彼は、ちょっと怪訝そうな顔をナリッサに向ける。

「しかし、あの軽装馬車は二人乗りです。御者が座れば、あとは一人しか乗れませんよ？　貴族のご夫人やご令嬢が御者と二人きりでお乗りになるのは……」

「私が御者をいたします」

ナリッサが平然と言ってのけた。

みんながあっけにとられている。だって、御者というのは男性の仕事であって、女性の御者というのは聞いたことがない。もちろん、本職の御者ではない女性が馬車を操ること自体は、ないわけではないのだけれど、かなり珍しい。

でもナリッサはそのまま続ける。

「当面、ご当家で馬車が必要なのは、ゲルトルードお嬢さまの通学です。侍女の私が御者を務め、となりにお嬢さまに座っていただければ問題ないと思います。そして後ろの立ち台にカールか、あるいはハンスを乗せておけば、お嬢さまが授業を受けておいでの間に馬車をお屋敷へ戻すこともできますし」

「それはすてきね！」

嬉しそうに声をあげたのはお母さまだった。

「軽装馬車なら、わたくしにも操れるわ。二人乗りならば、娘を一人ずつしか乗せてあげられないのがちょっと残念だけれど」

「お、お母さま、馬車を操ることが、おできになるのですか？」

私は思わず訊いてしまった。

いや、スーパー有能侍女のナリッサが馬車を操れると言っても私はそこまで驚かなかったけど、お母さまは貴族の純粋培養お嬢さまじゃなかったっけ？

けれどお母さまは朗らかに笑った。

「わたくし、娘時代はよく領地で馬車の手綱を握っていたのよ。馬車を操るのって、本当に楽しくて。幌付き荷馬車の手綱を握って、よく森へ遊びに出かけたものよ」

「そういえばそうでしたなあ」

なんとおじいちゃんゲンダッツさんも懐かしそうに言い出した。

「コーデリアさまは村の娘たちに交じって、荷馬車競走にも参加されておりましたなあ」

い、意外だ。

深窓の貴族令嬢であるはずのお母さまが、実は結構なアウトドア派だったとか？

しかも荷馬車競走て？　ナニソレ馬車レース？　お母さま、実はスピードマニア？

えっと、荷馬車を駆ってコーナーをドリフトしていくお母さまの雄姿が、映像になって私の脳内に流れてしまった……。

「やはりハンスを我が家で正式に雇いましょう。御者の練習はおいおいしてもらって、当面は厩番でいいのではなくて？　一頭立ての馬車なら馬もとりあえず一頭でいいことですし、ハンスには馬の世話をしてもらえれば」

「私もそのように思います、奥さま」

なんだかもう、お母さまとナリッサの間で話がまとまりつつある。

「ナリッサが言う通りルーディが授業を受けている間、馬車をタウンハウスに戻してもらえるのなら、わたくしはリーナとお出かけができますしね」

「本当ですか、お母さま！」

ああああ跳びはねるように手を打ち合わせたアデルリーナがもうかわいすぎてもうどうしてくれようっていうほどかわいすぎてかわい（以下略）。

結局、ナリッサの提案通り二輪の軽装馬車と馬を一頭購入し、ハンスも正式に我が家の厩番として雇い入れることに決まってしまった。

確かにこれなら経費はかなり抑えることができるけど！

ハンスなら人柄もわかってるし安心だけど！

だけどだけど用心棒はどうするのよー！

ツェルニック商会

そういうことで、ハンスは我が家に正式採用となった。

本当に素直な性格の子らしく、正式採用を告げると、そばかすの散った愛嬌のある顔を真っ赤にしてお礼を言ってくれた。

ハンスは当初、我が家が引越すまでの短期間だけと言われて、自分でもそのつもりで来ていたのだけれど、働いているうちに、どんな仕事でもいいから我が家にこのまま置いてもらえないだろうかと思い始め、カールに相談していたそうだ。

お母さまが望んだヨアンナについては、とりあえずヨーゼフが手紙を送ってくれた。

ヨーゼフによると、ヨアンナはとある伯爵家のカントリーハウスに侍女として仕えているはずだとのこと。ただ、それも何年も前の話なので、いまもそこにいるかどうかはわからない。

それにカントリーハウスというのは地方の領主館のことなので、もしヨアンナと連絡がついて我が家への復帰を望んでくれたとしても、すぐにはやって来られない。とにかく、ヨアンナからの連絡待ち状態だ。

そういう事情と、さらにいずれアデルリーナにも侍女が必要だからと、侍女一名の募集は継続することにしたんだけど……クラウスが遠い目をして言っていた通り、応募が殺到しているらしい。

ごめん、ホントにごめんよ、クラウス。

いまクラウスが必死に書類選考をしてくれてる。

収入源である領地を失い没落確定とはいえ、いまのところまがりなりにも伯爵家の我が家、出入り業者になることを狙った商会から送り込まれてくる、いわゆる『紐付き』なんかも実際にいるらしい。そういった変な下心のありそうな応募者を、クラウスはせっせとより分けてくれてるんだ。

本来、そういう作業は我が家でするものなんだけどね、私もお母さまも、それに何年も執事の仕事から離れていたヨーゼフも『紐付き』事情なんかよくわからないから、クラウスにお願いしちゃったんだよね。

庭師についてもクラウスに選考をお願いしたんだけど、そっちもいろいろ難しいみたい。伯爵のような上位貴族の邸宅に通いで入る庭師はまずいないそうで（住み込みが基本）、しかも給金など条件が良すぎて誰を斡旋すべきかクラウスは頭を悩ませているらしい。

うーん、採用者が決まったら、クラウスには特別手当をはずんであげないと。


と、いうことで今日はドレスの買取である。

宝飾品が高値で売れたしお祖父さまの信託金も入ったけど、やっぱり確保できる現金は多いほうがいい。だから売れるものは売る。それに、引越し前に荷物を減らしておきたいというのもある。

そのため今日は、お母さまのドレスや靴などを買い取ってもらおうと、ツェルニック商会に我が家に来てもらった。

ツェルニック商会は、あのオークションのとき真珠のピンブローチを落札してくれた若手商人のお店だ。

クラウスに確認したら宝飾品だけでなく服飾品も扱っているとかで、それならばと買取をお願いすることにしたのよね。なにしろドレスの数が多すぎて、さすがにいちいちオークションにかけるのは無理だったので。

「まさか、クルゼライヒ伯爵家ご夫人のお衣裳部屋に招いていただけるとは、夢にも思っておりませんでした」

お母さまの衣裳部屋の入り口で、なんかもう天を仰ぎ両手を握りしめ噛みしめるようにそういうことを言っちゃうリヒャルト・ツェルニックさん。

こないだのオークションで挨拶してくれたロベルト・ツェルニックさんの弟だ。お兄さんが宝飾品担当で、弟さんが服飾品担当なんだって。

ちなみにロベルト兄も一緒に我が家に来ている。そんでもって、リヒャルト弟の後ろに並んでおんなじようなポーズをしてる。

うん、よく似た兄弟だわ。

でもさすが商売人だけあって、衣裳部屋に入ったとたんリヒャルトさんはキラーンと目を輝かせて勢いよく商品チェックを始めた。

「こちらの繊細な刺繍……このお衣裳はフルーレ工房でおあつらえになったものですね？」

「この美しいレースの手触り……トゥーラン皇国産の最上級の糸がこれほどふんだんに使われているとは」

「おお、こちらのショールは魔羊の……見た目だけでなく保温の効果も素晴らしい」

「ううむ、ワイバーンの皮をここまで薄くなめし、これだけの色合いに染め上げた靴など滅多にお目にかかれません」

そうなんだよね、あのゲス野郎って超ドケチのくせに、たまにお母さまを連れ歩くときはここぞとばかりに飾り立ててたんだよね。お母さまみたいな美貌の女性を妻にしていることが、自分のステータスだとか思ってたんだろうね。

だからふだんお母さまのことを徹底的に籠の鳥にしちゃってたくせに、たまに見せびらかすために連れ出して。本当に、お母さまのことを単なる自分のアクセサリーだと思ってたんだよ。

そしてお母さまの美しさを最大限引き出すよう、ドレスも小物もそれなりにお金をかけてあつらえてた。それが十七年分溜まってるんだから、量も質も相当なレベルなんだと思う。

「それでは奥さま、どの品を私どもにお譲りいただけるのでしょうか？」

期待を込めまくったリヒャルト弟に、お母さまはおっとりと答える。

「そうねえ、わたくしは未亡人ですから、もう社交に出ることはほとんどないと思いますの。もし夜会に招かれても黒の衣裳があれば済みますし、あとはふだん着る衣裳が数着あれば……」

「奥さま……！」

リヒャルト弟が額に手を当てて天を仰いだ。

そして彼はスチャッとばかりにお母さまの前に片膝を突く。

「どうかお願いです、そのようなことはおっしゃらないでくださいませ！　未亡人でいらしたとしても、美しいお衣裳をお召しになり、楽しいお気持ちを味わわれることは決して罪ではございません！」

なんだろうね、こないだのイケオジ商人ハウゼンさんもそうだったけど、宝飾や服飾を扱う商人ってみんなこんな芝居がかった人たちなのかしらね。

「そういうものなのかしら……」

リヒャルト弟の熱弁に、お母さまは困惑気味に小首をかしげてる。

実はお母さま、ご自分の美貌にまるっきり無頓着なんだわ。なんかもう、服は着られればなんでもいいって感じで、毎日侍女が用意したものを順番に身に着けるだけっていう。

それでも、本当に本物の美人だから、毎日輝くばかりの仕上がりになっちゃうんだけど。

「そうでございますとも！」

リヒャルト弟の熱弁は続いてる。

「もちろん、これほど素晴らしい品々をお譲りいただけるというのは、私どもにとって大変光栄なことでございます。けれど、お衣裳はご婦人がたの御身を飾るだけでなく、そのお心にも華やぎを添えてくれるものなのですから！」

リヒャルト弟、絶好調だ。

「もしいまお持ちのお衣裳がお心に沿えぬということでしたら、私どもではお衣裳のお仕立て直しも承っておりますので、そちらもぜひご相談いただければと！」

「あら、それはすてきなお話ね」

パッとお母さまの顔が輝いた。

「それなら、娘たちが着られるようにお仕立て直しをしてもらえないかしら？　特に長女のゲルトルードは、これから本格的な社交のために、衣裳がたくさん必要になりますもの」

「お、お母さま」

思わず、私はお母さまとリヒャルト弟の間に手を伸ばしてしまった。

だって今日はドレスを売るために商人に来てもらってるのに、お母さまってばすっかりリヒャルト弟に乗せられちゃってるんだもん。

「わたくしはいいのです。そもそも、これからは倹約して暮らしていかなければならないのですから……」

「何を言っているの、ルーディ」

めずらしくお母さまが強めの口調で言った。

「本来なら貴女はもっとたくさん衣裳を持っているべきなのよ。でもわたくしが不甲斐ないばかりに……わたくしのおさがりで本当に申し訳ないけれど、せめてお仕立て直しでも衣裳の用意をさせてちょうだい」

あー……ちょっとばかり、私の目が泳いじゃった。

お母さまもね、ある程度はわかってらっしゃるのよ。私のクローゼットのスカスカぶりを。

あのゲス野郎は、地味で平凡な容姿の娘にカネをかけるなんて無駄なことは、いっさいしなかった。だから私はほとんど衣裳を持ってない。はっきり言って、まだ十歳の妹アデルリーナと比べても半分どころか三分の一以下だと思う。

正直、お母さまのそういう気遣いは本当に嬉しい。

でもねえ……費用のこともあるけど、お母さまのドレスなんて、どう考えても私にはまったく似合わないのよねえ……。

だって私、お母さまには全ッ然、似てないのよ。

ホントにホントに、ホンッッットーーーに、言いたくないんだけど、私は髪の色も目の色も、父方譲りなの。

お母さまは、お姑である私のお祖母さま（故人）に似てるって言ってくれるんだけど、髪はブロンドというには茶色味が強すぎて黄土色な上にド直毛、目も赤琥珀色（レッドアンバー）といえば聞こえはいいけど、はっきり言ってちょっとだけ赤みがある茶色。

地味な色彩に平凡な顔立ち。ついでに、体つきも十六歳とは思えぬ発育不全のチビでツルペタ状態。本当に笑えるほど、明るい色もフリフリヒラヒラも似合わない。

そりゃあもう、ふんわりと輝くばかりのプラチナブロンドに透き通ったアメジスト色の瞳のお母さまは、鮮やかな色も淡い色もなんでも似合う。体つきもほっそりとしていながら出るとこはしっかり出てるので、華やいだレースやフリルもものすごく似合うし。

私は、私の袖をつかんで不思議そうに小首をかしげている妹のアデルリーナを見てしまった。今日も同席を許されて一緒に衣裳部屋に来ているんだ。

髪も目もお母さまと同じ色で顔立ちも愛らしいアデルリーナなら、お母さまのドレスを仕立て直してもとっても似合うと思うんだけど……。

「それでしたら、こちらのお衣裳などいかがでしょう？」

いつの間に動いたのか、リヒャルト弟が一着のドレスを手に満面の笑みを浮かべていた。

しかもその手にしているドレスの色は深い紺青色。

「まだ年若くていらっしゃるご令嬢は、淡い色をお召しになることが多いですが」

リヒャルト弟は、失礼しますと言いながら私の後ろに回り、さっと広げたその紺青のドレスを私の体の前へ持ってきて軽く肩に当てた。

「こちらのお嬢さままでいらっしゃれば、このようなお色がよくお似合いです。特にお顔の近くにこのお色を足していただければ」

これまたいつの間に動いたのかロベルト兄がさっとやってきて、その手にしていた金色のレースのストールをふぁさーっと私にかけてくれた。

「まあ！」

「すてき！」

お母さまとアデルリーナが同時に声をあげた。

リヒャルト弟はさっと一礼する。

「こちらのお嬢さまは、スカートのフリルをもう少し押さえてすっきりとした形に整えさせていただければ、さらにお似合いになると存じます。それに加え、襟元と袖口に金糸で刺繍などさせていただければ、華やかさも添えられて完璧かと」

なんかぽかんとしちゃってる私の体を、リヒャルト弟は軽く押して回転させ、大きな姿見が見えるようにしてくれた。

そこで私はさらにぽかんとしちゃった。

え、えっと……いや、いやいや、ホントに、マジで、私の地味顔が三割増しくらいでよく見えるんですけど？　なんかこう、顔の雰囲気がパッと明るくなったような……私、こんな色が似合うんだ？

いまリヒャルト弟が言ったように、学院に在籍している年ごろの貴族令嬢は、淡くやわらかいピンクやブルー、クリーム色なんかが定番色で、こういう濃い色のドレスはまず見かけない。

しかもそういった淡い色合いに、これでもかっていうほどレースやフリルを重ねるのが若い令嬢にふさわしい装いだと暗黙の了解になっちゃってて、そういう色もデザインもまったく似合わない私はかなり困ってたんだよね。

リヒャルト弟はぽかんとしたままの私をナリッサに任せると、今度は明るい青空色のドレスを持ち出してきた。

「そちらのお嬢さまでしたら、このお色がよろしいかと思います」

アデルリーナがそのドレスを当ててもらうと、本当によく似合っている。

そしてリヒャルト弟は白いレースの付け襟と紺青の幅広リボンも持ち出してきた。

「こちらの襟とリボンを合わせていただければさらにお似合いです」

にこやかにリヒャルト弟が言った。

「それにこうすれば、お姉さまとさりげないおそろいになりますよ」

「すてき！」

アデルリーナが頬を染めて嬉しそうに私を見上げる。

「ルーディお姉さまとおそろいなんて！」

うぉあぁぁーーー！

なんなのリヒャルト弟！　なんで私のツボをこうも的確にも突いてくるの！

おそろいだなんて、こんなかわいいかわいいアデルリーナをこんなに喜ばせてくれちゃって、喜んでるアデルリーナがもうかわいくてかわいくてかわ（以下略）。

「では、こちらをお仕立て直しでよろしいでしょうか、奥さま？」

そう言ったのはなぜかナリッサだった。

お母さまも嬉しそうに何度もうなずいている。

「もちろんよ！　ルーディもリーナも本当によく似合っているわ。二人ともなんてかわいらしいんでしょう」

そこからはもう、買取ではなくお仕立て直し商談会になってしまった。

リヒャルト弟はお母さまの衣裳部屋を縦横無尽に駆け回り、私に似合うドレスとアデルリーナに似合うドレスを、スパパパーッと仕分けていく。そこにロベルト兄がふだん使いのアクセサリーや小物類を持ってきて、どんどんコーディネートしてくれる。

すごい。

プロだ。

プロの技を見せてもらった。

だって本当に、この地味で平凡な私にちゃんと似合うスタイリングになってるんだもの。

「ゲルトルードお嬢さまは、深みのあるお色や少し抑えた色味がよくお似合いです。それに過度な装飾は避け、すっきりとした形がよろしいかと。お若い貴族令嬢という枠にとらわれず、ご自身にお似合いのお色や形のお衣裳をお召しになることを、ぜひお勧めいたします」

し、商売人や。

めっちゃ商売人やぞ、ツェルニック兄弟。

結局今日一日ではお母さまの衣裳部屋は片付かず、明日以降もツェルニック商会に来てもらうことになってしまった……。

荷造りと新しい侍女

あのね、ほんの数日前まで、私たち所持金ゼロだったの。

いや、家の中にお金はあったと思うのよ、書斎に金庫だってあるし。でもね、家じゅうのありとあらゆるものに差し押さえの札を貼られてるような状態なの、勝手に使うわけにいかないの。

所持金ゼロで家からも立ち退きを迫られてて、本当に路頭に迷うしかないかもしれないって状態だったのよ?

それなのになんで、私のドレスが増えていくの?

なんかもうお母さまは大喜びで、そしてお母さま以上にナリッサもノリノリで、お母さまのドレスを私が着られるように、大量に仕立て直そうとしている。

もちろん、ツェルニック商会のリヒャルト弟も爆ノリ。四百着以上あるお母さまの衣裳の中から厳選に厳選を重ねたって言って三十着以上を選び出してくれたんだけど、そんなにたくさんいらないって！

とにかく、私はまだ成長期でこれから身長も伸びて体形も変わる可能性もあるしって説得しまくって、なんとかとりあえずドレスを三着、乗馬服を一着、オーバーコートを一着だけ仕立て直ししてもらうように話をまとめた。

いや、今後も必要に応じて仕立て直しできるようにってことで、選び出してもらったドレスは買取には出さず、そのままお母さまがキープしておくことになっちゃったんだけどね……。

これがアデルリーナのためにドレスを仕立て直すっていうなら、百着でもドーンと来い！　状態だったんだけど、さすがに十歳じゃまだ正式なドレスは必要ないってことで、今回リーナは一着だけの仕立て直しになった。ううむ、残念。

だけどそれがあの青空色のドレスなので、私の紺青色のドレスとさりげなくおそろいにできるわけで……アデルリーナとおそろい……んふふふふふふふふ（以下略）。

それでも二百着以上買い取ってもらったし、靴やショールやボンネット（帽子）、日傘にレティキュール（手提げ袋）などなど小物も結構買い取ってもらえて、それなりの収入にはなったわ。

一応、ツェルニック商会に来てもらう前に、クラウスの伝手で商業ギルドの服飾品部門の人に来てもらって、我が家の衣裳を買い取ってもらうならいくらくらいになるかって相談はしておいたの。

ツェルニック商会の買取価格はそのとき予想してもらった価格と大きくは違わなかったので、健全経営の信頼できる商会認定でＯＫだな。兄弟そろってちょっとキャラは濃そうだけど。

しかしお母さまにはまだ二百着以上の衣裳があって、しかもそれがTシャツやデニムみたいな気軽な服じゃなく、全て一点物のオーダーメイド、いわばオートクチュールな衣裳ばかりなわけよ。それはもう日本人感覚で言えばとんでもない量と質なんだよね。なんかもう、服としての存在感が圧倒的に違う。

それでも、伯爵家夫人として四百着でも多いとは言えない量だし二百着なんて少なすぎるって、リヒャルト弟は激しく主張してたんだけどね。

うん、だけどね……私は今回の三着をいれても自分のドレスって十着くらいだわ。学院に通っている間は、とりあえずどこへ行くにも制服さえ着ていればOKなのでごまかせてるのよね。制服だけは、あのドケチのゲス野郎も外聞を案じたのか、ひとそろい買ってあてがわれてたんだよね。

ナリッサが黙ってくれているので、お母さまは私のドレスの正確な数は把握できてない。でも、知っちゃったらきっとお母さま泣いちゃうな……貴族令嬢にあるまじき数だって。

うん、やっぱこれからも黙っておこう。

そう思ってたのに、いきなり危機に直面してしまった。

引越しの荷造りだ。

これだけ衣裳が少ないと、引越し荷物も当然少ない。それはすごく楽ちんなことではあるんだけど、私の衣裳箱がせいぜい二つとかしかなかったら、絶対お母さまにバレちゃうよね……。

衣裳箱っていうのは、ちょうど日本の長持みたいな感じのふた付き箱で、畳一枚分くらいの大きさで高さは七十～八十センチくらいかな。

この箱に、装飾の多いイブニングドレスなら五～六着、シンプルなデイドレスなら十着くらいは入る。あれこれ合わせて二百着以上まだ衣裳があるお母さまの場合、たぶん三十箱以上必要になるはず。小物や靴なんかを合わせると、まあ四十箱は超えると思う。

私はねえ……たぶん二箱で余裕だな。

仕立て直しの衣裳がいま届いたとしても、せいぜい三箱だ。

うーん、とりあえず我が家にある衣裳箱の数にも限りがある……ということにして、詰め込んだ箱からどんどん新居へ運び、空箱を持って帰ってきてまた詰める、という形にして誰の衣裳が何箱あるかわかりにくいようにしちゃおうか。

いっぺんに全部運ぶとなると、すべての箱を並べることで一目瞭然になっちゃうからね。

お母さまに訊かれたら、私の衣裳箱はすでに何箱か運んでしまいました、とか言えばごまかせると思う。

衣裳箱を運ぶには、荷馬車を商業ギルドから貸し出してもらうことになるんだけど、ナリッサは荷馬車も操れるって言ってるから、ナリッサと私で荷造りできた箱から運ぼう。そうしよう。

しかし、荷馬車ってこのでっかい衣裳箱をいくつ積めるんだろう。

私の分はともかく、お母さまとアデルリーナの分だけで五十箱は超えるよね。十箱積めたとしても六往復は必要ってことかな。

はあ、貴族の引越しっていうか住み替えって、ふつうは何か月もかかる、場合によっては一年以上かかるって言われてるの、本当にその通りだわ。我が家のように、本当に身の回りのものしか持ち出せない場合ですら、この状態だもの。

まあでも、そのおかげで、買ったばかりの新居に家具やカーテン、什器なんかが備え付けになってるんだけどね。運び出す手間と費用を考えれば、家ごとまとめて売っちゃうほうがよっぽど簡単だもんねえ。

そして私は自分の衣裳や身の回りの品の荷造りを始めようとして、またもや問題に気が付いた。

荷物の運び出しを私とナリッサがするとして……その運び出しをしている間、お母さまとアデルリーナは荷造りができない。そう、侍女がいないから。

うん、お母さまもアデルリーナも、自分で荷造りなんてできないと思う。

執事のヨーゼフは、貴族女性の衣裳の扱いも多少は心得てるはず。でも、男性の執事に下着まで荷造りさせるのはどう考えても無理。当然、カールやハンスに手伝わせるわけにもいかない。

でもじゃあ、ヨーゼフやカール、ハンスに荷物の運び出しをしてもらうっていうのは……デカくて重いのよ、衣裳箱って。

おじいちゃん執事のヨーゼフに無理をさせたくないし、カールとハンスも二人で一箱運べるかどうか怪しい。ハンスはともかく、カールはまだ本当に子ども体形だからねえ。

荷運びを私がする以上、荷馬車の御者をハンスにさせるわけにもいかない。

いやもう、伯爵家の令嬢が荷馬車に乗るって時点でかなりアウトっぽいのに、子どもとはいえ男性の従者と二人きりで馬車に乗ったりなんかしちゃったら完全アウトなのよ。ホンット、貴族は面倒くさい。

ああもう、ナリッサが二人欲しい。

いや、ナリッサほど超有能でなくてもいいから、ふつうに真面目に働いてくれる侍女が大至急必要かも。


そう、思ったことを私がナリッサにこぼしたら、そのナリッサがいきなり言い出した。

「侍女に心当たりができました。一度面接をしていただけませんか」

「ええと、それってクラウスがいま書類選考をしてくれている人たちとは別に、っていうことかしら？」

「そうです」

それっていいの？　と思わなかったわけではないんだけど、ナリッサの強い勧めもあって、我が家でいきなり侍女の面接を行うことになった。

私とお母さま、それにもちろんアデルリーナ、そして執事のヨーゼフに下働きのカールと勢ぞろいした我が家の客間に、ナリッサがその侍女候補を連れてきた。

侍女候補の女の子の顔を見たとたん、私たちは納得してしまった。

だってその女の子は、一緒に客間に入ってきたハンスにそっくりだったから。

「ハンスの姉のシエラです。年齢は十七歳になったばかりだそうです」

「あ、あの、シエラ・グレッセンです。よろしくお願いいたします」

ナリッサが紹介すると、シエラは顔を真っ赤にして挨拶してくれた。

そのようすがまた、本当にハンスにそっくりだ。そばかすはないけど愛嬌のある顔立ちで、明るい色の髪も濃い茶色の目も同じだし。ハンスに比べるとやや小柄な感じだけど。

シエラはいま、貴族の衣裳を手掛けている服飾工房でお針子をしているんだそうな。

そういえばシエラが着ている服、自分でお直ししたんじゃないかな。袖口とスカートの裾に別布が足してあるんだけど、いかにも丈が足りなくなってつぎ足しましたって感じじゃなく、きれいなフリルになっていてとてもかわいらしい。フリルには濃い色の細リボンもあしらってあって、それがアクセントになってるのがまたおしゃれだし。

ずっとお針子をしていたシエラに侍女の経験はないものの、貴族女性相手に採寸や仮縫いをすることもあるため、貴族に対する礼儀や作法は一通り心得ているとのこと。

「もしシエラを雇っていただけるのなら、侍女の仕事については私がイチから仕込みます」

ナリッサが頼もしく請け負ってくれる。

それくらい、シエラの人柄をナリッサも気に入っているということだろう。てか、いったいいつの間に目をつけてたの？ つい先日、侍女募集の話をしていたときは、何も言ってなかったよね？

「あの、私、お針子の仕事はとても好きなのですが、その……いまのお店では、毎日夜遅くまで作業が続いて、それであの、特に目がすごく疲れてしまいまして……」

お針子から侍女への転職でもいいのかという私の問いかけに、シエラはややうつむき加減ながらもしっかりと答えてくれる。

「それで、仕事を少しでも減らしてもらえないか店にお願いしたのですが、減らしてもらうことはできませんでした。それに、ほかのお店に替わりたくても紹介状もいただけなくて……どうしようかと思っていたところ、ハンスがナリッサさんを紹介してくれたんです」

うーん、どうやらブラック職場っぽいね。

毎日夜遅くまで、それもおそらく灯の魔石をケチったあまり明るくない部屋で針仕事をさせられてるんだろうね。そんな薄暗い室内で毎日長時間にわたって細かい作業をしてたら、そりゃあ目も疲れるでしょうよ。肩こりだってきっとすごいだろうし。

でも確かに、お針子って目を悪くして辞める人が多いって話は聞いたことがある。それって、こういう労働環境のせいっぽいね。シエラもきっとそれを心配して、転職を考えたんじゃないかな。

「こちらの、クルゼライヒ伯爵家さまについては、弟のハンスから話を聞いていました。奥さまもお嬢さまがたも本当にお優しくて、とてもよくしていただいていると……それであの、本当に、侍女の経験もない私が、厚かましいお願いであることはよくわかっているのですが、できればこちらで雇っていただけないかと……どうかよろしくお願いいたします」

真っ赤にした顔を一瞬だけ上げ、シエラは深々と頭を下げた。同時に、慌てたようにハンスも頭を下げ、その耳が真っ赤になっているのがなんともほほえましい。

私はお母さまに視線を送る。

お母さまはにっこりと笑みを浮かべると、その顔をアデルリーナに向けた。

「リーナはどう思って?」

問われたアデルリーナはきょとんと不思議そうな顔をしてる。

でも、お母さまがなぜアデルリーナに問いかけたのか、私には納得だ。だって、ヨアンナのことはまだわからないけど、それでも侍女としてシエラを雇うなら、シエラはアデルリーナの侍女になる可能性が高いから。

「シエラはハンスのお姉さんなのでしょう？」

きょとんとしたまま、アデルリーナが口を開いた。

お母さまがほほ笑む。

「そうですよ」

「じゃあ、いい人なのではないかしら。ハンスは馬のお世話だけではなく、いつも厨房のお手伝いもしてくれているでしょう？　そのハンスのお姉さんなのですもの」

無邪気に、嬉しそうにアデルリーナはそう答えた。

シエラは、それにハンスも、ますます真っ赤になって感極まったような顔をしてる。

うん、採用！

だってアデルリーナにあんなかわいい顔をさせてくれちゃうことができて、しかもアデルリーナのあんなかわいいかわいい顔にちゃんと感動できるって、ものすごく大事なことだからね！

シエラ、これからよろしくね！

と、私が声に出す前に、お母さまが言った。

「では、シエラには我が家の侍女になってもらいましょう」

お母さまは私にも確認をとってくれる。

「ルーディ、あなたもそれでいいで――」

「もちろんです、お母さま！」

がっつり食い気味に私は答えてしまった。

「シエラにはぜひ、我が家の侍女になってもらいましょう！」

後日、クラウスにはめっちゃ謝っておいた。

だってあんなに頑張って侍女の選考をしてくれてたんだもの。さすがに、こちらで侍女を決めたことを伝えたら、ちょっと遠い目をしてた。

でもちゃんと慰労金も支給しておいたから、きっとクラウスくんも納得してくれたはず。クラウス、これからもずーっとよろしくね！

引越し準備は反省とともに

シエラは面接の翌日にはもう、我が家の侍女になっていた。

本当にこの世界では、仕事も辞めるとなったらその日に辞められちゃうんだね。

まあ、お針子も基本的に住み込みで、一応お給金はもらえることになっているけど、実際はほとんどもらえない職場も多いらしい。だから未払いのお給料もナニもあったもんじゃなくて、本人が辞めますって言ってその日から来なくなったら終わりなんだって。

シエラは多少お給金をもらってたらしくて、まるっきり無給ってわけではなかったみたいなんだけど……でも住み込みだからお給金もろくに出ないとかってさ……貴族家だけじゃなくあらゆる職場がブラックってことか……。

そのシエラ、ナリッサが用意してくれた侍女服に着替えてもらい、早速お母さまの衣裳部屋へ連れて行ったら……入り口で両手を胸の前で組み合わせ、キラキラの目でうっとりとつぶやいた。

「……すてき！」

うーん、なんかやっぱり服飾関係の人たちって、全体的にこういうノリなのかしらね？

それでもさすが元お針子、衣裳の扱いは本当に素晴らしくて、シエラはしゅたたたたーーーーっとばかりにドレスを片っ端からたたんで衣裳箱に詰めてくれる。

本当にその手際のよさは圧巻。ものすごい高速でたたんで詰めてたたんで詰めて、を繰り返しているのに、そのたたみ方も完璧なのよ。アレはたぶん、新居で箱からドレスを取り出しても火熨斗(ひのし)（アイロン）も要らないと思うわ。おまけに、ものすごく種類の多いドレスをちゃんと季節ごと、着用シーンごとに分類して箱に詰めてくれてる。

すごい、シエラってばめちゃくちゃ有能！

なんか一緒に荷造りをしてるナリッサまで、ちょっとどや顔してる気がするけど。

いやもうおかげで、荷造りがはかどるはかどる。これは即行荷運びを始めないと。だってすぐに全部の荷造りが終わってしまって、私の衣裳の少なさがバレてしまいそうだもん。

私はカールに商業ギルドへと走ってもらい、クラウスに頼んであった荷馬車をすぐ手配してもらえるよう伝えることにした。

帰ってきたカールは、明日の朝には我が家に荷馬車が到着すると告げてくれた。

「じゃあ、いまのうちに玄関ホールまで衣裳箱を運んでおきましょうか」

私はそう言って、お行儀悪くたくしあげたスカートの裾をベルトに挟みこむ。

「カールとハンスは厨房から出ないように言いつけておきましたので」

ナリッサが言いながら、衣裳部屋の扉を大きく開いてくれる。

ほら一応ね、貴族令嬢としては、こういうはしたない恰好を男子に見せるわけにはいかないのよ。

ってことで、私はドレスの袖もまくりあげ、じゃまにならないようたすき掛けもしちゃう。

「ルーディ、無理はしないでね？」

「大丈夫です、お母さま」

うなずいて答えた私は、全身に魔力をめぐらせる。

「【筋力強化】」

声に出すことで、指先まできっちり魔力が行き渡った。

「それじゃ、運びまーす」

私は、衣裳がぎっしり詰まったでっかい衣裳箱を、片手でひょいっと持ち上げた。

そうです、これが私の固有魔力。

自分では『火事場の馬鹿力』って呼んでるんだけどね。

目の前でシエラが完全に固まってる。

そりゃそうだよね、私みたいにチビで見るからに発育不全の女の子が、通常大人の男性二人がかりで運ぶ衣裳箱を軽々と持ち上げて担いでるんだもん。

「あ、シエラ、私のこの固有魔力については、口外しないようにね」

私が声をかけると、シエラはいきなり壊れたようにこくこくこくこくとうなずきまくった。

「も、もももちろんです、決して口外いたしません！」

いや、まあ、別にいいんだけどね。ただやっぱ、貴族令嬢としてどうなのかって感じの固有魔力ではあるでしょ、全身の筋力を強化して馬鹿力になっちゃうなんてのはね。見た目はなんの変化もないだけに、違和感バリバリだしねえ。

貴族が持つ固有魔力については、顕現し次第その詳細を国へ報告する義務がある。

でもその詳細は、特に必要と認められない限り公開されることはない。だから本人が語らず、またその固有魔力を人前で使わない限り、ほかの人に知られることはまずないんだけどね。稀に貴族の中にも、固有魔力を持たない人も居たりするそうだし。

まあ、でもだいたいは自分がどんな固有魔力を持っているのか、ある程度は周囲にも話す。

特に王都中央学院へ入学すると、専攻クラス分けの参考になるしね。やっぱり攻撃に使えるような固有魔力を持っていると武官クラスを選ぶ場合が多いし、産業に役立てられそうな固有魔力を持っていれば文官クラスを選ぶことが多いから。

貴族のための王都中央学院は、十五歳で入学して三年間学ぶことになってる。

一年目は貴族としての一般教養科目がメインで、二年目から専攻クラスを選ぶ。武官、文官のほかに領主クラスっていうのもある。要するに、領地持ち貴族の跡継ぎが選択するクラスね。基本的に男子だらけのクラスだけど、たまに婿取りが決まってる令嬢も専攻してたりする。

で、一年間の一般教養と二年間の専攻クラスを終えたら卒業。でも、幹部候補の生徒はそのままさらに二年間の高等学院へ進むことが多い。

私はこの冬で学院一年目を終えるため、二年目になる来年の春からは専攻クラスを選ばなきゃならない。でもねー、私の場合ホンットにただの馬鹿力でしかないから、使いどころがほとんどない固有魔力なのよねえ……。

ドカドカとでっかい衣裳箱を運び出し続ける私のようすに慣れてきたのか、シエラはまた動き出した。そんでもって、なんと私にズボンを用意してくれたんだ。

そりゃあね、一応装飾の少ないデイドレスを着ているったって貴族令嬢の衣裳が力仕事にまるっきり向いてないのは、私もわかってたのよ。おまけに、私には荷物の重さはまったく問題ないんだけど、大きさが大問題なんだし。

つまり、馬鹿力になっても体のサイズが小さいままなので、でっかい箱を抱えるには腕の長さがまったく足りないの。だから担ぎ上げられるようナリッサが衣裳箱に縄をかけてくれているんだけど、それだけ大きなものを担いで階段を下りるのってやっぱ結構怖いのよね。

それでできるだけ足元が見えるようスカートの裾をまくりあげ、縄に引っかけてバランスを崩したりしないよう袖もまくったりしてたんだけど。

シエラはそんな私を見かねて、お母さまに断りを入れ衣裳部屋の奥から膝丈ズボンを引っ張り出してきた。

そして私には少し大きすぎるそのブリーチズを、私の体に合うようパパパッと手直ししてくれたんだ。

もちろん応急措置的なレベルのお直しなんだけど、いやもう十分！　ゆるいウェストに何か所かタックを入れて縫い留め、ベルトじゃなくサスペンダーを探し出してきて調整してくれた。

裾も、膝丈どころかクロップドパンツみたいになってたんだけど、これもバタつかないよう何か所かダーツを入れて、私の乗馬用ロングブーツの中へたくし込めるようにしてくれた。

上半身は私の乗馬服のブラウスを合わせ、さらにジレ（丈の長いベスト）をお母さまの衣裳部屋から引っ張り出してきて、私の体に合うよう調整してくれる。

「このようにお召しになっていらっしゃれば、お腰回りも隠せますので」

私にジレを着せてくれたシエラが、やりきった感あふれる笑顔で言ってくれた。

貴族女性がズボンを穿くというのはごく限られた場合のみで、しかも腰というかお尻の形がわかるような穿き方をするのは、はしたないと言われている。だから丈の長い上着でお尻を隠すようにするんだ。

「すごいわ！　とっても動きやすいわ！　ありがとう、シエラ！」

まじで感動である。

何枚もペティコートを重ねた上にヒラヒラヒラフリフリのスカートという恰好は、たとえ裾をまくりあげていようが足さばきが大変なのである。それがズボンになったんだから、もう楽なんてもんじゃない。

それに乗馬服のブラウスはヒラヒラフリフリのないすっきりした形だし、ジレも貴族らしく刺繍はたっぷりしてあるけど、騎馬用なのでこちらもすっきりした形にしっかり燕尾になっていて動きやすい。袖のないベストだから肩回りが楽に動かせるのも嬉しい。

「このお姿でしたら、上に外套をお召しになるだけで、そのまま荷馬車に乗られていても大丈夫ではないでしょうか」

ナリッサも感心したように言った。

その言葉に私も手を打ってしまう。

「そうよね、あちらのタウンハウスでも荷運びは必要なのだから、この恰好で移動してしまえるなら、本当に助かるわ！」

お母さまの衣裳部屋にブリーチズや軍服があることは、こないだツェルニック商会が買取に来てくれたときに私は初めて知ったんだけど、まさかこんなふうに役立つとは思ってなかった。

お母さまもにこにこしている。

「ルーディが着て役立ててくれるのなら、ベアトリスお義母さまも喜んでくださったに違いないわ」

そう、騎馬用のブリーチズもジレも、そして前面にモールの飾り紐がずらっと並んだいわゆる肋骨デザインの軍服もすべて、お祖母さまが遺してくださった服なんだよね。

この国の貴族女性が馬に乗るときは通常、横鞍という特殊な鞍を使う。足を広げて馬にまたがらなくていいように、横座り用の特殊なスカートを穿いてその鞍に座り、上半身だけ前に向けて馬を操る。

ただし、女性武官だけは背にまたがる形で乗馬するので、男性と同じくブリーチズを着用する。

だから女性用ブリーチズを持っている、イコール武官であると思って間違いない。

お祖母さまが武官だったなんて、これまたかなり意外である。

「ベアトリスお義母さまは礫弾を放てる固有魔力をお持ちだったのよ。実際に前線に出たことはないけれど、魔物討伐には何度か参加されたとうかがっているわ」

「恰好よくてすてきなお祖母さまだったのですね！」

お母さまの言葉に、アデルリーナが目をキラキラさせている。

ああもうアデルリーナはいつでもなんであっても本当にかわいいかわいいかわいい（以下略）。

だからお祖母さまも、アデルリーナにお会いになれないままお亡くなりになってしまったのは、さぞや無念だったに違いない。

お祖母さまは、私が三〜四歳の頃まではこのタウンハウスで一緒に暮らしていたんだけど、その後、領地の領主館（カントリーハウス）に移られ、それ以降は一度もお会いできないまま五年前にお亡くなりになってしまった。

おまけにこのタウンハウス内にお祖母さまの肖像画は一枚もなく、だから私はうっすらとしかお祖母さまの記憶がないんだけど、物静かなかただったという印象なのよね。

紺色の厚手の生地に金モールの飾り紐がずらりと並んだ軍服を手に、お母さまは懐かしそうにしみじみと言った。

「この服は、もしルーディが武官クラスを選ぶことがあれば着せてあげてほしいと言われて、お義母さまは置いていかれたのよ」

あー……私は文官クラスを専攻するつもりだから、こんな立派な軍服を着ることはなさそうだけど……でもブリーチズはこうしてしっかり役に立ってます、お祖母さま。

お母さまはそれから私に視線を移し、目を細め静かに思い出すように言った。

「ルーディ、貴女が生まれたとき、ベアトリスお義母さまは、わたくしが自分の手で貴女を育てられるよう、あらゆる手を尽くしてくださったの」

思わず目を見張ってしまった私に、お母さまは続ける。

「お義母さまは、ご自分の手で我が子を育てられなかったことを、本当に後悔されていたわ。最初の息子を幼くして亡くされて、ようやく生まれた二番目の息子を跡継ぎだからと自分の手から取り上げられ、当主に媚びるだけの乳母や家庭教師たちに甘やかされ放題、わがまま放題に育てられてしまったことを、どれだけ悔やんでも悔やみきれないと……」

お祖母さま……！

ごめんなさい、私は悪い孫でした。正直に言います。私は、あのゲス野郎の母親だっていうことで、お祖母さまに対していい印象を持っていませんでした。でもそんな事情があって、ご自分でもそのことをひどく悔いていらしたなんて。

しかも、嫁であるお母さまと孫である私のことを、そこまで思いやってくださってたなんて……

本当にごめんなさい。

お母さまはその優しい顔を、アデルリーナにも向ける。

「リーナ、貴女が生まれたときも、ベアトリスお義母さまは本当に喜んでくださったのよ。そしてもちろんルーディのときと同じように、絶対に貴女を手放してはいけない言ってくださって……お義母さまは貴女にもとても会いたがっていらっしゃったわ」

やっぱり、お祖母さまが領地に移られたのはご自分の意思ではなく、あのゲス野郎に強制的に移されたんだわ。たぶん、お祖母さまが何かと嫁であるお母さまの肩を持たれることを疎んじたんだと思う。

その証拠に、まだ幼かった私やアデルリーナはもちろん、お母さまですら、お祖母さまのご葬儀には参列させてもらえなかった。本当になんてわかりやすい嫌がらせだろう。

そしてこれもたぶん、お母さまもいままではあのゲス野郎の手前、お姑であるお祖母さまのことも、ご自分の実家のことも、娘である私たちに話すことができなかったんだろうな。だって、お母さまが何か言えば、あのゲス野郎に媚びへつらってた使用人たちがすぐ告げ口をする。

そのことでお祖母さまの立場がさらに悪くなったり、実家のマールロウ男爵家に圧力をかけられたりすることを、お母さまは懸念されてたんだと思う。

私はお母さまの気持ちも酌めず、自分の祖父母のこともよく知らないのに勝手に悪い印象を持ってしまってたんだ。

マールロウ男爵だったお祖父さまは、お母さまのことを心配して信託金を遺されただけでなく、そのお金を私の持参金にすることまで考えてくださっていた。

そして先代のクルゼライヒ伯爵家未亡人だったお祖母さまは、私がお母さまに育ててもらえるよう手を尽くしてくださった。それだけでなく、ご自分が着ていた大事な衣裳を私に引き継いでほしいと望んでくださっていた。

ごめんなさい、私は本当に悪い孫でした。


翌朝、商業ギルドから荷馬車が届いた。

基本的に貴族は宵っ張りの朝寝坊なんだけど、私がクラウスに依頼した通りかなり早い時間に届いた。朝早くに荷物を運び出したほうが、ほかの貴族の視線を浴びずに済むかなという、ちょっと姑息な意図なんだけどね。

今日も準備万端、シエラが用意してくれたブリーチズにジレっていう恰好で玄関ホールへ下りていくと、裏口に届いた荷馬車にハンスが馬をつないで正面玄関の車寄せに持ってきてくれた。

実は貴族家では、コレだけでも眉をひそめられちゃうようなことなのよ。タウンハウスの玄関前の車寄せに入れるのは紋章付きの馬車だけであって、貸馬車を入れることすら貴族らしくないって言われちゃうのに、荷馬車なんてありえないって。

別にいいんだ、我が家はとにかく無駄に広くてデカいので、門から覗き込んでも玄関まで見通せないもん。玄関前で私がドカドカ荷物を積み込んでたって、気にする必要ないもんね。

って、やっぱカールとハンスは固まっちゃったけど。私がデカくて重い衣裳箱をひょいひょいと運んでいくようすに、ね。あ、ちなみに当然のことながらヨーゼフは以前から私のこの固有魔力を知ってるので、ふつうにしてる。

そんでもって、カールとハンスにも一応、私の固有魔力については口外しないようにって言ったら、これまたシエラと同じく壊れたようにこくこくこくこくこくとうなずきまくってくれた。

荷台に衣裳箱を積み込んでいくと、八箱が限界だった。

うーん、これは七往復必要かも。

カールとハンスが荷台にしっかり幌をかけてくれ、私はナリッサと一緒に御者台に乗り込む。

「それでは行ってまいります」

「ええ、気を付けて行ってらっしゃい、ルーディ」

「行ってらっしゃいませ、ルーディお姉さま！」

こんなに朝早いのにちゃんと起きて見送ってくれるアデルリーナって、どうしてこんなにかわいくてかわいくてかわい（以下略）。

いまのタウンハウスから新居のタウンハウスまで、馬車で四半刻（約三十分）足らずの距離だ。

「ナリッサはどこで馬車の操り方を覚えたの？」

「私たちの両親は古物商を営んでおりましたので、子どもの頃から荷運びの手伝いはしておりました」

「そうだったのね」

「ほかにも、ご当家へご奉公に上がる前に一時期、街の食事処(しょくじどころ)で働いていたことがございまして、そのときにも馬車は使っておりました」

朝が遅い貴族街は、まだ静かなものだ。

それに秋は収穫期であるため、領地持ちの貴族はたいてい領地へ戻っているので、そもそも貴族街の人口はかなり減っている。朝帰りの放蕩貴族が乗った紋章付きの馬車がときおり通り過ぎる中を、私たちは荷馬車で進む。

御者台に座っている私たちは丈の長いマントをはおりフードまで被っているので、よほど近寄ってじろじろ見られない限り、侍女と令嬢であることすら誰も気づかないだろう。

新居になるタウンハウスは、門から入ってすぐ車寄せになり、その車寄せも箱馬車なら三台がせいぜいというこぢんまりとしたものだ。

それでも、いまのタウンハウスのように玄関前の車寄せに箱馬車が十台並んでも全然ＯＫなんてバカでかさに比べたら、私はなんだかホッとする。やっぱ根が庶民な日本人だからでしょうねえ。

「とにかくホールに荷物を運び込んでしまいましょう」

私がそう言うと、ナリッサが玄関を大きく開けてくれた。私は次々と衣裳箱を玄関ホールに運び込んで積み上げていく。

ホンット、シエラが用意してくれたこのブリーチズとジレっていう恰好だと作業も楽ちんだ。それでもナリッサは、私を気遣って声をかけてくれる。

「ゲルトルードお嬢さま、あまりご無理はなさらずに」

「ええ、今日はあと一往復で止めておきましょう」

私たちは荷物を下ろしてすぐに戻り、再び衣裳箱を八個積んで新居へと運び込んだ。

なかなかの順調ぶりである。

「この調子なら、あと四～五日で、いまのタウンハウスをエクシュタイン公爵さまにお引渡しできるかしらね？」

「いえ、もう少しお日にちには余裕をお持ちになられたほうがいいかと思います」

私の問いかけに、ナリッサはホールをぐるりと見まわしながら言った。

そしてナリッサは壁際へと歩き、壁に取り付けられている魔石ランプを確認する。

「やはり魔石はありませんね。おそらくこのお屋敷には魔石はまったく置いてないと思われます」

「あー、そうか……」

そうよね、調度品やカーテン、什器なんかを運び出すのは面倒だから全部置いていくとしても、魔石は全部回収して持ってっちゃうよね。なにしろ高価だし持ち運びも簡単、さらに言えば換金もすぐできて資金源になる。

ナリッサはホールを歩き回り、調度品も確認していく。

「おそらくリネン類も置いていないものと思われます。最低限、奥さまやお嬢さまがたがお使いになられる分だけでもご用意しなければ」

「そうね、その準備も大至急ってことね」

やっぱり、いまのタウンハウスから持ち出せるものが限られているので、いろいろ足りないものがあるわけだ。

「ほかにも必要なものを書き出して準備しなくちゃ」

私のつぶやきに、ナリッサが指を折ってくれる。

「そうですね、まずは灯用の魔石が最低でも五十は必要でしょう。それから台所の焜炉（こんろ）にかまど、天火（オーブン）、冷却箱、それにお風呂用と、冬に向けて暖炉用も必要ですね。あと、もちろんはばかり（トイレ）用も」

思わずため息をこぼしちゃう私に、ナリッサはさらに言う。

「……それに、私やシエラがお借りしている侍女服も必要ではないでしょうか」

「あー……」

私は思わず天を仰いでしまった。

「そうよね、侍女服は『当主の財産』に含まれちゃうわよね」

「さようでございます」

なんかやっぱりいろいろ出費がかさむなあ。

「でもまあ、この際だから、カールに従僕見習のお仕着せも用意しちゃいましょうか。ハンスは御者服でいいかしら。あとヨーゼフは執事だから私服なのよね？」

「ヨーゼフさんのことなのですが」

ナリッサが少しばかり眉を寄せる。「その、おそらくご自分の衣裳はあまりお持ちでないのではないかと。執事に戻られたのはつい最近ですし、それまでは下働きをされていましたので……」

「あー……！」

私は両手で顔を覆ってしまう。

そうだよ、なんで気がつかなかったの。ヨーゼフはもう何年も下働きに落とされて、その間は間違いなく無給だったよね？　当然、執事が着るような紳士の衣裳なんて自前で買えるわけがない。

それに下働きに落とされたとき、あのゲス野郎がそれまでヨーゼフが個人的に持ってた衣裳や私物を全部取り上げてたとしても、私は驚かない。むしろよく、ヨーゼフがいま着ている衣裳を自分で用意してくれたと思わずにいられない。

「ヨーゼフにも大至急、執事の衣裳を支給しなくちゃ」

「はい、それがよろしいかと」

少しホッとしたようにうなずくナリッサに、私はお礼を言った。

「ありがとうナリッサ、教えてくれて。私、全然気がついてなかったわ。申し訳ないけどこれからも、私が気づいてないことをどんどん教えてちょうだいね」

私の言葉に、ナリッサは眉を上げる。

そしてほんの少し口の端を上げて、ナリッサは答えてくれた。

「かしこまりました、ゲルトルードお嬢さま」


邸内をナリッサと手分けして確認したところ、やはり魔石はひとつも見つけられず、リネン庫も空っぽだった。ナリッサは、邸内にある魔石ランプの数や厨房の焜炉の数なども全部数えてくれたようだった。

帰宅しようとすると、ナリッサはなぜか私を荷台に乗せた。そして幌の中から出ないようにと言って手綱を握り、貴族街から外れて平民街へと荷馬車を進めた。

お昼前の街は活気があってとてもにぎわっている。

ナリッサは慣れたようすで荷馬車を操り、下町の小さなお店の前で停車する。

「すぐに戻ります」

言い置いていった通り、ナリッサはすぐに戻ってきた。その手に、大きなかごを携えて。

いやもう、お店の前に停まった時点でかなりいい匂いがしてたんだけど、かごから漂ってくる匂いはもう破壊的。ナリッサから手渡されたかごの覆いをちょっとめくって覗き込むと、濃厚なバターの香りがふわーっと立ち上る。

かごの中には、焼き立てほっかほかのスコーンがぎっしり詰め込まれてた。

とたんに、私のお腹がきゅるるると鳴っちゃう。

「ご帰邸次第、お茶をお淹れしますね」

超有能侍女ナリッサは私のお腹の音なんかこれっぽっちも聞いてませんよと知らん顔で、再び荷馬車を走らせ始めた。


「お帰りなさいませ、ゲルトルードお嬢さま」

相変わらずナリッサがノッカーをたたく前にヨーゼフが扉を開けてくれ、お母さまとアデルリーナは居間で私たちの帰りを待ってくれていた。

「お帰りなさい、ルーディ」

「お帰りなさいませ、ルーディお姉さま」

私がお母さまやアデルリーナにハグしてもらっている間に、ナリッサはヨーゼフと一緒にさくさくとお茶の準備をしてくれる。私たちがソファーに腰を下ろして二言三言話している間に、すっかりお茶の準備が整ったワゴンが居間に到着した。

「お時間は少々早いですが、今朝はお食事の時間も早うございましたので」

寄り道してナリッサが調達してくれたスコーンは、チーズ入りと干し葡萄入りの二種類。まだほかほかと温かく、バターのいい香りを振りまきまくっている。

「まあ、とっても美味しそうね」

「本当です、お母さま」

お母さまもアデルリーナもにこにこだ。

「ルーディ、疲れたでしょう？　さあ、たくさん召し上がれ」

そう言ってお母さまは、私の前に置かれたお皿にスコーンをたくさんのせるよう、ヨーゼフを促してくれる。私ももう遠慮せずに、素直に返事をした。

「ありがとうございます、喜んでいただきます」

だってね、筋力強化で重くてでっかい衣裳箱をたくさん運んだのよ？　それだけたくさん魔力を使ったのよ？　だからお腹が空くのよ、とーっても！

ホント、特に身体系の固有魔力を持ってる人は、その固有魔力を使うとお腹が空きやすいとはいわれてるんだけど、私もめちゃめちゃ空く！　固有魔力を使ってないときの三倍くらい食べてもまだ足りない感じがするくらいなんだから。

今朝もカールにサンドイッチを作ってもらって、それを朝食にして出かけてたんだけど……ああもうスコーンが美味しい！　美味しすぎる！　そんでもって、ナリッサってばホントにグッジョブ！


　美味しいスコーンをたっぷりといただいて一息ついたところで、私は新居に必要なものについてお母さまに話した。

　もちろんヨーゼフの衣裳についても話すと、お母さまも慌てたようにすぐヨーゼフの衣裳を用意しなければと言ってくれた。ヨーゼフはやっぱり辞退しようとしたけれど、お母さまは有無を言わせなかった。

「駄目ですよ、ヨーゼフ。わたくしたちが支給した一時金とは別の話です」

　ヨーゼフは私たちが先日渡した一時金（ボーナス）で、自分の衣裳を見繕うつもりだったらしい。

「言ったでしょう？　貴方がわたくしたちにしてくれたことを、わたくしは絶対にないがしろにしたくないのよ。それに、貴方にはクルゼライヒ伯爵家の執事としてふさわしい恰好をしてもらう必要がありますからね」

　そう言われてヨーゼフが断れるわけがない。

「それではお母さま、ヨーゼフの衣裳とナリッサたちの侍女服、それにカールとハンスの衣裳もまとめてツェルニック商会に相談するということでよろしいですか？」

「ええ、そうしましょう。でも、いまから間に合わせるには既製服になってしまうと思うのだけれど……」

「十分でございます、奥さま」

ナリッサがすかさず言った。

「もちろん、既製服の中でもクルゼライヒ伯爵家の品位を損なわないものをツェルニック商会には用意してもらいますので」

上位貴族家になると、侍女服や従僕のお仕着せもすべて独自デザインのオーダーメイドになるんだよね。でも、引越しまでに間に合わせようと思うと、既製服の中から選んでそれぞれの体形に合うよう調整してもらうしかない。

ヨーゼフの衣裳もオーダーメイドにしている時間はなさそうだし、とりあえず一着は既製服で我慢してもらおう。

それからさらに必要なものについて、私はお母さまに話した。

「引越し先のタウンハウスには、魔石がまったく置いてありませんでした。ですから、まず魔石の準備が必要です。それに、リネン庫も空っぽでしたのでそちらの準備も必要です」

「まあ、そうなのね。魔石がなければ夜になったとたん、困ってしまうわね」

そしてナリッサが具体的に説明してくれる。

「まず明かりについてですが、魔石が使える照明器具は五十二個ございました。厨房の焜炉は四個口でかまどが二個、天火(オーブン)は二個口が二個の計四個、冷却箱も四個必要になっておりました。それからお風呂用が奥さまとお嬢さまがそれぞれに計三個、冬に向けて暖炉用も各ご寝室と居間を合わせて四個、できれば客間用にさらにひとつあればと思います。あとは、はばかり用(トイレ)の魔石が……」

「え、でもお風呂の魔石や暖炉の魔石は、貴方たちも使うでしょう？」

私は思わず口をはさんだ。

「三階に執事や使用人のための部屋があるのだから、そちらにもお風呂や暖炉用の魔石を用意しないと。あ、でもナリッサとシエラはわたくしたちの寝室にある控室を使ってもらえばいいかも？それともやっぱり個室のほうがいいかしら？　ほかにはヨーゼフとカールと、厩部屋のハンスにも必要ね。ああ、もしかしてお風呂は厨房脇のを交代で使ってもらえばいいのかしら？」

そのほうが、わざわざ三階までお風呂の水を運び上げなくてもいいし、と私が考えていると、ナリッサもヨーゼフもなんとも言えない顔で私を見ている。

「え？　だって使うでしょう？　これからどんどん寒くなるのに、お風呂も暖炉もなかったら寒くて眠れないわよ？」

「ゲルトルードお嬢さま」

ナリッサがなんだか苦笑するように言う。

「私たちの分は後回しで結構ですので」

「そう？　でも冬までには準備しなければいけないのだから、このさいまとめて準備してしまいましょう。ねえ、お母さま？」

私がお母さまに同意を求めると、お母さまもすぐうなずいてくれる。

「ええ、そうしましょう。どのみち魔石は必要なものですしね」

そして私たちはまたもやクラウスを頼ることにした。

クラウスに連絡をして、魔石やリネン類を購入できるお店を紹介してもらうことにしたんだ。

なんだかもうすっかりクラウスは我が家の御用達だわ。ちゃんとお手当出すからがんばってね、クラウス！

待ちかねた手紙

翌日も朝から私は、ナリッサと一緒に荷運びを二往復した。さらには衣裳箱の少なさ偽装、げふんげふん、いくつかの衣裳箱の中身をクローゼットに移し、空箱も持ち帰った。

うむ、順調である。

そして、ナリッサがまた寄り道して仕入れてくれたおやつをたっぷりと食べた（重要）。ちなみに、ビスケットにがっつりジャムを塗るというぜいたくなおやつだった。厨房ではカールたちも大喜びで食べたに違いない。

午後からは、クラウスが来邸する予定になっている。魔石やリネン類を購入するお店を紹介してもらうんだ。それに、以前から話していたお薦めの料理人も連れて来るとのことで、面接も行うことになった。

「どのような料理人なのでしょうね？」

「クラウスの話では、貴族家での勤務経験もある女性だということですけれど」

「美味しいお食事を作ってくれるといいですね」

居間でお母さまやアデルリーナと話していると、ヨーゼフが郵便物を持ってきてくれた。お母さま宛の手紙が二通届いていた。

「まあ、ヨアンナからだわ！」

お母さまが歓声をあげ、ヨーゼフに封を切ってくれるよう促す。

ヨーゼフが封筒から便せんを取り出し、それを受け取ったお母さまの手元を、私も思わず覗き込んでしまう。

「よかった……！　ヨアンナはとても元気そうだわ」

ヨアンナからの手紙には、我が家を辞めた後はベアトリスお祖母さまの紹介でレットローク伯爵家の領主館に勤めることができ、伯爵家未亡人の大奥さまにずっとお仕えしてとてもかわいがっていただいていたこと、その大奥さまが先年お亡くなりになったけれど、いまもそのままレットローク伯爵家の領主館に勤めていること、さらには結婚して家庭を持ち子どもも生まれたことが書いてあった。

「ヨアンナが結婚して、子どもにも恵まれただなんて……本当によかった……」

お母さまは本当に嬉しそうにしみじみとつぶやいている。

ヨアンナのお相手は、同じ伯爵家領主館に勤めている庭師だそうな。子どもは男の子で現在四歳と書いてある。

そしてヨアンナは、我が家の当主が亡くなったことを、お母さまからの手紙を受け取るまで知らなかったそうで、『たいへん驚いております。できることならまたコーデリア奥さまにお仕えしたいです。お声をかけていただいて感激しています。けれど、いまは自分の家族もいるので、王都へ引越すことは難しいと思っております。本当に残念です』と綴っていた。

「そうね、家族がいて、お仕事に困っているわけでもないのであれば、無理に我が家に呼び寄せることはできないわね……」

お母さまは嬉しさ半分、寂しさ半分というようすでつぶやいている。

私もお母さまから便せんを受け取り、自分でも読んでみたのだけれど、ヨアンナがいま現在幸せに暮らしているのなら、無理に呼び寄せないほうがいいだろうなと思った。

けれど、ナリッサは違うようだった。

お母さまと私に断ってヨアンナからの手紙を読んだナリッサは、どうやら違うことをそこから読み取ったようだ。

「僭越ではございますが、私の感じたことを述べてもよろしいでしょうか」

「もちろんよ、同じ侍女である貴女の意見も聞きたいわ」

答えるお母さまに目礼し、ナリッサは話し始めた。

「こちらのお手紙には、ご当家のご当主がお亡くなりになったことを、奥さまからのお手紙を受け取るまで知らなかったと書かれています。いくら地方の領主館に居るのだといっても、貴族さまの間で名門伯爵家ご当主の急逝は話題になっておりますから、まったく知らなかったというのは不自然です。しかもいまは収穫期で、レットローク伯爵家の方がたも領地にお戻りのはずです。伯爵家の方がたが話題にされれば、使用人も当然その情報を得て互いに話題にするものです」

ナリッサは確認するように手元の便せんに目を落とし、また顔を上げて続ける。

「そこから察するに、レットローク伯爵家領主館におけるヨアンナさんの現在のお立場は、芳しくないのではないでしょうか。伯爵家未亡人の大奥さまにとてもよくしていただいていたごようすですので、大奥さまがお亡くなりになったことで領主館の中で孤立されている可能性がございます」

えっ、孤立って……つまり、ヨアンナはいま伯爵家領主館で、すごく肩身の狭い思いをしてるかもしれないってこと？　話題や情報をほかの使用人たちと共有できないほどに？

私はナリッサの言ったことを反芻して、確かにその可能性はあると思った。

お亡くなりになられた大奥さまが伯爵家内でどのようなお立場だったのかはわからないけど、ヨアンナが特にかわいがられていたのだとしたら、ほかの使用人から妬みを買っていたことも考えられる。ヨアンナに何の落ち度もなくても、一方的に攻撃的な感情を向けてくる人というのは間違いなく存在するのだから。

実際、ナリッサだって自分のことはいっさい言わないけど、私のお気に入りの侍女だということでほかの使用人たちから嫌がらせをされていたことを私は知っている。ほかの使用人たちと話題や情報を共有できないっていうのは、ナリッサ自身の実体験なんだろう。

私はできるだけナリッサを守ろうとしてきた。伯爵家の大奥さまも、同じようにヨアンナに接してくださっていたのではないだろうか。でも、その大奥さまはお亡くなりになってしまった……。

「お母さま、もう一度ヨアンナに我が家に来る気はないか、誘ってみましょう」

お母さまも思案しているような顔になっている。

私はさらに言った。

「ヨアンナの夫も子どもも、一緒に我が家に来てもらえばいいのです。ヨアンナの夫は庭師だというではないですか。小さいとはいえ新居にもお庭があるのですから、夫婦で来てもらえば庭師を雇う問題も解決ですよ。四歳の息子だって、一緒に来てもらってなんの問題もありません。むしろ、カールやハンスにいい弟ができるではありませんか。新居の三階には使用人のための四人部屋がありますから、そこに家族で住み込んでもらえばいいのです」

「そうね、そうしましょう」

お母さまもきっぱりとうなずいてくれた。


私たちはすぐヨアンナに手紙を書くことにした。

ヨーゼフに言って紋章入りの便せんを持ってきてもらうと、お母さまと相談しながら、そしてナリッサの意見も聞きながら書いていく。

こちらとしてはヨアンナに家族そろって住み込んでもらいたいこと、ちょうど庭師を探していたので家族で来てもらえればとても助かること、ただし小さな庭なので庭師のほかに下働きもしてもらうかもしれないこと、さらには具体的にどの程度お給金が支払えるかについても書くことにした。

「もしヨアンナが承諾してくれたら、すぐにこちらから迎えの馬車を送ると書いておきましょう」

私がそう言うと、お母さまはパッと嬉しそうにうなずいてくれた。

「ええ、そうしましょう。それならヨアンナたちも安心して王都へ出てこられるわ」

ナリッサもうなずいてくれる。

「まだ小さい子どもがいるのですから、乗合馬車を乗り継いで王都まで引越すのは大変でしょう。ヨアンナさんもとても喜んでくれると思います」

レットローク伯爵領まで貸馬車を迎えに行かせるとなると、往復で十日くらいかかるだろうか。その間の貸し切り料金は確かにちょっと痛い出費になるけれど、お母さまがこれほど呼びたがっているヨアンナが来てくれるなら安いものだ。

それにさっきも言った通り、庭師問題も解決する。伯爵家領地のカントリーハウスならお庭も広大だろうけど、新居のお庭なんて文字通り猫の額みたいなものだからその点は申し訳ないんだけど。

さらに、我が家に住み込みの男性が増えることも歓迎だ。ヨアンナの夫がどんな人かはまだわからないけど、庭師なのだからそんなに線の細い人ではないだろう。用心棒とまではいかなくても、やはりちょっと心強い。

しかも夫婦者として住み込んでもらえるなら、貴族の外聞的にもまったく問題がない。

ホント、いいことずくめである。

手紙を書き終えたところで、私は念のために言った。

「庭師のことはクラウスにも相談していますから、一度クラウスに確認をとってからこのお手紙を出すようにしたほうがいいかと思います」

「まあ、貴女の言う通りよ、ルーディ」

お母さまはくすくすと笑った。「侍女の件でもクラウスには面倒をかけてしまっていますものね、庭師についてもクラウスに話す必要があるわね」

「ご配慮、ありがとうございます」

クラウスの姉であるナリッサが頭を下げた。


「それにしても、今日は本当にいいお便りが届いたわ」

お母さまは嬉しそうに自分の手の中にある封筒二つを見つめる。

ヨアンナの手紙のほかにもう一通あるのだけれど、それには差出人の名前がない。けれどこちらにまで香ってくるほどはっきりと薔薇の香りをまとわせてあり、上質な紙を使った封筒で立派な封蝋が捺してあるのだから、貴族からの手紙、それもおそらく上位貴族女性からの手紙であることには間違いなさそうだ。

私のその視線に気がついたお母さまは、うふふふと楽しそうに笑った。

「こちらはわたくしのお友だちからよ。学生時代からとても仲良くしてもらっていたの」

お母さまはその封筒を胸に抱いて言う。

「我が家がこのような状況になったと知って、すぐに手紙を送ってくれて。わたくしもすぐお返事を書いたのよ。こうしてまたお友だちとやり取りができるようになって、本当に嬉しいわ」

本当に嬉しそうなお母さまのようすに、私はちょっと胸が痛くなった。

だってもうずっと、お母さまはお友だちと手紙のやり取りをすることすら、自由にできなかったのだから。

あのゲス野郎は、お母さま宛に届いた手紙も、お母さまが出す手紙も、すべて検閲していた。そして自分に都合の悪いことがほんの少しでも書いてあれば、いや、そんなことがまったく書いてなくても、当然のようにそれらをすべて破り捨てていた。それもわざわざ、お母さまの目の前で。

たぶん、ヨーゼフが執事をしていた頃は、ゲス野郎の目をかいくぐって多少のやり取りもできていたのではないかと思う。お母さまがこれほどヨーゼフを信頼しているくらいだもの。でもヨーゼフが下働きに落とされたこの数年間は、お母さまは本当に孤独だったはずだ。

それでも、ゲス野郎が死んだと知ってすぐ連絡を寄こしてくれるなんて、お母さまには本当によいお友だちがいるんだと、私は少し安心した。

「お母さま、新居が落ち着いたらぜひ、そのかたをお茶にお誘いくださいませ」

私がそう言うと、お母さまは嬉しそうながらちょっと困ったように微笑んだ。

「そうね、でも忙しいかただから、なかなか難しいかもしれないわね」

そう言ってからお母さまは、少し考えてまた楽しそうに笑った。

「ああでも、もしわたくしが軽装馬車の手綱を握って彼女を誘いに行ったら、絶対大喜びしてくれるわ。そしてきっと、自分にも手綱を握らせてって言うのよ」

私はその言葉にちょっと驚いてしまった。でも、そういうことを喜んでくれるようなお友だちなんだと思い、なんだか楽しくなってしまう。

「それならばなおのこと、ぜひ」

「ええ、落ち着いたら一度考えてみましょう」

お母さまも嬉しそうに笑ってうなずいてくれた。

ホント、こんなにもお母さまを笑顔にしてくれるお友だちなんだもの、大歓迎よ！

それからお母さまは、私の顔を見つめて言った。

「ルーディ、学院に通っている間であっても、正直に言って社交には打算が絡むことが多いものです。けれど自分が本当に望んでいれば、なんの損得もなく共通の趣味や話題でずっと楽しくお付き合いできる、本当のお友だちも見つかるものなのよ」

お母さまは私の手を取った。

「貴女にもそんなお友だちができることを、わたくしは祈っていますよ」

そしてお母さまはアデルリーナの手も取った。

「リーナ、貴女もよ。貴女は学院に上がるまでまだ何年かあるけれど、ぜひ覚えておいてちょうだいね。本当のお友だちは、何にも代えがたい宝物になるのだということを」

「はい、お母さま！」

私たちが話している間、ずっとおとなしく座っていたアデルリーナは、お母さまから話しかけてもらって本当に嬉しそうだ。

本当にアデルリーナはかわいくてお行儀がよくてかわいいから、決して人の話に割り込むようなことはしない。でも意見や感想を求められたら、すぐにきちんと話せる。退屈そうな顔なんか絶対しないで、ちゃんと私たちの話を聞いてるんだよね。

本当になんで私の妹はこんなにかわいくて賢くてかわいくて賢くてかわいくてかわいく(以下略)。


それにしても、お友だちかあ……。

私はこっそりと息を吐いた。

正直に言って私は、貴族のご令嬢がたとどう付き合えばいいのか、さっぱりわからない。前世の日本庶民としての記憶が邪魔をしている部分もあるのだと思う。だけど、この世界の貴族令嬢として生きてきたこれまでの記憶を手繰ってみても、どうにもわからないんだ。

だって私は学院に入学するまで、ほかの貴族のご令嬢やご令息と、顔を合わせたことすらまったくなかったんだもの。

通常、貴族家の子どもは魔力が発現することで大人のふるまいを求められるようになる。

そうなると、正式な社交はまだだといっても、同じ階級の貴族家同士で親子のお茶会が催され、まずは保護者同伴で子どもの社交が始まる。だから、学院に入学する頃までにはたいてい、同じ年ごろで顔見知りの令嬢や子息がいるものなんだ。

でも我が家は違った。

お母さまは完全に籠の鳥にされていたし、あのゲス野郎がなんの価値もないと判断を下した私に手間暇お金をかけるわけがない。

だから私は、子どもの社交というものをいっさい経験しないまま学院へ入学した。

入学してからは、一応名門伯爵家の令嬢だということで、何度かお茶会の声もかかった。私も頑張って参加してみた。

でも、まったく、本当にまったく、彼女たちの会話についていけなかったんだよね。

なんていうのかこう、腹の探り合いみたいな持って回った会話ばかりで、それがどういう意味合いで話されているのかさっぱり理解できないし、本当にどこでどう突っ込んでいいのか、どこでどう流せばいいのかも、これっぽっちもわからないの。

おまけにお茶会用のドレスを用意しなきゃいけないのも大変で。

一応、学生の間の社交は制服でOKなんだけど、上位貴族となればそうも言ってはいられない。私服のお茶会も当然あって、しかも女の闘いっていうか、ドレスの良しあしによるマウンティングも当然あるんだよね。

いやーもう、面倒くさいったらないの。

そもそも、伯爵令嬢にあるまじき枚数のドレスしか持っていない私に、いったいどうしろと？

それでもう私は早々に諦めて、お茶会のお誘いをいただいてもなんとか理由をつけて断るようになっちゃった。そしたらもう、お茶会のお誘い自体が来なくなっちゃった。それはそれで、私としては気楽でいいんだけど。いや、貴族令嬢としてはダメダメなのはわかってるんだけど。

なのに、私が伯爵家の爵位持ち娘になったとたん、お茶会の声がかかっちゃうわけよ。まさにお母さまの言われた『打算が絡む』社交の始まりになっちゃったのよね。

いやーもう、ホンットに、まったくもって、こんな状況で本当のお友だちができるとは、我ながら到底思えない。

それに、これからまだ増えるのよ。

私が養っていかなくちゃいけない『家族』が。

お母さまとアデルリーナだけじゃないの、ヨアンナの一家だって我が家に来てもらうつもり満々だし、これから料理人の面接だってある。

その全員の生活が、私の肩にかかってるの。

爵位存続のための結婚を考えるとどうにも気が重くなっちゃうんだけど、とにかく爵位持ち娘になっちゃった以上、私がなんとかしなければ我が家は全員路頭に迷っちゃうのよ。

結婚のタイムリミットは六年。マールロウ男爵だったお祖父さまの信託金は今後十五年間受け取れるけれど、その間になんとかしなくちゃいけないの。

それに、そもそも信託金はお母さまのお金なのよ。できるだけ残しておいて、お母さまにはこれから先ずっとゆったりと過ごしてもらいたい。いままでさんざん辛い思いをされてきたんだから。

そりゃあ私だって、お母さまがあんなに嬉しそうに話されているような仲の良いお友だちができたらなって思わないわけじゃないわよ。

でも、ごめんなさい、お母さま。

私は当面お友だちをつくってる余裕はなさそうです。

料理人面接とテンプレ？

午後になって、クラウスがやってきた。

料理人候補を連れて。

ちなみに今日の料理人面接も、我が家のメンバー勢ぞろいだ。

「こちらが料理人のマルゴさんです」

そうクラウスが紹介してくれた相手は、なんだか縦にも横にも大きな女の人で、私は脳内に『おばちゃん』とか『肝っ玉母さん』なんて単語が浮かんだ。

「マルゴ・ラッハと申しますです」

そのおばちゃんは、なんというかこう、堂々と頭を下げた。

「あたしは三十を過ぎてようやく子宝に恵まれましたんですが、亭主には早々に死なれちまいましてね」

マルゴおばちゃんは淡々と話す。

「それからはあちこちの貴族家で厨房の下働きなんぞをさせていただきながら、息子二人を育てました」

おばちゃんというよりは肝っ玉母さんなのかもしれない。

「去年まで、アズノルド子爵家で料理人として勤めさせていただいておりましたが、どうにも奥方さまとの折り合いが悪うございましてね。紹介状もいただけないまま辞めちまいまして、それっきりでございます」

なるほど。

クラウスが言っていた通り、これはまたクセが強そうだわ。だってふつう、自分からこういうこと言わないよね？　貴族家の奥方さまと折り合いが悪くて辞めちゃったとか、ねえ？

「あの、いくつかお訊きしていいかしら？」

私が声をかけると、マルゴはちょっと眉を上げてうなずいた。

「もちろんでございます」

「貴女が話せる範囲でいいのだけれど、子爵家の奥さまとはどういうところで折り合いが悪かったのか、教えてもらえないかしら？」

「食べものを、粗末になさいますんですよ」

マルゴおばちゃんは顔をしかめて答えた。「晩餐の見映えを非常に気にされておられまして、毎晩山のようにお料理を要求されますんですが、ほとんど手つかずで下げられてまいりました」

大量の料理がほとんど手つかずで下げられちゃうなんて。

私は思わずつぶやいてしまう。

「アズノルド子爵家ってずいぶん裕福でいらっしゃるのね」

「ところがそうでもございませんで」

私のつぶやきにマルゴがさらに顔をしかめた。

「本当にただもう見映えのためだけに要求されるお料理なものですから、食材はとにかく安く買いたたいたものばかりお求めで。しなびた野菜に腐りかけの肉でございますよ。そんなもの、どれだけ腕をふるおうが不味いお料理しか作れませんです。おかげで、下げられたお料理に使用人たちも手を付けぬというありさまで」

そ、それはちょっと……。

えっと、つまりその子爵家では食事は見映えのためだけのものであって、味とか栄養とかそういうものはまったく求めていらっしゃらなかったと？　だから最初から食べるつもりもない不味い料理ばかり大量に作らせていたと？

そりゃあ、料理人としてはやる気もなくなるわよねえ。

そう思ってから、私は思い出した。我が家の食事もたいがい不味かったのよね。

特に晩餐なんてあのゲス野郎と同席してるってだけで不味さ倍増どころじゃなかったけど、そもそも子ども部屋で、一人で食べてるときから不味かったわ。それにお母さまと二人で食べた晩餐も、確かに品数は多かったけど美味しかったっていう記憶がない。

アレって単に私がゲス野郎から疎まれてるから、嫌がらせで不味いものしか食べさせてもらってないんだと思ってたんだけど……もしかして、貴族家の料理ってどこもそういうものなの？

「そういうことだったのね」

声をもらしたのはお母さまだった。

お母さまは頬に片手を当て、ため息をこぼしていた。

「わたくし、王都でいただくお食事が、どうしてどれもこれも美味しくないのか、ずっと不思議だったのよ」

私は目を見張っちゃった。お母さまも美味しくないと思って食べてたんだ。

マルゴも同じく目を見張っているその前で、お母さまはさらに言った。

「わたくしは地方貴族の出身ですから、学院に入学するまでずっと領地で育ったの。領地では毎日、村から新鮮な美味しい食材が領主館に届けられていて、それが当たり前だと思っていたわ」

お母さまは私に顔を向ける。

「でも、このところのお食事はとても美味しくて。あれはルーディ、貴女が新鮮な食材を用意してくれているからなのね？」

「あ、ええ、はい」

私は慌ててうなずく。「毎日カールに市場へ買い出しに行ってもらっています。カールは市場のこともよく知っていて、新鮮な食材を上手に買ってきてくれますから」

カールに、みんなの視線が向いた。

注目を集めちゃったカールは、ちょっと緊張したようすながらもしっかりと言ってくれた。

「毎日、産みたての卵と搾りたての牛乳を買ってます！　野菜も、その日の朝収穫されて市場に出されたものを買ってます！　お肉もハムも、新鮮で美味しそうなのを選んで買ってます！」

「そうだったのね、毎日ありがとう、カール」

にこやかにお母さまが言って、カールは嬉しそうに答えた。

「とんでもございません、奥さま！」

どうやら、この世界の料理もテンプレだったらしい。

私は思わず天を仰ぎそうになった。

だって異世界に転生したらその世界のごはんが美味しくなくて、前世の記憶やチート能力を使って美味しいごはんで無双するって、ねえ？

私は別に無双する気はないけど……いや、でも、何かお料理に関することで収入への道を探ってもいいかも？　こないだおやつにと適当に作ったプリンも、お母さまとアデルリーナはもちろん、カールやハンスにも大絶賛されちゃったし。

そもそもサンドイッチすら、なかったんだよね？　私が手早く食べられるようパンにハムやチーズをはさんでいたら、カールがびっくりしてたもん。

うーん、貴族が、何か食べもの屋さんなんぞを経営しても大丈夫なんだろうか？

私がそんなよこしまなことを考えている間に、お母さまはさらに話を進めていた。

「ではマルゴ、貴女は新鮮な食材があれば、美味しい料理を作ってくれるのね？」

「もちろんでございます、奥さま」

マルゴは満面の笑みで答えた。

お母さまも嬉しそうにうなずく。そして私とアデルリーナの顔を順番に覗き込んだ。

「ではマルゴを我が家の料理人に雇おうと思うのですけれど、貴女たちはどう思って？」

アデルリーナが私の顔を見る。

本当になんでこんなにかわいくてかわいくて賢いんでしょう、私の妹は。ちゃんと姉である私を立てようとしてくれてるんだもの。

「わたくしも賛成です、お母さま」

私が先に答えると、アデルリーナも笑顔で口を開いた。

「わたくしもです、お母さま」

ああもう本当に本当になんでこんなにアデルリーナはかわいいかわいいかわいいかわ（以下略）。

それから、マルゴを我が家で雇うにあたって具体的な条件についての話し合いになった。

マルゴとしては住み込みではなく通いを希望らしい。息子二人はすでに成人して商売を始めているもののまだ二人とも独身で、いましばらく息子たちの面倒もみてやる必要があるのだと言う。

「ではマルゴにはお昼前に来てもらって、それからおやつと晩餐を作ってもらい、それに翌日の朝食を作りおきしてもらうという形でいいかしら？」

「はい、結構でございます、奥さま」

「食材については、いまと同じようにカールに買い出しに行ってもらっていいかしら？　もちろん貴女が必要な食材を前日に言ってくれれば、それを優先してカールに買って来てもらうようにするわ」

私も問いかけると、マルゴは目を見張ってうなずいた。

「そうしていただければ、たいへん助かりますです」

「それから、ええと」

私はお母さまとアデルリーナの顔を見てから言う。

「わたくしたちは、特に食べられないものはないのだけれど……」

アデルリーナの眉が、へにょんと下がっている。

そのちょっと情けないような顔に私の胸がきゅーんとしちゃうんだけど、そっとそのかわいいかわいい妹を促す。

「リーナはちょっと苦手なものがあるのよね？」

「はい……わたくし、その、少し、にんじんが、苦手で……」

小さな声で答えたアデルリーナは、それでも健気に両手を胸の前で握りしめた。

「あの、でも、がんばって食べます。好き嫌いせずになんでも食べないと大きくなれないと、ルーディお姉さまがおっしゃいますもの」

ぐっはあああーーーーー。

ああもう、ホントにホントになんでこんなにも私の妹はかわいくてかわいすぎてかわいくてかわい（以下略）。

いけない、いまはマルゴの条件についての話し合いだったわ。

私は首を回し、自分の後ろに並んで立っているみんなを見た。

「ええと、シエラとハンスは何か食べられないものはあったかしら？」

「えっ、いえ、あの、ございません！」

「オ、オレ、いや、えっと、私もありません！」

質問されると思っていなかったのか、シエラとハンスはびっくりしたように顔を赤くして慌ただしく答えてくれた。

よしよし、あとのみんなはもうわかってるもんね。ヨーゼフもナリッサもカールも、特に苦手なものや食べられないものはなかったはず。

私はマルゴに向き直った。

「ほかの皆も特に食べられないものはなかったと思うので、食材の種類について個別の配慮は必要ありません」

なんだかマルゴが目をぱちくりしてる。

「は、はい、お嬢さま」

「あとは、まだ確定ではないのだけれど、侍女と庭師という夫婦者が住み込みになると予定しています。この二人に食べられないものがあった場合は、またそのとき伝えますね。それからこの夫婦には四歳の男の子がいるので、その子の食べるものには少し配慮してもらえるとありがたいわ」

「あ、はあ、かしこまりまして」

なんだかやっぱりマルゴは目をぱちくりさせてる。

そこで私は思い出した。

このマルゴおばちゃん、実際に肝っ玉母さんなんだっけ。息子二人を、女手ひとつで育てたって言ってたもんね。

「マルゴは息子がいるから、子どもの食べるものもわかっているのでしょう？　それに、我が家にはすでに男の子が二人いるので」

きょとんとしているマルゴに、私は『あれ？』と思いつつ言葉を続ける。

「ほら、カールもハンスも食べ盛りでしょう？　毎日たくさん食べさせてあげてほしいの。いまの年ごろにしっかり食べておけば、体も丈夫に育つでしょうから」

マルゴの顔が、きょとんからぽかんになってる。

なんだかな、私またなんか変なこと言っちゃった？

いやでも、この世界でアレルギーとかっていままで聞いたことないけど、私が知らないだけで実際にはあるのかもしれないし、食べられないもののチェックって必要よね？

それにカールもハンスも、一番食べなきゃいけない年ごろじゃない？　たくさん食べてすくすく育ってもらわないと。ハンスはもうすでに結構大きいけど、カールはまだこれからどんどん背が伸びるわよね。ナリッサもクラウスもこんなに背が高いんだもの、弟のカールも間違いなく長身イケメンになるはず。

ぷっ、と……噴き出したのはクラウスだった。

「あ、ああ、申し訳ございません」

クラウスは笑いをかみ殺し、マルゴに言った。

「どうですマルゴさん？　私が言った通り腕のふるいがいがあるご一家でしょう？」

マルゴはくるっと首を回してクラウスを見た。

そしてにーっと大きく笑うとマルゴは私たちに向き直り、深々と頭を下げた。

「このマルゴ・ラッハ、クルゼライヒ伯爵家に誠心誠意お仕えさせていただきますです！」

でもって、イケメン眼鏡男子クラウスくんが実にさわやかな笑顔で言った。

「それで、侍女と庭師の夫婦と四歳の息子が住み込みのご予定だとおっしゃいましたが、少し詳しく伺いましても？」

ご、ごめん、ごめんよクラウス！　ちゃんと説明するつもりだったの！　ホントだから！

なんか笑顔が怖いよクラウスー！

貴族って要するにこういうこと

「確かに、このヨアンナさんがご夫婦でご当家に住み込んでくださるなら、これ以上のことはないですね」

クラウスが納得したように言ってくれた。

ヨアンナからの手紙を読んでもらい、さらにお母さまと一緒に書いた返事も読んでもらい、もう一度ヨアンナに声をかけて呼び寄せることにしたと、しっかり説明したからね。

いや、ナリッサが低い声で『ゲルトルードお嬢さまは最初からあんたのことを考慮してくださってたんだからね』と弟を脅し、げふんげふん、弟に助言してくれた効果も大きかったかもしれないけど。

「では、庭師の募集も止めておきます。そうですね、ヨアンナさんからお返事があれば、こちらにもご連絡ください。すぐ貸馬車の手配をいたしますので」

「ありがとう、そのときはお願いするわね、クラウス」

うん、クラウスの笑顔が怖くないぞ。

「はい、もちろんです。ほかに承っておくことはございませんか？」

あーまたちょっとクラウスのさわやかな笑顔が怖いかも。ナリッサも私の背後から弟に圧をかけるの止めてー。

私は慌てて頭を巡らせた。

「えっと、そうね、そうそう、新居にはまったく魔石がなかったの。だから魔石を購入できるお店を紹介してもらえるかしら？　それにリネン類もすべて購入しなければならないので、そのためのお店も教えてもらえると助かるわ」

「かしこまりました。では……」

さくさくとクラウスから魔石屋さんとリネン屋さんを紹介してもらう。クラウスの紹介ならまず安心。

もちろん貴族家の場合、こういう買い物は自宅へ来てもらうのが基本なので（デパートの外商さんみたいな感じ）、新居のほうへ魔石屋さんとリネン屋さんに来てもらい、実際に必要な量を見積もってもらってから納品という流れになる。

そうなると、私たちだけでなくナリッサやヨーゼフたちもみんな、自分が使う部屋の確認をしたいだろうし、マルゴも厨房の設備を確認したいだろうしっていうことで、全員の都合を確認することにした。

マルゴもまだ居てくれてよかったわ。今日からもう働いてくれることになって、今夜の夕食を作ってくれてるの。だからシエラに厨房へ行ってもらって、マルゴとカール、ハンスの都合も確認してもらった。

結果、明後日には全員新居へ集合して、魔石屋さんとリネン屋さんに来てもらうことになった。

うむ、順調である。

だから私は、クラウスに相談してみた。

「そろそろエクシュタイン公爵さまにご連絡して、このタウンハウスのお引き渡しをお伝えしようかと思うの。どうかしら?」

「公爵さまは、代理人として弁護士を立てていらっしゃるのですよね?」

「ええ、顧問弁護士のかたからご連絡をいただいて、お引き渡しの期日は特に設けないと伺っているのだけれど」

私の説明にクラウスは眉を寄せている。

「正直なところ、私はこのような形でのお引き渡しに立ち会ったことがございませんので……クルゼライヒ伯爵家さまとしても、弁護士を間に立てられたほうがよろしいのではないかと思います」

そりゃあ、ギャンブルの形に家屋敷全部持っていかれちゃうなんて、滅多にある話じゃないわよねえ。

私はそう思ってクラウスに訊いた。

「商業ギルドではこういう案件を扱うことはないのかしら？」

「そうですね、売買ではございませんし、貴族家同士でのお話し合いで決まることだと思いますので、我々商業ギルドが介在することはまずないと思います」

確かに、売買ではない貴族家同士でのやり取りだもんね。なんでもかんでもクラウスに訊けばわかるってもんじゃないわよね。

ホント、クラウスが有能過ぎるからって頼り過ぎるのはよくないわ。

「わかったわ。我が家でもゲンダッツさんに相談してみます。ありがとう、クラウス」


クラウスが辞した後、お引き渡しについてゲンダッツさんに連絡してみましょうかと私が言ったところ、お母さまは思案するように首をかしげた。

「そうねえ……でも、先方が特に期日を設けないとおっしゃってくださっているのだから、わたくしたちのお引越しが全部済んでから、いつでもどうぞとご連絡するだけでいいのではないかしら？」

あー……まあ、確かにそうだわ。

私が納得の表情を浮かべると、お母さまはさらに言った。

「これからまだ何か購入が必要なものが出てくるなどして、予定が変わるかもしれないわ。公爵さまに先にお伝えしてしまって、後で変更をお伝えするのも失礼なのではないかしら」

それは確かに有り得るだろうと、私はうなずいた。

「そうですね。そうしましょう、お母さま」

「ええ、公爵さまも最初に弁護士さんを通じてご連絡くださって以降、何も言ってこられてはいないのだし、わたくしたちはわたくしたちで、とにかくお引越しを済ませてしまいましょう」

そこで私たちは、お引越しに必要なものを再点検することにした。

「魔石とリネン類の購入については、明後日新居へ直接商人に来てもらうことになりましたし」

「そう言えば、侍女服やお仕着せの手配も必要ではなかったかしら?」

「あっ、そうです、ツェルニック商会に連絡しないといけませんね」

荷物の運び出しは順調だけど、やっぱりほかにもいろいろと、しなければいけないことが出てくる。

「あと、魔石やリネン類の代金は手形で大丈夫だとクラウスは言っていたけれど、ケールニヒ銀行にも確認を入れておいたほうがよさそうね」

ヨーゼフがお母さまの言葉にうなずきながら、メモを取ってくれている。

でもホント、お金がかかるわー。

なんかもうお祖父さまの信託金がなかったら、かなりヤバかったかも。来年以降も信託金が入ることがわかっているから、あまり悩まずに必要なものは必要だと割り切って購入することができるんだもの。

マールロウのお祖父さま、本当に本当にありがとうございます。

そして、つくづく思っちゃうんだよね。

貴族って存在自体が産業なんだなあ、って。

だって何人もの使用人を雇うことで雇用を創出してるし、雇った使用人の衣食もまとめて購入するためにどんどんお金を使うから、自分でやってみるとめちゃめちゃ経済回してる感があるんだよね。毎日毎日、結構な単位のお金を動かしてるんだもの。

ホント、日本庶民の前世から考えたらビビらずにはいられない金額ばっかりなんだけど、それもちょっと慣れてきたというか、麻痺してきた。

我が家のように、収入源である領地を失って没落確定の貴族家でもこれだよ？

領地を持っていたら、もっと大きく経済を回してるよね。

学院の領主クラスって、そういうことを学ぶんだろうか。経営する領地がなくても、家を維持するためだけであっても、私もちょっと真剣に勉強したい気分。

我が家も、お母さまとアデルリーナと私の三人だけじゃなく、執事一人侍女二人下働き一人厩番一人の合計八人が暮らしていくことになる。ここにヨアンナの一家が越して来たら、プラス三人の十一人。そして通いで雇っているマルゴもいるわけだからね。

ホント、二十一世紀日本の庶民感覚からしたら間違いなく大家族だわ。

そんでもって、うぅ、その全員の行く末が私にかかってるのよね。

責任重大。

二十二歳までに結婚しなきゃ爵位を失っちゃうし、まったくどうしてくれよう。

それに、もし爵位なしの名誉貴族（オナラブル）になったとしても、貴族としての生活は維持しなければいけない。お祖父さまの信託金があるのは十五年間だからね、そこから先どうするのかも同時に考えていかないと。

　ああもう、魔法のある異世界に転生したっていうのに全ッ然ファンタジーじゃないわ。お金の計算ばっかしてるっていう、この世知辛さっていったい何なのよー。


　ツェルニック商会に連絡するため、カールに持たせる手紙を書いているお母さまに、私は言ってみた。

「お母さま、公爵さまの弁護士さんに問い合わせてみたいことがあるのですけれど……」

「あら、何かしら？」

「わたくしたちが私室で使用している魔石は、わたくしたちが『日常的に使用しているもの』に含まれないのでしょうか、ということです」

「まあ。そうね、確かにそれは考えられなくはないわね」

　お母さまがうなずく。「もし、わたくしたちがいま使用している魔石が持ち出せるのであれば、ずいぶん助かるわ」

　エクシュタイン公爵の代理人だという弁護士が我が家を訪れ、エクシュタイン公爵がクルゼライヒ伯爵家当主の所有するすべての領地及び財産の債権者となったので、このタウンハウスを引き渡してもらう必要があるって告げたとき、私ははっきりと訊いたんだよね。

　当主の全財産をこのタウンハウスごと引き渡すということはつまり、私たちは何ひとつ所有を許されず着の身着のままでいますぐここから出て行けということなのですか、って。

そしたら、弁護士さんが説明してくれた。

私たちが日常的に使用しているもの、つまりドレスなどの服飾品や身の回りの品々、それに慣例的に宝飾品は女性が所有していると考えられているので、それらは伯爵家当主の財産には含まれない。それらは公爵に引き渡す必要はない。

また、タウンハウスの引き渡し期日は特に設けないので、今後の身の振り方についてよく考えた上で連絡するように、というのが公爵からの伝言である、と。

だから私は、当主の財産に含まれないと言われたもののうち、宝飾品と服飾品を売ることで当面の生活費を工面したわけ。

ただ魔石に関しては、確かに私たちが私室で日常的に使用しているものなのだけど、家具や調度品と同じくタウンハウスの備品に当たるだろうということで、私たちは持ち出しから除外してたの。

でももし、私たちの私室で使っている魔石も持ち出せるのであれば、それをそのまま新居でも使えるのでかなりの節約になる。

魔石、特に魔物石は、含まれる魔力が多くて機能的にも優れているぶん値が張るんだよね。それでも一個買っておけば二十年、三十年と使えるから、お金があるいまのうちに買っておきましょうとお母さまとは相談して決めたんだけど。

ちなみに、私の私室にもちゃんと魔物石がある。暖炉もお風呂も照明器具も、ちゃんと立派な魔物石がセットされてる。

それはすべて、お母さまのおかげだ。

あのゲス野郎は、特に次女のアデルリーナが生まれてからは本当に、長女の私のことなどどうでもいい、はっきり言って死んでも構わないと思ってたので、私の部屋を整えるなんてことはこれっぽっちも考えていなかった。

だからお母さまは、自分の部屋に備え付けられた魔石を、全部私の部屋へ持ってきてくれた。侍女頭が何度お母さまの手から魔石を取り上げようと、お母さまは絶対に譲らなかった。

それに毛布やリネン類も、お母さまは自分で抱えて私の部屋へ運び込んでくれた。何度取り上げられようとも、絶対に譲らず何度でも運び込んでくれた。

そしてついに、ゲス野郎が根負けした形になったんだ。

自分の最大のアクセサリーであるお母さまに、魔石もリネン類もまったく与えないわけにはいかなかったからだろうね。

それにたぶん、お母さまは何も言わないけれど、ほかにも何か抗議活動をしてくれてたんじゃないかと思う。あのゲス野郎が折れたくらいなんだから。

王都の冬は寒い。

幼い子どもが、貴族邸宅の室内とはいえ暖房も毛布もなく夜を過ごそうものなら、間違いなく凍死するレベルだ。

私が死なずにいまこうして生きているのは、本当にお母さまのおかげなんだ。

お母さまだって、最初はお姑であるベアトリスお祖母さまや侍女のヨアンナ、それに執事のヨーゼフっていう味方もいたけど、その味方もどんどん遠ざけられ、お友だちと手紙のやり取りさえもできず、本当に孤独だっただろうに、何があっても私を守るということを貫き通してくれたんだ。

本当に本当にお母さまには感謝してる。

お母さまに愛されている、ただもうそれだけで私はこの世界に転生してきて本当に本当によかったと思ってる。

だから私は、お母さまのためならいくらでもがんばれちゃうよ！

もちろん、かわいいかわいいかわいいアデルリーナのためにもね！


私たちは相談の上、公爵さまの弁護士さんにも手紙を書いてみた。

たぶん無理だとは思うけど、私室の魔石を持ち出すことはできませんか、って。まあ、尋ねるくらいはタダだもんね。私たちの家屋敷をまるごと取り上げてくれちゃう相手に、いまさら見栄を張ってもしょうがないし。

書き上げた手紙は、カールに届けてくれるよう指示を出した。ツェルニック商会宛の手紙も一緒だ。カールはすぐに出かけていってくれた。

ま、そのうち弁護士さんから連絡があるだろう。期待せずに待っていよう。

もし万が一、ＯＫが出たら……そのときはクラウスごめん、になっちゃうわね。うーん、魔石屋さんとリネン屋さん、返事をもらってから新居に来てもらったほうがいいかな？　でも魔石は、買っちゃってもすぐ買い戻しに応じてくれるはず。リネン類は当面必要な最低限の分だけ購入するようにしておくか……。

正直なところ、私はできるだけエクシュタイン公爵とは関わりたくないのよね。間に弁護士を立ててるっていっても、最低限のやり取りだけで終わらせてしまいたいと思ってる。

だから、今回出した問い合わせの次はもう最後の連絡、つまり引越しが済みましたので後はご自由に、っていうヤツになると思うわ。

だいたい、ギャンブルで他人の身ぐるみを剥いじゃうような人ってどうなのよ、って思っちゃうのよね。それがまた、王妃さまの実の弟君なんて雲の上のおかただし。

それに……学院図書館の貴族名鑑で調べたところによると、学院在学中の十七歳のときに爵位を継いで公爵になっちゃってるっていうのがねえ。

あのゲス野郎も同じく在学中、それも十五歳のときに爵位を継いじゃってるんだよね。

ベアトリスお祖母さまが嘆いていらっしゃったように、赤ん坊のころからさんざん甘やかされるだけ甘やかされてわがまま放題に育って、たぶん唯一頭があがらなかったであろう自分の父親がそんなに早く亡くなっちゃってさ。

要はいきなり目の上のたんこぶが取れちゃって、まだコドモもいいとこな年齢で地位と権力と財産を手にしちゃったもんだから、どれだけ暴虐の限りを尽くそうが誰にも止められずにきちゃったってことなわけでしょ。

それを思うと、エクシュタイン公爵家当主ヴォルフガング・フォン・デ・クランヴァルド閣下にもそういう、なんていうか同じようなニオイを感じずにはいられないんだよね。

その上にギャンブルだよ。

放蕩貴族よろしく毎晩カードテーブルで、平民が何十年も暮らせるような金額を平気で賭けたりしてんのかって思うと、ねえ？

おまけに二十八歳のいまも独身って。

ふつう、公爵なんて最上位貴族は成人したらすぐ結婚するもんだと思ってたんだけど。やっぱ跡継ぎ問題があるからね。

公爵閣下ってば、ギャンブルだけじゃなく、文字通り飲む、打つ、買うを実行しまくってるんだろうか。正妻はいないけど愛妾が何人もいるとかさあ。

申し訳ないけど、エクシュタイン公爵にいいイメージなんてこれっぽっちも湧いてこないわ。

できるだけ関わりたくないって思っちゃうの、仕方ないと思うのよねえ。

ツェルニック商会再び

翌日も朝から、私はナリッサと一緒に衣裳箱を新居へと運んだ。

今朝は一往復のみにしておいた。お昼前にツェルニック商会が訪問すると、昨日カールが返事を持って帰ってきていたから。

ちなみに。

ちなみに！

マルゴのごはん、めっちゃ美味しかった！

昨日の夕食は、薄く切られたベーコンでアスパラガスのような野菜とチーズを巻いて焼いたものに、さっぱりとしたドレッシングで和えたたっぷり野菜のホットサラダ、パンは焼きたてで外はパリッで中はふわふわだし、デザートに林檎のコンポートまであった。

それに何よりにんじんのポタージュ。牛乳と生クリームをたっぷり使った淡い黄赤色のとろりとしたスープに、鮮やかな緑色の豆がころんころんと入ってた。

にんじんが苦手なアデルリーナは、こわごわといった感じで口に運んでいたんだけど、一口食べたとたん『美味しいです！』と声をあげちゃったくらい。

ああもう、アデルリーナがあんなに美味しそうににんじんを食べられるなんて！

しっかしマルゴ、やるなあ。貴族家のお嬢さまが苦手だって言ってたにんじんを、いきなり初日の食事にもってくるんだもんね。よっぽど自信があるんだろうな。私たちはどうせそんなに量も食べられないし、品数は少なくていいから美味しい料理を、ってお願いした通りのメニューだった。

でもホントに美味しいスープだった。これでアデルリーナもにんじんへの苦手意識がかなり減ったんじゃないかな。

うん、マルゴに来てもらって本当によかった！

ついでに言うと、この世界の食材はほとんど私が日本で食べていたものと変わらない。にんじんはにんじんだし、じゃがいもはじゃがいもだ。チーズもチーズだしベーコンもベーコンだしね。お肉の種類は豚っぽいのと牛っぽいのと鶏っぽいのを食べたことがあるけど、実際豚なのか牛なのか鶏なのかはわからない。

魚の種類はさらによくわからない。白身の魚を食べたことはあるけど、鮭みたいな身の色の魚は食べたことがない。このレクスガルゼ王国は内陸国なので、そもそも海産物自体あまり食べられてないみたい。

とりあえず野菜とか果物に関しては、日本人としての私の記憶にはないものや、なんかビミョーに違うようなものもあるようなんだけど、おおむね日本人感覚で料理を考えても大丈夫な感じなのよね。

で、マルゴが作り置きしておいてくれた朝食も、じゃがいもとかぼちゃと緑豆で作った三種類のペーストが用意されていて、それを好きなだけパンに塗って食べたんだけど本当に美味しかった。

じゃがいもは酸味のあるドレッシングで味付けしてあるし、かぼちゃははちみつで甘く仕上げてあるし、緑豆はほどよい塩気があるしっていう、味三種類なんだもの。甘いの辛いの酸っぱいのって交互に食べると永久機関だよね、永遠に食べ続けられちゃう感じ。

ほかにもベーコンと玉ねぎのたっぷり入ったスープも用意してあって、カールが温めなおして出してくれたし。ホントに朝からたんまり美味しいごはんにありつけちゃった。

私だけじゃなく、家じゅうみんながマルゴのごはんに満足しまくっていたようで、育ちざかりのカールやハンスたちはもちろん、いつも澄ました顔でほとんど表情を崩さないナリッサでさえ、なんだか機嫌よさげに見えちゃう。

そんでもって荷物を運んで戻ってきたときも、居間でお母さまと一緒に待っていたアデルリーナが嬉しそうに言ってくれちゃうの。

「ルーディお姉さま、今日のおやつはりんごのパイなのですって！　マルゴがいま焼いてるって、カールがさっき教えてくれましたの！」

ああああああもう、もう、もう！

マルゴってばホンットにもう！　このかわいいかわいいかわいいアデルリーナにこんなかわいいかわいいかわいい顔を！　ええもうマルゴの焼いてくれた林檎のパイなら絶対美味しいわ、今日もみんな一緒にいただきましょうね！


で、おやつの前にツェルニック商会である。

我が家を訪れたロベルト兄とリヒャルト弟は、恭しく挨拶するなり言ってくれた。

「ゲルトルードお嬢さま、本日はまたすてきなお衣裳をお召しですね！」

私は例のブリーチズにジレという恰好をしてる。

服飾品担当のリヒャルト弟は特に興味津々という顔だ。

「そちらは、奥さまのお衣裳部屋にあったブリーチズをお直しされたのですか？　確か大奥さまがお遺しになられたお衣裳だとうかがいましたが」

「そうなの。お引越しの準備のために動きやすいよう、お祖母さまのお衣裳をシエラがお直ししてくれたのよ」

私はそう言ってシエラを紹介した。

シエラが元お針子だと知って、リヒャルト弟はさらに興味津々になってる。

「こちらはどのようにお直しを？　お腰回りにはタックを入れて、裾にはダーツを？　なるほど、その上にこちらのジレを合わせたわけですね？」

矢継ぎ早に質問してくるリヒャルト弟に、シエラはたじたじだ。でも、さすがお針子の仕事自体は好きだったと言うだけあって、やっぱりシエラもどこか嬉しそうだわ。

それでも今日も絶好調なリヒャルト弟を、ロベルト兄がぶった切る。

「まずはゲルトルードお嬢さまにご試着を願いましょう」

なんかロベルト兄の笑顔もちょっと怖いよ。

ツェルニック商会は、今日は侍女服やお仕着せの相談だけでなく、前回お願いしたお仕立て直しドレスも持参してくれているらしい。

それで早速、私はツェルニック商会が持参したドレスに着替えさせてもらった。あの紺青色の夜会にも着られるドレスではなく、若草色のデイドレスだ。

「ゲルトルードお嬢さま、とってもお似合いです！」

シエラが目をキラキラさせている。

リヒャルト弟がどや顔でシエラに説明するんだ。

「ゲルトルードお嬢さまが明るいお色をお召しになる場合、こういうやや抑えめの黄色や緑色系統のお色がおすすめなのです。抑えめの色味のほうが、ゲルトルードお嬢さまのお肌の透明感が引き立つのですよ」

「ええ、本当にすてき！　お色もだし、この直線的なすっきりとした形がまたとってもお似合いですわ！」

なんだかシエラまで饒舌（じょうぜつ）になっちゃってんですけど。

実際、自分でもびっくりするくらいこの若草色のドレスは似合ってる気がする。こんな明るい色で大丈夫なのかと、私も最初は思ったんだけどねえ。

なんか黄緑っぽい色だけど確かに少しくすみがあって明るすぎない色だし、そこにアイボリーのピンストライプが入っているから、すっきりしたデザインなのに貧相にも見えないんだよね。かわいらしすぎない程度に、若い令嬢向けの明るくて上品なデザインになってる。

いやーホント、いい仕事してくれるよ、ツェルニック兄弟は。キャラは濃いけど。

「本当にすてきよ、ルーディ。とっても似合っているわ」

「すてきです、ルーディお姉さま」

お母さまもアデルリーナもなんだか大喜びしてくれて、ツェルニック商会が連れてきていたお針子さんにその場で微調整してもらい、この若草色のデイドレスはそのまま受け取ることになった。

あの紺青色のドレスを含めた残りのお直し衣裳は、また後日仕上がり次第持ってきてくれるということだ。

そして今度はナリッサとシエラの採寸である。

侍女服をイチから仕立てている時間がないので、既製服をお直しして着てもらうことになる。余裕ができたら我が家のオリジナルデザインで仕立ててもいいかも、なんだけど。そのほうが絶対シエラも喜ぶよね。

それからヨーゼフとカール、ハンスも採寸だ。みんなとりあえず既製服をお直しした衣裳を着てもらうことになってる。

ヨーゼフには新居が落ち着いたら、イチから仕立てた紳士の衣裳を一揃い、私たちから労い（ねぎら）の意味を込めて贈ることにしてる。カールとハンスに関しては、まだまだ背も伸びて体形が変わるだろうから、当面は既製服の着回しで我慢してもらう予定だ。

そして、採寸の後は客間で具体的なデザインの相談を行った。

「では、レースの付け襟と襟元のリボンを追加させていただいて……先ほどのお話通り、ナリッサさんは濃緑色のリボン、シエラさんはえんじ色のリボンでよろしいですか？」

侍女服は基本的に、黒のワンピースドレスに白いエプロンの組み合わせになる。ツェルニック商会はちゃんと見本を何着か持ってきてくれていた。

ドレスに関しては、ナリッサもシエラも動きやすさ重視であまり装飾がないものがいいとのことだった。

ナリッサは、エプロンも洗濯しやすくて火熨斗（アイロン）もかけやすいよう、フリフリヒラヒラのまったくないものがいいなんて言ってる。我が家では基本的に洗濯物は洗濯屋さんに出してるんだけど、モノによっては侍女や下働きが洗う場合もあるからね。

でもそれじゃあんまりシンプル過ぎるので、ちょっと贅沢なレースの付け襟とリボンを追加することになった。リボンはそれぞれ好きな色を選んでもらった。

ヨーゼフには紳士の既製服で体に合うものを少しお直ししてもらい、カールとハンスには既製服の中からよさそうな組み合わせをリヒャルト弟に選んでもらうことにした。基本的にはシャツとトラウザーズ、それにベストとジャケットにコートだ。ついでにブーツや靴下も頼んでおく。

後日、そちらも何点か持参するって言ってくれてるけど、リヒャルト弟は本物のプロだからちゃんとカールとハンスに似合うコーディネートで決めてくれるよね。

「もしお時間が許せば、こちらのスカートの裾に刺繍を入れさせていただきますのに」

リヒャルト弟が、心底残念そうに言った。

ナリッサもシエラもシンプルなドレスを選んじゃったもんだから、レースの襟やリボンを追加しただけでは、伯爵家なんて上位貴族家の侍女服として物足りないらしい。

シエラが見本の黒いドレスの裾を手にして言う。

「もし刺繍糸をご用意いただけるのであれば、私が仕事の後に少しずつ刺繍させていただくこともできますが……」

「シエラは刺繍もできるの？」

私の問いかけにシエラはうなずく。

「あまり難しいものはできませんが、基本のステッチは刺せますので」

「でも、仕事の後に刺繍するなんて大変でしょう？」

ヨアンナが来てくれるかどうかまだわからないし、侍女二人で私たち三人の世話をするのってかなり大変だと思う。

しかも学院の授業が再開すれば、ナリッサは私と一緒に登院する。日中在宅する侍女はシエラだけになってしまう。そんな状況で仕事の合間に刺繍をしてもらう余裕なんてないし、仕事の後に刺繍してもらうのは申し訳ない。

「少しずつでしたら、それほど負担ではないと思います」

シエラはそう答えてくれたけど、お母さまも懸念を示した。

「いいえ、無理は禁物ですよ。貴女の気持ちは嬉しいですけれど、それでなくてもシエラはまだ侍女の仕事に慣れていないのだし」

ナリッサもうなずく。

「奥さまのおっしゃる通りです。シエラにはこれから覚えてもらうことがたくさんありますから」

そう言われてしまえば、シエラもそれ以上は何も言えない。

そのとき、私はふとひらめいた。

「そうだわ、細いモールを使ってみるというのはどうかしら？」

「モール、で、ございますか？」

問いかけてきたリヒャルト弟に、私はうなずいた。

「ええ、お祖母さまの軍服にあるようなモールの装飾を、もう少し繊細な感じにしてみるといいのではなくて？」

私はシエラに頼んで、お母さまの衣裳部屋から軍服を持ってきてもらった。

お祖母さまの軍服はいわゆる肋骨デザインで、前身ごろにずらっと太いモールの飾り紐が並んでいる。私はその肋骨デザインの前身ごろではなく袖口を示した。

袖口にも、前身ごろよりはだいぶ細めのモールが何本かぐるりと縫い付けてあるんだよね。

「これよりもさらに細いモール……コードかしらね、それか細いリボンを装飾的に縫い付けるといいと思うの」

私はヨーゼフに頼んで紙とペンを持ってきてもらった。正直あんまり絵心はないんだけど、簡単な絵を描いてみせる。

「スカートの裾に、こういう感じでところどころくるっと、そうね、蔓草みたいな模様を描きながら縫い付けていけば……刺繍を刺していくより簡単ではなくて？」

本当に簡単な絵を描きながら、私はさらに思い付きを言った。

「わたくしの学院の制服の襟にも、ちょっとこういう細いコードかリボンの飾りを付けてもいいかもしれないわ」

貴族のための王都中央学院の制服は、黒いドレスに白い大きな襟と白いカフス、それに白いアンダースカートを組み合わせたシンプルなデザインになっている。

貴族といえども、学生のうちはあまり華美に着飾らないようにという配慮だということなんだけど、襟とカフス、アンダースカートはアレンジが認められている。だから上位貴族の令嬢はたいてい、レースやフリルを付け加えたり、華やかな刺繍を施したりしてるんだよね。ベースが白でありさえすれば、結構派手なアレンジもＯＫらしい。

私はなんの飾り気もない真っ白なまんまで着ているんだけど、襟くらいはちょっと何かデザインを加えたほうがいいかなとは思ってたの。一応伯爵家の令嬢だからねえ。

私はちょいちょいと襟の形を描き、コードの線を描き加えていく。前世の日本では中学生のときセーラー服を着ていたのでイメージしやすい。そこにちょっと装飾を加えるべく、襟の角のところでくるんと丸を三つ加え、さらに小さな花の模様のようなものも描いてみる。

「コードかリボンを縫い付けて、そこにこうやって刺繍やビーズなどを少し足せば、ちょっとしゃれた感じになると思うのよ」

「ゲルトルードお嬢さま」

私の手元をじっと食い入るように見つめていたリヒャルト弟が、いつになく真剣な声を出した。

「これらの意匠を、私どもで買い取らせていただくことは、可能でございましょうか？」

「へっ？」

思わず間抜けな声を私はもらしちゃったんだけど、リヒャルト弟は真剣そのものだ。いや、ロベルト兄もなんだかギラギラした目で私の描いた適当な絵を見つめている。

「これは本当に素晴らしいです」

リヒャルト弟は唸るように言った。

「モール、いえコードにこのような使い方ができるとは。私どもでは、コードは太く編んで飾り紐にし、胸や腹を守るために軍服に縫い付ける補強材としての機能が最優先で、装飾的な意匠にするという考えがございませんでした。飾り紐の色や形は階級を示すためのものですし、実際に軍服を

お召しになるかたはたいてい装飾があると邪魔になるとおっしゃいますし」

あ、肋骨デザインの軍服ってそういう目的だったんだ？

むしろ私はびっくりしちゃったんだけど、言われてみれば確かに理にかなってる気がする。あれだけずらっと、しっかり編み込まれた太いモールが縫い付けてあれば、刀で切りつけられてもスパッとは切れないよね？

っていうことは、袖口のこのモールも手首を保護するためのものってことか。

「コードや細いリボンを縫い付けていくだけという手軽さで、襟でも裾でも華やかさを加えることができるとは」

「しかもビーズを加えるなど、簡単に変化をつけることもできますね」

「従来の刺繍よりよほど素早く仕上げることができますよ」

「それも間違いなく、すべて刺繍にするよりずっと安価で承れます」

「いや、極細レースのリボンに玉石のビーズなど、使う素材を工夫すれば、従来の刺繍よりもっと豪華に仕上げることができるのでは」

ものすごい熱心さで、ツェルニック兄弟が口々に言う。

そして兄弟そろって深々と頭を下げた。

「ぜひ、この意匠を私どもツェルニック商会に買い取らせてくださいませ！」

なんかもう意味がわかんなくてあっけにとられちゃってる私に、シエラが教えてくれた。

「ゲルトルードお嬢さま、刺繍やレース編みなどでは、独自の模様や編み方をそれぞれの工房や商会が意匠登録しているのです。ほかの工房や商会がその意匠を使う場合、使用料を支払わなければならないのです」

なんと、この世界にも著作権みたいなものがあるんだ？

あっ、だからリヒャルト弟はお母さまの衣裳部屋で、刺繍を見たとたんどこの工房であつらえたドレスなのかがわかったのか。

「差し出口でございますが」

口をはさんだのはナリッサだった。

「この意匠をそちらにお買取りいただく場合、商業ギルドに仲立ちを依頼してもよろしいでしょうか？」

「もちろんでございます！」

即答したリヒャルト弟に続きロベルト兄も言う。

「意匠登録自体、商業ギルドで行うものですし、ご尊家で弁護士をお立ていただき正式な契約書をご用意いただければと存じます」

本当に、めちゃくちゃマジな話らしい。

私は思わずお母さまの顔を見ちゃったんだけど、お母さまはほほ笑んでうなずいた。

「ルーディ、買い取っていただいていいのではなくて？　詳しいことは顧問弁護士のゲンダッツさんに相談すればいいでしょうし」

私は前世で、著作権についても多少は扱ったことがある。でも著作権より肖像権を扱うほうが多かったし、そもそもその権利自体の売買についてはさっぱりわからない。いったい、いくらくらいになるものなんだろう？

わからないながらも、私もうなずいた。

「わかりました。買い取っていただく方向で、まずは我が家の顧問弁護士に相談してみましょう」

「ありがとうございます！」

兄弟の声がきれいに重なった。

「お恥ずかしながら私ども商会では、いまだ自前の服飾工房を構えられておりませんで」

玄関へと一緒に向かう私に、ロベルト兄が言った。

「けれどゲルトルードお嬢さまが考案されたあの意匠であれば、お仕立て直しに加えるだけで新しいお衣裳として販売することができます」

ツェルニック商会は、兄弟の両親が始めた古着屋を発展させたものだという。宝飾品を扱うようになったことで貴族との取引も始まり、貴族から買い取った服飾品を仕立て直して販売することが、いまは服飾部門のメインになっているらしい。

「私どもに意匠買い取りをさせていただければ、必ずや新しい流行として広く売り出させていただきますので」

「ええ、期待していますね」

私は笑顔でツェルニック商会を送り出した。

けれど、彼らの乗る馬車と入れ違いのように我が家の門に入ってきた立派な紋章付き馬車に、私はなんだか間が抜けたように目を見張ってしまった。

招かれざる客とかみ合わない会話

もともと我が家を訪れる客なんてものは、ほとんどいなかった。

以前は我が家の大ホールでも夜会が催されていたりしたそうなんだけど、私の記憶にある限りそんなイベントが開催されたことはないし、あのゲス野郎を訪ねてくるのなんて悪徳商人くらいなものだったと思う。

お母さまを訪ねる人も以前はいくらかいたらしいけれど、ゲス野郎が片っ端から門前払いしたとかで、お母さまのお客さまももう何年もやってきたことなどなかった。

だから私は、どこからどう見ても上位貴族のものだとしか思えないその立派な紋章付きの馬車が、すーっと滑らかに車寄せへと入ってくるのを、ただぽかんと眺めてしまった。

玄関前に立っていた私とナリッサの目の前に停まったその馬車は、内側から扉が開いた。御者が扉を開けに降りてこなかったということは、男性が乗っている。

案の定、すっごいイケメンが降りてきた。

私はその顔にまったく見覚えがなく、やっぱりぽかんとしていたら、そのイケメンが馬車の扉を広く開けて恭しく頭を下げた。

あれ？　このイケメンがお客さまじゃなくて？　えっと、従者？

私が混乱している間に、馬車からはもう一人、男性が降りてきた。

背の高い男性が、私の目の前に立っている。

衣裳は黒ずくめで、上着の襟元からのぞくシャツとクラバットだけが白く、そしてそのクラバットに留めてあるピンの青さが目に飛び込んでくる。

そこからさらに視線を上げるると、ものすっごく不機嫌そうな顔が目に入った。きりっとしたいかにも男性的な顔立ちの、その直線的な眉が真ん中に寄っちゃって深いしわを刻んでる。青みを帯びたブルネットの髪は短く刈られていて髭はなく、見た目アラサーって感じだ。

そして、本当に不機嫌そうに私を見下ろしてくるその目。

私はやっぱりぽかんとしてた。だってこんな目は見たことがない。まるで、宵闇の空のようだ。一見黒にも見える深い藍色の瞳の中に、星のようにきらきらといくつもの銀の粒が散っているんだもの。

「クルゼライヒ伯爵家未亡人に取り次いでもらいたいのだが？」

低い声が降ってきた。

私の後ろに控えていたナリッサが、サッと前へ出る。

「お名前を頂戴してもよろしゅうございますでしょうか？」

「エクシュタインだ」

やっと私は、事態が飲み込めた。

我が家の全財産をギャンブルで巻き上げてくれちゃった公爵さま、その人か！

エクシュタイン！

私は思わずナリッサの前に出た。

こんなに威圧的で不機嫌オーラをまき散らしているような人を、お母さまに会わせたくない。それに、いまからお茶をしようと居間にはアデルリーナも居る。アデルリーナだってきっと怯えてしまう。

「エクシュタイン公爵さま、本日はどのようなご用件でしょうか？」

私の問いかけに、公爵閣下はわずかにあごを上げて質問で返す。

「其方は？」

「当家の長女、ゲルトルードです」

「其方が？」

公爵さまの眉が少し上がった。

「このようないで立ちで申し訳ございません」

私は軽く膝を折って礼をする。

そりゃあまあ、伯爵家の令嬢が馬に乗るわけでもなくタウンハウス内でブリーチズなんか穿いてたら、ふつうはびっくりするでしょうよ。それにたぶん、地味子の私を一瞥して使用人だと思ってただろうしね。

「引越しの準備のため、動きやすい衣裳をまとっております」

「引越しだと？」

いきなり、公爵閣下の不機嫌オーラが倍増した。

そして本当に苦虫をかみつぶしたような声で言ったんだ。

「何を言っているのだ？　引越しなど、其方たちにできるわけがないだろう」

は、い？

私は本気で目が点になりそうだった。

ナニ言ってるの、この人？　だって、この家から出て行けって言ったのはアナタでしょ？　引越しなどできるわけがない？　できようができまいが、私たちにはここから出ていく以外の選択肢なんかない状態にしちゃったご本人が、いったい何を言ってるの？

けれど私の目の前で、エクシュタイン公爵はさも忌々し気に頭を振っている。

「まったく、何がどうなっているのだ？　まさか本当に引越しなど……」

「お言葉ですが」

私は本気でムッとしてた。

「すでに新居を購入しておりますし、荷物の運び出しも順調に進んでおります」

私は玄関ホールの隅に積まれている衣裳箱へ、わざとらしく視線を送る。

公爵さまは私の視線の先をちゃんと追ってくれた。

「荷物？　それに新居だと？」

公爵さまが目を見張った。「新居を購入しただと？　いったいどうやって？」

私は憤然と答えた。

「ご心配いただかなくとも、公爵さまのご指示通り、わたくしたちが持ち出せるもの以外にはいっさい手を付けておりません」

領地も家屋敷も全部、そっくりそのまま差し出すわよ。見せてもらった博打の証文通りにね。

「待ちなさい」

公爵閣下が思いっきり顔をしかめてる。「其方は何か勘違いしているのではないのか？　その新居というのはいったいどこにあるのだ？　誰かに騙されているのではないのか？」

私は本気でムカついてしまっていた。

いくらこっちが女こどもだからって、馬鹿にしすぎじゃない？　ちゃんとまっとうな家を、まっとうな手続きで買ったわよ！　その購入資金だって、ちゃんとまっとうな方法で手に入れたんだからね！

「購入の際には弁護士を立て、正式な契約書を交わしております」

「弁護士だと？　その弁護士の身元は確かなのか？」

「もちろんです」

公爵さまの眉間のシワは深くなる一方だ。

「しかし新居というのはいったい……」

ああもう、いい加減、人を馬鹿にしてるとしか思えないこの公爵さまとの会話を打ち切りたい。

私はとがった声で言った。

「先ほども申し上げました通り、わたくしたちはわたくしたちが持ち出してもよいと、公爵さまの代理人のかたにご許可いただいたもの以外には手を付けておりません。わたくしたちがどのように新居を購入し、どこで新しい暮らしを始めようが、公爵さまにはいっさい関係のないことでございますので」

「いっさい関係ないだと？」

公爵閣下の不機嫌オーラがさらに倍増した。

その圧に、私は思わずひるみそうになったけど、なんとか踏ん張った。

「公爵さまが賭け事をなさった相手は当家の前当主でございますので、その当主が亡くなったいま証文通りに公爵さまが得られたものを手になされば、それ以降はわたくしたちに関わりなどございませんでしょう」

私は、公爵閣下の不思議な色をした目をにらみつけていた。

公爵閣下も私をにらみ返し、けれどすぐに、心底うんざりしたといわんばかりに大きな息を吐きだした。

「……関わりがないなどと、よくもそんなことを」

「事実でございますでしょう？」

この人、いったい何が言いたいの？

ムカつきのあまりすぐさま言葉を返してしまった私に、公爵閣下の不機嫌オーラは最高潮に達した。

「いいから聞きなさい！」

公爵が私に向かって一歩踏み出したその瞬間、私は反射的に身を丸め両腕で頭を覆った。

打たれる！

怒気をまとった貴族男性の目の前で、私が思ったことはただそれだけだった。

けれど、とっさに身構えた私に降ってきたのは、公爵の拳でも鞭でもなかった。

後ろからナリッサが、私を抱きかかえるようにして覆いかぶさってきたんだ。

「ナリッサ！」

私は悲鳴を上げていた。

「だめ、ナリッサ！　離れて！」

なのにナリッサは力いっぱい私を抱きかかえて離さない。

「ナリッサ！」

体を丸めるのと同時に【筋力強化】をした私は、どれだけ殴られようが蹴られようが鞭打たれようが痛くもかゆくもない。だけどナリッサは痛いどころの話じゃないのよ！

でもだからって、【筋力強化】しちゃった私が力任せに振りほどいたら、ナリッサを傷つけてしまうかもしれない。

もうどうしていいのかわからず泣きそうになっていた私に、お母さまの声が聞こえた。

「ルーディ、どうしたの？　何があったの？」

どうしよう、お母さままで来ちゃった！

パニックになりかけていた私の体が、ふっと軽くなった。

ナリッサが、私を離したんだ。

「いったい何事なの？　このかたはどなた？」

再び聞こえたお母さまの声に、私はようやく顔を上げた。

そして見上げた先では……片手を半ば上げた公爵さまが、茫然とした顔で固まっていた。

その公爵さまと私たちの間に、お母さまが割り込んでくる。

お母さまは私とナリッサをかばうように背を向け、公爵に向かい合った。

「わたくしの娘にどのような御用がございまして？」

気丈に問いかけるお母さまの声が震えている。

私は思わずお母さまの袖をつかんだ。

「大丈夫です、お母さま！　わたくしの勘違いのようです！」

だって、公爵閣下から不機嫌オーラが完全に消えちゃってる。本当に、ただただ茫然と立ち尽くしているんだもの。少なくともこの公爵閣下には、私に暴力をふるう意図はなかったらしい。

公爵閣下はそこでようやくハッとしたように、半ば上げていた自分の手をぎこちなく口元へと動かした。

そしてわざとらしい咳ばらいをして、気持ちを切り替えたように問いかけた。

「貴女が、クルゼライヒ伯爵家未亡人コーデリアどのか？」

「そうでございますが？」

警戒心たっぷりに答えるお母さまに、公爵閣下は息をひとつこぼした。

「私はエクシュタインだ。姉のレオポルディーネより、私のことを聞き及んではおられぬだろうか？」

お母さまが目を見張る。

「貴方が？　エクシュタイン公爵さま？」

公爵さまと私の顔を見比べるように、お母さまは慌ただしく視線を動かした。

またひとつ咳ばらいをした公爵さまは、いくぶん脱力したように言った。

「どうやら、我々には何か誤解が生じているらしい。姉は貴女に助言を送ったと言っていたのだが」

姉？　姉のレオポルディーネ？

私はお母さまと公爵さまのやり取りに、ぽかんと口を開けてしまいそうになった。

待って、公爵閣下の姉って……まさか王妃さま？

いや、違うわ、王妃さまのお名前はベルゼルディーネさま。そうだ、この公爵さまには確か姉君がお二人いて、上のお姉さまが王家に嫁がれ、下のお姉さまはガルシュタット公爵家に嫁いだって図書館の貴族名鑑に……。

「確かに、レオポルディーネさまから助言をいただきました」

お母さまがすっと背筋を伸ばして答えた。

私はまたぽかんと口を開けそうになってしまう。

だって、つまり、それって……あのお手紙の人だよね？　お母さまが言ってた学生時代からの本当のお友だちって、ガルシュタット公爵家夫人のレオポルディーネさまなの？


貴族家には明確な序列がある。

最高位はもちろん王家。そしてその直下に位置しているのが、公爵家だ。

公爵家は四家のみと、このレクスガルゼ王国では法律で決まっている。そして、もし万が一王家の後継者に問題が生じた場合は、その四つの公爵家の中から後継を選ぶということも、同じように法律で決められている。

いや、私も債権者であるエクシュタイン公爵さまについて調べるため、学院図書館の貴族名鑑を読んで初めて知ったんだけどね。なんかこう、この国の公爵家って、江戸幕府における徳川御三家みたいな感じなのかしらって理解したんだけど。

一方、お母さまの実家である地方男爵家というのは、爵位持ち貴族の中では最下位という位置づけだ。

その地方男爵家出身のお母さまと、公爵家令嬢であるレオポルディーネさまが学生時代からのお友だち、それもお母さまの窮状を知ったとたんすぐに連絡を寄こしてくれるような本当に仲のいいお友だちだというのは、ちょっとではなくかなり驚きだ。

公爵閣下は、なんだか脱力したまま、お母さまに問いかけた。

「姉は貴女にどのような助言を？」

お母さまは背筋を伸ばしたまま答える。

「この機会にわたくしたち母娘は、殿方に頼ることなく生きていく方法を考えるべきではないかと」

その言葉に、額に手を当てた公爵さまががっくりとうなだれた。

「まったくレオ姉上は、なんという……」

なんだかショックを受けているっぽい公爵閣下なんだけど、私は心の中で快哉を叫んでいた。

だって『殿方に頼ることなく生きていく方法を考えるべき』だよ？

ナニソレ、レオポルディーネさまってばカッコよすぎる！

だけど、がっくりとうなだれてる公爵閣下は、なんだかもう疲労感たっぷりでまた大きく息を吐きだした。

「どうやら我々は、現状について話し合わねばならぬようだ」

公爵さまは振り向いて、後ろに控えていたイケメンさんを呼ぶ。

どうやらこのイケメンさん、公爵さまの近侍らしい。灰青色の髪に、アクアマリンのように透き通った目をしていて、歳のころは公爵さまと同じくらい、アラサーって感じだ。

そのイケメン近侍さんが差し出した封筒を、公爵さまが私たちに示す。

「昨夜王都に戻ったところ、この手紙が届いていると、弁護士から連絡があった」

あーアレだ、魔石を持ち出すことは可能ですか、って問い合わせたヤツ。

公爵さまは本当に疲れ切ったようすで首を振ってる。

「通読しても意味がわからなかった。魔石を持ち出す？　いったいどこへ？　それで今日こうして訪問したところ、引越しをするという。まったく、何がどうなっているのだろうか、と」

意味がわからないのはこっちなんですけど？

私も首を振りたくなった。

だって、このタウンハウスを博打の形に私たちから取り上げたのは、公爵さまご本人だよね？　もしかして、私たちが引き渡しを拒否してここに居座るって思ってたってこと？　ナニソレ、私たちそこまで図々しくないよ？

お母さまも首をかしげてる。

「このタウンハウスを公爵さまに引き渡す必要があると、わたくしたちは伺いました。それならば、わたくしたちは、ほかの家に引越すしかないではありませんか？」

その問いかけに、公爵さまはげんなりと答えた。

「確かに、このタウンハウスの引き渡しは必要だ。けれど私は、貴女がたにこのタウンハウスから出て行けなどとは、伝えた覚えがないのだが」

はあぁー？

ナニソレ、意味がわかんないんですけど？

公爵さまの言葉に、私は馬鹿みたいに口を開けてしまった。

いやもう、お母さままで口を開けちゃってる。

だって、引き渡す必要はあるけど出ていけとは言っていない？　家を引き渡しちゃったら住めないでしょうが。ナニ言ってるの、この人？

「公爵さま、代理人だという弁護士さんははっきりと、このタウンハウスを公爵さまに引き渡す必要があると言われました」

私は思わず言った。「引き渡すということはつまり、わたくしたちはもうこのタウンハウスに住めないと判断するのは当然ではありませんか？」

公爵さまが顔をしかめる。

「弁護士は、ほかになんと言っていたのだ？」

「引き渡しの期日は特に設けないので、身の振り方をよく考えて連絡するように、というのが公爵さまからの伝言だと。だからわたくしたちは、できるだけ早く引越しを終えて、タウンハウスの引き渡しが可能になったとご連絡を差し上げようと」

公爵さまは片手で頭を抱え、またもやがっくりとうなだれてしまった。

「なるほど……レオ姉上が言われていたことは、こういう意味だったのか……」

いっそう疲労感をにじませまくった公爵さまは何度か首を振り、それから大きく息を吐きだして顔を上げた。

「コーデリアどの、貴女は貴族社会の慣例にあまりなじんでおられぬようだ。私も、私の弁護士も、その点について考慮すべきだった」

お母さまは首をかしげてる。

私も一緒に首をかしげちゃった。

衝撃の事実

そろって首をかしげてる私たち母娘を前に、公爵さまはしかめた顔で言葉を選ぶように言った。

「貴族社会では通常、このような賭け事によって生じた証文で、勝った側が負けた側に『期日は設けない』と伝えた場合、それは実質的には執行されないという意味に解釈される」

は、いぃぃーー？

私はまた馬鹿みたいに口を開けちゃった。

だって実質的に執行されないって……要するに博打の負けをチャラにするってこと？　全財産を賭けちゃってたのに？

「そんな、そんなの……」

思わず私は言ってしまった。

「だったらなんで最初から、タウンハウスを出ていく必要はないと……」

「正式な証文だと言ったであろう」

しかめた顔で公爵さまは答える。「証文があるのに執行しないのは法に反することになる。そのため、執行を無期限に延期するという意味合いで『期日は設けない』と言うのだ」

ソレが常識？　ナニソレ、貴族ってそういう言い回しをするの？　わっかんないよ、そんなことー！

なんかもう、あごが外れそうなんですけど？

なのに、公爵閣下はさらに衝撃的なことを言う。

「通常、そこで証文の話は終わる。実際に債務を返済するかどうかは本人の誠意に関わる話だ。しかし、此度は賭けを行った当主が急逝した。証文がある以上、長女であるゲルトルード嬢は領地も財産も相続できない。そのため、書類上はいったん私が所有者になる必要がある。だから弁護士は『引き渡しは必要だ』と言ったのだ」

公爵閣下はちらりと私に視線を送り、またも大きく息を吐きだした。

「引き渡しの処理をしたあと、領地や財産をどのように扱うのか、貴女がたはどのようにしたいのかについて相談するために、私は『よく考えて連絡するように』と伝えるよう、弁護士に命じたのだ」

はいぃぃぃぃーーー？

え、えっと、あの、つまり、公爵さまは最初から私たちの全財産を巻き上げる気なんかまったくなくて、それどころかちゃんと今後のことを相談しようってつもりで……？

だからわかんないって、そんな言い回しされても！

ナニソレ、貴族ならそういう言い方されたらすぐわかるもんなの？　慣用句っていうヤツ？　私もお母さまも、貴族の常識がわかってないってこと？

公爵さまは憮然とした表情でさらに付け加えた。

「もちろん、貴族の中にも賭け事の証文を盾に、実際に相手の財産を巻き上げてしまうような下品な輩もいないことはない。私はそのような下品な真似をするつもりは、まったくないのだが……どうやらその意図が、貴女がたには伝わっていなかったようだ」

つまり、公爵さまがあんなに不機嫌オーラをまき散らしてたのって……私たちが公爵さまのことをそういう『下品』なヤツだと判断したために、なんの相談もなくこのタウンハウスを出ていこうとしていると、そう思っちゃってたからなの？

いや、そりゃもう公爵さまにしてみれば、博打の莫大な負けをチャラにしてやって、しかも私たちの今後のことまで考えてくれてたのに、ちっとも連絡を寄こさないどころか、いきなり『魔石を持ち出してもいいですか？』じゃ意味わかんないよね？　私たちが公爵さまの配慮を無視して勝手に引越ししようとしてるとしか……。

なんか……なんて言うか……ぇぇ？　なんかもう、頭ん中が真っ白なんですけど。

だって……だって、あのゲス野郎がつくった借金の形に身ぐるみ剥がれちゃって、もうこれからどうしようって毎日眠れないほどあれこれ悩んで、考えて考えてなんとかひねり出したアイディアでお金を手に入れて、次から次へと問題が出てきて、それでもようやく当面の生活のめどを立てることができて……。

それ、全部、必要がなかった、とでも？

いや、もう……私の口から魂が、ひゅるる～～～って抜け出していっちゃうような……へなへなと崩れ落ちずにまだ立っている自分が不思議なほどだわ……。

すっかり魂抜けちゃいました状態の私の横で、お母さまも茫然としてた。

それでもお母さまは、なんとか自分を立て直したようだ。

「それは……わたくしたち、公爵さまに大変な失礼をしておりましたのね。心よりお詫び申し上げます」

そう言ってスカートをつまんで軽く膝を折り、正式な礼であるカーテシーをしながら深く頭を下げるお母さまに、私も慌てて倣う。

「あ、あの、大変失礼をいたしました。申し訳ございませんでした」

私はブリーチズを穿いてるからつまむスカートがなくて、すっごい間抜けだったんだけど。

「いや」

公爵さまは咳ばらいをする。

「私ももう少し配慮すべきであった。貴女が社交界から長らく遠ざけられていたことも、姉から聞いていたのだし」

「過分なお言葉、ありがとう存じます」

再び礼をするお母さまに、私も倣う。

「それで」

眉を寄せた公爵さまが問いかけてきた。「今後どうされるおつもりか？　新居をすでに購入したと、しかも引越しをすでに始めているという話なのだが」

公爵さまの視線が、玄関ホールに積まれている衣裳箱へちらりと動く。

お母さまは背筋を伸ばして答えた。

「できることでしたら、このまま引越しをしたいと思っております」

「こちらのタウンハウスは手放すと？」

「はい。ここはわたくしたちには広すぎます。多くの使用人を雇う必要がありますし、維持するのが大変なのです。それに……」

わずかに言いよどみ、でもお母さまは公爵さまに向かってはっきりと言った。

「このタウンハウスには、あまりよい思い出がございませんので」

お母さま、強い！

私が感嘆しちゃった目の前で、公爵さまもわずかに眉を上げた。

その公爵さまに、お母さまはほほ笑みかける。

「新しく購入したタウンハウスは、ここに比べればほんの小さなものですけれど、わたくしたち母娘三人が暮らしていくには十分な家です。これから三人で穏やかに暮らしていけるのであれば、わたくしたちはそれ以上のことは望みません」

公爵さまの不思議な藍色の瞳が、お母さまを見つめている。

そしてその目は、私にも向けられた。

「ゲルトルード嬢、きみの考えはどうなのだ？」

「わたくしも、母と同じ考えです」

この人、私にも訊いてくれるんだ？

ちょっとした驚きとともに、私は答えていた。

そのとき、いつの間に来たのかヨーゼフが声をかけてきた。

「奥さま、ゲルトルードお嬢さま、お茶の準備が整いましてございます」

「まあ。そうですわ、わたくしたち公爵さまをご案内もせず、こんな玄関ホールで」

お母さまに言われて私もちょっと慌てた。なんかもう、これ以上失礼を重ねるのは申し訳なさすぎる。

「あの、公爵さま、よろしければお茶を召し上がりませんか？　それに、あの、今日は林檎のパイもございます」

公爵閣下の不思議な色の目が瞬く。

そして、ずっと不機嫌そうに曲げられていたその口角が、わずかに上がった。

「いただこう」

よかった、公爵さまは林檎のパイがお好きなようだ。

公爵さまを客間へと案内する途中、お母さまはそっとナリッサに声をかけた。

「ナリッサ、ありがとう。貴女はルーディを守ろうとしてくれていたわね」

「私は何も」

ナリッサは首を振ったけれど、お母さまはくすくす笑って彼女の手を取る。

「あんなにあからさまに自分の身を盾にしていたのに？　貴女にはいつも本当に感謝しているのよ、ありがとうナリッサ」

「とんでもないことでございます、奥さま」

恐縮しているナリッサの姿に、私の後ろを歩いていた公爵さまがぼそりと言った。

「よい侍女を抱えているな」

とっさに、というかもう反射的に、私は後ろを振り向いて公爵さまを凝視してしまった。

前を歩いていた私が立ち止まって振り向いたので、後ろの公爵さまも立ち止まる。そしてわずかに眉を上げて私を見下ろし、やがて苦笑を浮かべた。

「そういう意味で言ったのではない」

とたんに、私の顔に血が上った。

思わず頭を下げる。

「あ、あの、わたくし、また失礼を」

「構わぬ」

公爵さまは苦笑を収めて静かに言った。

「きみもいろいろと、大変な思いをしてきたようだな」

えっ？　と……私は顔を上げてしまった。

この人……もしかして、わかってるんだろうか？　我が家の当主がどれほどのゲス野郎だったのかを。常に侍女の身の安全を心配するだけでは収まらないような、そんな最悪の環境だったということを。

公爵閣下はまったく表情を変えず、私を促すようにあごをわずかに動かした。

再び客間へと歩きだしながら、私は思ってしまった。

私、またなんかすっごい勘違いをしてたんだろうか。

マールロウのお祖父さまのことも、ベアトリスお祖母さまのことも……よく知らないくせにずっと悪い印象を持ってしまってた。

このエクシュタイン公爵さまのことも、貴族名鑑で読んだ内容に自分の勝手な想像を重ねて悪い印象しか持ってなかったんだけど……。

ダメだわ、爵位持ちの貴族男性の身近なサンプルが、私の場合あのゲス野郎しかいないっていうのが致命的だわ。

うーん、公爵さまの意図をこっちが誤解してたのは間違いなさそうだし、基本的に私たちのことを考えてくれてるんだって思っていいみたいなんだけど……そこに何らかの打算はないんだろうかと、勘ぐってしまう自分がちょっと、いや、だいぶ悲しい。

正直、この公爵さまに対してもどう判断していいのかすごく迷うな……。

私は必死になってお腹に力を込めていた。

だって、目の前に焼き立て林檎パイがあるのよ？　もう破壊的なまでに美味しそうな匂いがしてて、ちょっとでも気を緩めるとお腹が鳴りそうなんだもん。ホンット、今日の荷運びは一往復で止めておいてよかった。

ヨーゼフがパイを切り分けると、ふわーっとさらに甘い匂いが立ち上る。ナリッサの手によって私の前にも切り分けられたパイと紅茶のカップが置かれた。

公爵さまの分は、あのイケメン近侍さんが給仕をしている。

やっぱお客さまより先に手を付けちゃダメよね？

そう思いながら我慢してる私の目の前で、お母さまはすっと優雅な手つきで紅茶を一口飲み、そしてパイをフォークでサクッと切って自分の口に運んだ。

「どうぞお召し上がりくださいませ」

にこやかにお母さまが促すと、公爵さまはうなずいてカップを持ち上げた。

そこでやっと私は思い出した。

そうだった、貴族の場合、飲みものや食べものは提供した人が最初に口にしなければならない。

毒が入っていないということを示すために。

毒とかなんの冗談よ、と思ってたけど……実際にそうしなきゃいけないんだ。

私の数少ないお茶会経験でも、お茶や食べものを提供した人が必ず最初に口を付けていた。主催者が出したお茶やおやつなら主催者が真っ先に、そして手土産のおやつは持ってきた人が真っ先に口にしてた。

うう、やっぱり私、貴族の常識が全然身についてないかも。

それでも、もはやお腹が限界なので、私もできるだけ優雅に見えるようにカップを持ち上げて紅茶を飲み、サクッと切ったパイを口に入れた。

おーーーいーーーしーーーーいーーーーーー！

ああもう、マルゴ天才！　生地はサックサクでとっても軽く、加熱された林檎は甘酸っぱくてやわらか過ぎず歯ごたえが残ってる。この絶妙な火加減がたまらーん！　それに添えられたシナモンらしき香りが鼻に抜ける、この感じも絶妙！

公爵さまの前であんまりガツガツ食べるわけにいかないと思いつつも、私はどうしてもフォークを口に運ぶ手の動きが速くなっちゃう。

ふと見ると、公爵さまも黙々と咀嚼してる。

よかった、お口に合ったみたい。

思わずお母さまにちらっと視線を送っちゃうと、お母さまもちらっと私を見て口元を緩めてくれちゃう。うふふふ、やっぱマルゴの作る料理は誰が食べても美味しいわよね。

この美味しい林檎パイを、アデルリーナはシエラと一緒に食べてるだろうか、厨房ではカールとハンスもたっぷり食べているだろうかと思うと、なんだか嬉しくなって顔が緩んじゃう。かわいいかわいいアデルリーナと一緒に食べられないのはちょっと残念なんだけど。

本当のことを言えば、アデルリーナだけじゃなく、シエラにカールにハンス、おやつを作ってくれたマルゴと、それにもちろんナリッサとヨーゼフも私たちの給仕なんかしてないで、みんなで一緒におやつを食べられたらいいのに、って私は思ってる。

こういう私の日本的庶民感覚が、この世界の貴族の常識となじまないっていうのがダメなんだろうけどねえ。

美味しくおやつをいただいたところで（私は正直まだ食べたりないけど）公爵さまが切り出した。

「伺いたいことが何点かあるのだが、いいだろうか？」

「もちろんでございます、公爵さま」

お母さまがにっこりと答えると、公爵さまは眉間にちょっとシワを寄せて問いかけてきた。

「貴女がたには率直に問うほうがよさそうなので、不躾だと思わないでもらいたいのだが……新居としてタウンハウスを購入したという、その購入資金はどのように調達されたのだろうか？」

まあ、フツーにソコは疑問だよね？

私はお母さまと、ちらりと視線を交わしてしまう。

お母さまは再びにこやかにほほ笑んで答えた。

「クルゼライヒ伯爵家未亡人であるわたくしの財産を、いくつか手放しましたの」

「それは……」

公爵さまの眉間のシワがさらに深くなる。

「宝飾品を手放されたということだろうか？」

「さようでございますわ」

「しかし……」

うなずくお母さまに、公爵さまはあごに手をやって言いよどむ。けれどすぐまた問いかけてきた。

「小さいとは言われたがタウンハウスを一邸購入するとなると、結構な金額が必要なはずだ。お手持ちの宝飾品をどれほど手放されたのか……それに、どのような商人に買い取ってもらわれたのだろうか？」

私とお母さまはまたアイコンタクトしちゃう。

言っちゃう？

だってまた変に誤解が生じても困るよね？　私たちはまっとうに自分の財産を売って、まっとうにお金を得たんだもの。

それに、私たちが何をどうやって資金を得たのかなんて、その気になって調べればすぐにわかっちゃうと思う。商業ギルドに問い合わせれば一発だよね？

お母さまも私と同じ考えだったらしく、公爵さまに向かって口を開いた。

「手放した宝飾品は五点です。このタウンハウスに複数の商人を呼び、一番高い値をつけてくれた商人に買い取ってもらいました」

「は……？」

公爵さまの不思議な色の目が丸くなった。おまけに、ぽかんと口まで開いちゃってる。

「……いま、なんと言われた？」

お母さまがもう一度同じ言葉を繰り返すと、公爵さまの目はさらに丸くなった。

「つまり、貴女がたは……商人を集めて競売を行ったと……？」

公爵さまがあまりにも驚いていて、どうにも信じられないって顔をしちゃってるもんだから、私はつい口をはさんでしまう。

「あの、商業ギルドに仲介してもらいましたから、身元も確かな商人ばかりです。代金の受け渡しは銀行内で行いましたし。その、出入りしていた商人に買取を頼んでも、おそらく正当な価格では買い取ってはくれないだろうと思いましたので……」

なんか言い訳がましくなっちゃったけど、事実だもん。

私の言葉に公爵さまはなんだか遠い目をして、それから頭を抱えてしまった。

いったいナニがそんなにショックなんだか。そりゃクラウスだって、貴族家の邸宅で競売を行うなんて前代未聞だ、みたいなこと言ってたけどさあ。

片手で頭を抱えていた公爵さまが、ハッとしたように顔を上げた。

「いや、五点と言われたな？　五点を競売にかけて……それでタウンハウスを購入できるだけの資金を得たと……まさか」

公爵さまの喉が鳴った。

「まさか『クルゼライヒの真珠』を売ってしまわれたなどということは……」

「売りましたわ」

お母さまはあっさりとうなずいた。

「あの品が一番、価値がありそうでしたから」

その瞬間、公爵さまは完全に固まった。

そして、文字通りサーッと音がしそうな勢いでその顔が青くなっていく。

「なんということを……！」

ガタっと音を立てて公爵さまが身を乗り出した。

「『クルゼライヒの真珠』は国家の財宝として登録されている宝飾品だ、所有者であっても勝手に売買していい品ではない！」

公爵さまの剣幕に、私もお母さまも思わず身をすくめちゃった。

いや、でも、おかしくない？　公爵さま、おかしなこと言ってるよね？

だって、所有者であっても勝手に売買していい品ではない？　ナニソレ、所有者の意味なくない？　自分のモノを自分の意思で売ってはいけないって、ホントに意味不明なんですけど？

公爵さまは両手で頭を抱えて唸るように言った。

「なんということだ、そんな基本的なことまで知らずに……いや、知らされずにいたということなのか……！」


公爵さまは自分の頭を抱えたまま、低くうめいている。

私は思わずお母さまの手を握った。

この公爵さまは、玄関先での様子からして、一方的に暴力をふるったりするような人じゃないと思う。それでも、こんないかにも最高位貴族だといわんばかりの雰囲気を持った男性が、目の前でいきなり身を乗り出し感情的な言葉を投げつけてきたら……。

ぎゅっと私の手を握り返してきたお母さまの手が、かすかに震えている。私も力を込めて握り返した。

やがて公爵さまは、ふーっと大きく息を吐きだし、なんとか自分を落ち着かせたようだった。

そして奥歯を噛みしめ、公爵さまは私たちに言い聞かせるように話し出した。

「……高位の貴族家に代々伝わる宝飾品の中には、特に優れた品として我が国の財宝目録に記載されているものがある。そして記載されている宝飾品は、公式の場においてその所有者である貴族家夫人または令嬢が必ず装着しなければならないと、法律に定められている」

ぽかんとしちゃってる私とお母さまに視線を送った公爵さまは、再び頭を抱えた。

「おわかりだろうか？　尊家の『クルゼライヒの真珠』も、そのひとつだ。公式の場、つまり異国からの賓客を迎える夜会など国王が指定した場に、今後コーデリアどのなりゲルトルード嬢なりが招待されたとき、正当な理由なく『クルゼライヒの真珠』を装着していなければ、貴女がたは罰せられることになる」
ナ、ナニソレーーー？
き、聞いてないよ！　知らないよ、そんなこと！

お母さまも茫然としてる。

知らなかったんだ。聞いてなかったんだ、お母さまも。

あのゲス野郎は自分の所有物だとしか思ってない相手にそんなことといちいち教えたりしないだろうし、お姑であるベアトリスお祖母さまとは早いうちに引き離されちゃって、しかも自由に連絡を取り合うことさえできない状態だった。

地方男爵家であるお母さまのご実家では、そんな高位貴族にしか関係ないような法律なんて誰も知らなかっただろうし。

でも……でも、じゃあどうすればいい？

よりによって異国の商人に売っちゃったよ？

買い戻す？

お母さまの信託金があるから……全額一気に支払うのは無理でも、分割にすれば出せない金額ではないと思うけど……正直厳しい。それにそもそも、あのイケオジ商人が素直に買い戻しに応じてくれるだろうか？

それとも国王陛下に事情をお伝えして……って、どうやって事情をお伝えするのよ、手紙を書く？　でもそれで許してもらえる？　どう考えても、お貴族さま的には私たちの落ち度としか思ってもらえないよね？　知っておかなきゃいけなかったことを知らなかったんだから……。

ぐるぐると頭の中で考えてしまう私の横で、お母さまが青ざめている。

「わたくしたち、どうすれば……」

お母さまのつぶやきにかぶせるように公爵さまが問いかけた。

「なんという商人に売ったのだ？」

私はお母さまの手をぎゅっと握って答える。

「ルーベック・ハウゼン……ホーンゼット共和国のハウゼン商会に売りました」

「最悪だ……！」

公爵さまがうめく。「よりによって異国の商人とは……！」

ええ、ええ、おっしゃりたいことはよくわかりますとも。

でもそれ以外に方法がなかったのよ、ないと思ってたのよ、あのときは。

唇をかみしめる私に、公爵さまはいくらで売ったのかまた問いかけ、私がその価格を告げると公爵さまはさらにうめいた。

「確かに、正当な価格ではあるが……ううむ、商業ギルドを通したと言われたな？」

「はい、間違いなく商業ギルドに仲介を頼みました」

私が答えると、公爵さまはイケメン近侍さんを呼んだ。そして小声で何か話している。

「私の近侍に馬を貸してもらえるだろうか？」

顔をこちらに向けた公爵さまの問いかけに、私は一も二もなくうなずいた。だって一応公爵さまにその気がないっていっても、このタウンハウスはもうまるごと公爵さまのものだからね。

「もちろんです。ヨーゼフ、そちらのかたをご案内差し上げて」

「かしこまりまして」

ヨーゼフと、それにイケメン近侍さんが一礼して客間を出ていく。

公爵さまは大きく息を吐いて、そしてまた奥歯を噛みしめるように言った。

「とにかく打てる手はすべて打とう。まずはその商人と接触せねばなるまい」

その言葉に、私は思わず申し出た。

「公爵さま、わたくしも同道させてください。わたくしが直接、商人に事情を説明します」

「何を言うの、ルーディ！」

お母さまが慌てたように口を開いた。

「それならば、わたくしが参ります。わたくしがあの商人を説得して……」

「駄目です、お母さま！」

だってあのイケオジ商人、下心満載の目つきでお母さまのことを見てたんだから！　交換条件だとか言ってお母さまに無理難題を押し付けてくる可能性高すぎでしょ！

「落ち着きなさい」

低い声が私たちに降ってくる。

公爵さまはもう何度目かわからない大きな息を吐きだした。

「商人との交渉は私が行う。とにかくこの件については、私にすべてを任せてもらいたい。貴女がたは私からの連絡を待っていなさい」

そして公爵さまは脱力したように、ぼそりと付け加えた。

「もうこれ以上、事態を複雑にしてほしくないのだ」

そう言われてしまえば、私は返す言葉もなくしゅーんとしちゃうしかない。

お母さまも同じだったようでしゅーんとうなだれちゃったんだけど、それでもすぐ立ち上がって礼をした。

「公爵さま、どうかよろしくお願い申し上げます」

私も慌てて立ち上がってお母さまに倣う。

「どうかよろしくお願い申しあげます、公爵さま」

「早めに連絡する」

公爵さまはひとつうなずき、そして客間から出て行った。

やらかしちゃったことはしょうがない

公爵さまの足音が遠ざかったところで、私は思わず息を吐きだした。なんかもう、ずっと息を詰めちゃってたらしい。

同時に、私の横からもお母さまの深い息が聞こえた。

「なんということでしょう……」

お母さまの声が震えている。

「わたくしはなんということを……もし、もしルーディに罰がくだるようなことになってしまったら……」

「お母さま！」

私はまたお母さまの手をぎゅっと握った。

「『クルゼライヒの真珠』を売ろうと言い出したのはわたくしです！　お母さまはちゃんと訊いてくださったではありませんか、本当にこの品をわたくしが継がなくてもいいのかと！」

「いいえ、わたくしがちゃんと知っていれば、最初からこのようなことにはならなかったのです。そもそも公爵さまの意図を測ることができなかったのも……」

首を振るお母さまに、私は言い募る。

「そんなこと当然ではないですか、だってお母さまはろくに社交にも出してもらえず、それどころかお友だちやお祖母さまとすら、自由に連絡を取り合うことも許されなくて……！　そんな状況で誰から何を教えてもらえると言うのです！　お母さまにはなんの責任もありません！」

「すべては、私の責任でございます」

その声にハッと振り返ると、いつの間に戻ってきたのかヨーゼフが膝を突いていた。

「すべては、執事たる私が心得ていなければならないことでした。貴族さまがどのような表現を使い意図をお伝えになるのか、そして当家の宝飾品にどのような意味があるのか……もはや私には執事を続ける資格などございません」

「ヨーゼフ！」

がっくりとうなだれるヨーゼフに、私は、いや私以上に、お母さまが青ざめた。

「何を言うのです、ヨーゼフ！　貴方は十分すぎるほどわたくしたちのために尽くしてくれています！　ベアトリスお義母さまが貴方をこのタウンハウスに残してくださったことに、わたくしがどれほど感謝しているかわからないのですか？」

ヨーゼフはもともと領地のカントリーハウス、領主館に仕えていた侍従だったと聞いている。それをベアトリスお祖母さまが抜擢して、この王都のタウンハウスの執事にしたのだと。

そりゃあもう、破格の出世だったと思うわ。領地の、地方出身の平民が、上位貴族のタウンハウスで執事を務めるだなんて。

でもそれだけに、あのゲス野郎はヨーゼフのことが気に入らなくて、だからずっとヨーゼフにきつく当たって、ずっとヨーゼフを執事から降ろすことを考えてたんだと思う。

そういう状況で、ヨーゼフが上位貴族家の執事として心得ておかなければならなかったことを、きちんと教育してもらえていたはずがない。もちろん、ベアトリスお祖母さまからの教育はあっただろうけど、お祖母さまがほんの数年の滞在のみで領地へ送られてしまったことで、十分な状態には至らなかったのだと思う。

その後のことは推して知るべし。むしろ、あのゲス野郎がわざと間違ったことを教えてヨーゼフを貶めていたって言われても私は驚かないね。

その上、あのゲス野郎がお母さまを籠の鳥にするために、我が家にはほとんどほかの貴族の来訪がなかったんだもの。貴族同士の付き合いがどんなものかなんて、ヨーゼフだって経験する機会がほとんど与えられていなかったはずだ。

でもその分、ヨーゼフはずっとお母さまの味方でいてくれた。ゲス野郎によって下働きに落とされるまでヨーゼフは、籠の鳥にされていたお母さまにとってたぶんほとんど唯一といっていい、身近に居てくれる味方だったんだと思う。

ベアトリスお祖母さまももちろんそのつもりで、自分が領地に移されたときもヨーゼフを連れて行かなかったんだと思うけど、いわば後ろ盾だった大奥さまから引き離されてしまって、ヨーゼフは本当に大変だったはず。それでもヨーゼフはお母さまの味方でいてくれて、自分が下働きに落とされても辞めずにずっと残っていてくれて……。

お母さまの言葉にもうなだれたままのヨーゼフに、私は言った。

「ヨーゼフ、聞いてちょうだい。お母さまもわたくしも、貴方以外に我が家の執事はいないと思っているの。それはもう、誰がなんと言おうと、絶対にそうなの」

「ええ、その通りよ、ルーディ。ヨーゼフに言ってあげて」

お母さまもすぐに促してくれて、私は続ける。

「貴方が下働きに落とされていた間、我が家の執事を務めていた者は、もしかしたら貴族同士のやり取りや決まりごとなどには詳しかったかもしれない。でも、わたくしはあんな執事はお断りよ。だってあの人、ヨーゼフやナリッサ、カールにも、あんなに嫌がらせをしていたじゃないの」

憤慨する私の言葉に、ヨーゼフが思わず顔を上げる。

私はさらに言った。

「一緒に働く人たちにこれっぽっちも敬意を払わず、それどころか平然といじめたり貶めたりするような人なんて、わたくしは本当にお断りなの。ヨーゼフはわたくしたちだけでなく、周りの人たちみんなにいつも丁寧な心配りをしてくれているわ。知らないことがあったなら、これから知っていけばいいだけの話じゃない。ちょっと知識があるとか決まりごとをわきまえているとか、そんなことよりもずっと大切なの、わたくしたちにとってはヨーゼフのやさしい心根のほうが、ずっとね」

「……なんともったいないことを」

泣き崩れてしまったヨーゼフの肩を、私とお母さまはやさしくさすった。

なんだかもう今回、いっぱいいろんなことをやらかしちゃったけど、すでにやらかしちゃったことはもうしょうがない。

今世はまだ子どもで、しかも前世の記憶に引きずられている私だけじゃなく、お母さまも執事のヨーゼフも貴族の常識っていうか決まり事に疎かったのは、はっきり言ってあのゲス野郎のせいだもん。貴族街のど真ん中なのに、こーんなでっかいタウンハウスに閉じ込められて、貴族社会からずっと隔離されたような状態だったんだから。

だから今後もし、ヨーゼフが執事としてどうのこうのとか横やりを入れてくるような人がいたとしても、私は絶対ヨーゼフを守るからね。たとえあのいけ好かない執事や、私を全無視してた侍女頭みたいな連中が『貴族家に相応しい使用人』だって言われても、私は断固拒否する。

そこんとこはもう、絶対ブレずに行くわ。

誰になんと言われても。

ええ、何を何回やらかしても！

私にとって守る対象、養っていく対象は、お母さまとアデルリーナだけじゃないの。我が家で一緒に暮らしている全員なんだから！

「とにかく、これからわたくしたちにできることを考えましょう」

私はそう言って客間を見回した。

いま客間にいるのは私のほか、お母さまとナリッサと、そしてようやく立ち直ったらしいヨーゼフの四人。

さすがに今回は、まだ幼いアデルリーナや新入りのシエラとハンスとマルゴ、それにやっぱりまだ子どものカールには詳細を話さないことにした。

「そうね、過ぎたことは仕方ないわ。これからのことを考えましょう」

お母さまも気持ちを切り替え、そう言ってくれる。

前向きになってくれたお母さまに、私は胸をなでおろした。

「ではまず、『クルゼライヒの真珠』の件ですが、これはもう公爵さまを信じてご連絡をお待ちするしかないと思います」

「わたくしもそう思うわ。あの公爵さまは、悪いかたではないようですものね」

お母さまの言葉に私もうなずく。

「はい。とにかくこの件に関しては待つしかないと思います。ただ、それでも……」

私はきゅっと唇を噛んだ。

「お金の準備はしておくべきだと思っています」

だって、もし公爵さまが首尾よくあのイケオジ商人から『クルゼライヒの真珠』を取り戻してくれたとしても、無償なんて絶対あり得ないよね？　それどころか、こちらが受け取った代金にさらに上乗せして買い戻し代金を要求してくること間違いなしだよ。

でも、受け取った代金はもうタウンハウスの購入に使っちゃった。

お母さまの信託金があるとは言っても、一度にあれだけの金額を支払うことは難しい。

私の言葉に、お母さまも唇を噛んでる。

「ええ、そうね、ルーディ。貴女の言う通りだわ。とにかくお金をなんとかしないと……」

「大丈夫です、お母さま」

私は努めて明るく言った。

「だって、あれを売ったときとは事情が違います。あのときは、マールロウのお祖父さまが信託金を遺してくださっていたなんて、まったく知りませんでしたでしょう？　おかげでいまは、当面の生活費の心配はなくなりましたもの」

「ええ、そうね。本当にそうだわ」

お母さまも少しだけ口もとを緩めてくれた。

私はさらに言う。

「それに、お母さまの服飾品が売れましたし、今日はツェルニック商会がわたくしの考案した意匠を買い取りたいと言ってくれました」

「ああ、ええ、そう、そうだったわね」

思い出したように目を見開いたお母さまに、私はまた努めて明るく言うんだ。

「お母さま、わたくしほかにも何か、自分で考えたものがお金にならないか考えてみましたの。それで思いついたのが、先日わたくしが作った甘い蒸し卵なのですけれど……」

「ええ、あれは本当に美味しかったわ」

お母さまの顔がほころぶ。そしてナリッサとヨーゼフに顔を向けた。

「貴方たちも食べたでしょう？　とっても美味しかったわよね？」

「はい。あれは確かに美味しゅうございました」

顔を向けられたナリッサが答えた。相変わらず表情は澄ましてるんだけど。

ヨーゼフもにこやかに、美味しゅうございましたって答えてる。

あ、甘い蒸し卵ってプリンのことね。マルゴを採用する前に、私が適当に作っておやつに出したんだけど、我が家の全員にすっごい好評だったんだ。

「わたくし、ほんの思いつきで作ったのですけれど……ナリッサも初めて食べたって言ってたわよね？」

「はい。少なくとも私は初めて口にしました。おそらく王都でも、あのようなおやつはどこにも売っていないと思います」

お母さまも言ってくれちゃう。

「わたくしも初めてだったわ。不思議な口当たりで、でもとっても美味しくて」

ってことは、平民の間でも貴族の間でも、プリンは食べられてないってことよね？　まあ、お母さまの場合、ほとんど社交に出てないから確証はないんだけど。

そうだ、マルゴに訊いてみよう。マルゴなら平民の食べるものはもちろん、いろんな貴族家の厨房で働いてたって言ってたから、いろいろ知ってるに違いない。

「わたくし、お料理の意匠登録があるかはわからないのですけれど、もし可能であればどこかの商会に意匠の買取をしてもらうこともできるのでは、と思うのです」

「では、クラウスに問い合わせてみましょう」

ナリッサがしっかりうなずいてくれた。

ええもう、このさい手段は選ばないわよ。

私の前世の記憶を使いまくってでも、なんとかお金をゲットしなきゃ。

こういうことってあんまり言いたくないけど、やっぱりお金があればたいていのことは片が付くのよ。こっちの世界でもそれは同じ。

ホント、魔法があって魔物もいるようなファンタジーな世界だろうが、そういう世知辛さはまったく変わらないからね！

それに、あんな落書き程度のデザイン画でもツェルニック兄弟があれだけ食いついたんだから、ホントにちょっとしたことでも上手くやればお金になると思うの。

ただ問題は、ナニが売れるのか自分ではわからない、ってことなのよね。

だって貴族相手にせよ平民相手にせよ、いったいナニが受けてナニが望まれるのかなんて、いまの私にはまったくわからないんだから。本当にあんな思いつきの、ほんのちょっとしたコード刺繍が売れるなんて、ホンットにまったく思ってなかったし。

てかもう、サンドイッチ作ってあんなに驚かれるなんてこっちがびっくりだわよ。なかったんかいサンドイッチ！　って本気で驚愕したもん。ホントに、ホンットーに、いままで誰も考えつかなかったの？　パンに具材を挟んで食べるっていう、あまりにも簡単なことを。でもそのおかげで、サンドイッチもお金になるかもしれないわ。

とにかくこれからマーケティングリサーチが必須！

などと私が頭を巡らせていると、お母さまが私の手を取った。

「ルーディ、貴女がわたくしの娘であることを誇りに思います」

「お母さま？」

私を見つめるお母さまは、なんだか胸に染み入るような、しみじみとしたほほ笑みを浮かべた。

「どんなときもくじけず、いつも前を向いて自分にできることを考え、それを一生懸命行う。言葉でいうほど簡単ではないことなのに、貴女は当たり前のようにしてしまうのよね。ルーディ、本当に貴女はわたくしの誇りよ。わたくしの娘でいてくれることに心から感謝しています」

「お、お母さま、何をおっしゃるのです？」

私はびっくりしてなんだか声が上ずっちゃう。

「そんな、わたくしこそお母さまの娘に生まれてどれほど感謝しているか……！」

だってね、ホントに、本当に私、お母さまが居てくれなければ、いま生きてないと思うのよ。

あのゲス野郎は本当に本気で私のことなんかどうでもいい、むしろとっとと死んでくれたほうが余計なカネを使わなくて済む、って思ってたんだからね。

暖炉の魔石や毛布だけじゃないの、本当に冗談抜きで、私はまったく食事が与えられていなかった時期があったくらいなんだから。

もちろんお母さまには、そんなことは知らされていなかった。でもその事実を知ったとたん、お母さまは抗議のハンガーストライキを行ってくれちゃったんだよね。それでゲス野郎が根負けして、私にも一応食事が提供されるようになったんだけど。

まあ、食事が与えられていなかった時期、私は夜中に厨房へ行って自分の食べるものを調達していたから、貴族令嬢であるにもかかわらず料理ができるっていう設定になっちゃったんだけどね。料理っていっても、パンの切れ端と残りものでサンドイッチとかそんなのだったんだけど。

でもだから私がいきなりプリンを作っちゃっても、我が家の誰も不審に思わなかったっていう。

ただそれについても、あのゲス野郎のおかげだなんて死んでも思わないわね。

だけど、私が凍死することなく、また餓死することなく、いまもこうして生きてるのは間違いなくお母さまのおかげなの。

何度だって言うけどね、私はお母さまの娘に生まれ、その上こうして愛されているっていう実感を得られているだけでもう、この世界に転生してきてよかったたって、本当に心から思ってるのよ。

だからどんな手段を使っても、お母さまもアデルリーナも、我が家の全員をしっかり守って養ってみせるわ！

私はお母さまと手を取り合い、これからも何があっても、みんなで力を合わせて頑張っていきましょうね、と誓い合った。

誓い合ったところで、私はハッと気がついた。

「クラウス！」

突然声を上げた私に、お母さまがびっくりしている。

でも私は慌てて続けた。

「お母さま、クラウスに、商業ギルドに手紙を送らなければ！　もしクラウスに責任があるなどという話になってしまったら……！」

「えっ？　あっ！」

お母さまもすぐ理解してくれた。すぐヨーゼフに頼んでクルゼライヒ伯爵家紋章入り便せんを持ってきてもらう。

そうなのよ、今回のオークションではクラウスにいろいろお膳立てをしてもらった。異国の商人を加えることもクラウスの発案だった。だから、エクシュタイン公爵さまがハウゼン商会について問い合わせた時点で、まず間違いなく話はクラウスに伝わる。

そこでもし、クラウスになんらかの責任があるなんて話になっちゃったら……！

私とお母さまは頭を突き合わせて文面を考えた。

たとえエクシュタイン公爵家からなんらかの問い合わせがあってもクラウスにはいっさい関係がなく、なんらかの問題が発生したとしても何も知らなかったクラウスにはまったく責任がないことを、商業ギルド宛とクラウス宛の二通にしたためていく。

そしてカールを呼び、手紙を入れて封蝋を捺した紋章入り封筒を、大至急商業ギルドに届けてくれるよう頼んだ。

「奥さま、ゲルトルードお嬢さま、お心遣いに心より感謝申し上げます」

深々とナリッサが頭を下げた。

「何を言ってるの、ナリッサ。当たり前のことよ、わたくしたちがすでにどれだけ、クラウスに助けてもらっていると思っているの」

「そうですよ、ナリッサ。こんなにも尽くしてくれているクラウスに、害が及ぶようなことがあってはなりません」

私だけでなくお母さまも言ってくれちゃう。

そりゃクラウスは我が家に勤めてるわけじゃないけど、もうほぼ間違いなく我が家のスタッフよ。ナリッサの弟だっていう部分を差し引いても、よ。本当に我が家のために奔走してくれてるんだもの。いっぱい無理も聞いてもらっちゃってるし！

ホント、すぐ気がついてよかった。

商業ギルドも、伯爵家が『責任はない』って手紙を送ったんだから、クラウスを責めるようなことはしないと思う。もしさらに何か、責任の所在について正式な文書が必要だとか言ってきたら、それはもうゲンダッツさんに相談しよう。私たちのことで、クラウスの立場が悪くなったり、万が一首を切られたりなんてことがあってはいけないもの。

あとは公爵さまだけど……公爵さまがわざわざ商業ギルドのイチ職員をやり玉に挙げるなんてことはないよね？　クラウスが『知らなかった』ことはちゃんとギルド宛の手紙に書いたし……もし、まかり間違って公爵さまがクラウスに何かしちゃうようなら、そこはもう直接公爵さまに抗議するしかない。

「ほかに考慮しておかなければならないことはないかしら……」

「そうですね、もう少し考えてみましょう」

お母さまと二人、ソファーに座り込んでちょっとぐったりしてると、ヨーゼフが新しいお茶を淹れてくれた。それに、林檎のパイの追加も持ってきてくれた。

さすがヨーゼフ、だからこういう心配りなんだって、私たちが執事に求めてるのは。

私もお母さまも、喜んでお茶と林檎パイのおかわりを口にしたわ。

それから私とお母さまは話し合って、今回のことはきちんと顧問弁護士であるゲンダッツさんに知らせておこうと決めた。

今後もしさらに問題が発生した場合、相談すべき弁護士さんが事情を把握しているかいないかの差は大きいと思う。それに、信託金の使い道についても相談する必要性が出てくるかもしれないので、若いほうのゲンダッツさんだけじゃなく、おじいちゃんのほうのゲンダッツさんにも手紙を書いて詳細を知らせておくことにした。

それらの手紙を、またお母さまと相談しながら書いていく。

その間に、カールが帰ってきた。商業ギルドでは、特に問題が発生しているような雰囲気ではなかったけれど、クラウスはエクシュタイン公爵家からイケオジ商人のハウゼン商会について問い合わせがあったことを知っていたとのこと。

それでも具体的な問い合わせの内容までは、クラウスは知らないようすだったとカールは言った。よかった、とりあえず公爵さまはことを荒立てたりするつもりはないらしい。

一息ついて、私とお母さまはさらに今後のことについて話し合った。

その結果、とにかく引越しはできるだけ早くしてしまおうということで一致した。

公爵さまがこのタウンハウスをどうするのかはわからないけど、引越しをしたいということはすでに伝えてある。

そもそも私たちにはこのタウンハウスにあまりいい思い出がないし、何より母娘三人で暮らしていくにはあまりにもデカすぎるんだよね。本当に、維持するだけでめちゃくちゃ経費がかかっちゃうんだもの。

公爵さまの口ぶりでは、私たちはこのタウンハウスを出ていく必要はない、つまり私たちが望めばずっとここで暮らせるっていうことのようだったけど、でもだからって、今後の生活の面倒まで公爵さまがみてくれるわけがないものね。

だったら、私たちは私たち自身でなんとかやっていける生活ってものを探っていかなきゃ。本当に幸いなことに、マールロウのお祖父さまが十五年間も生活費を保証してくださったんだもの。

それに、コード刺繍のように何か、アイディアを売るということをもっと考えていこう。上手くすれば『クルゼライヒの真珠』の代金を稼ぎ出せるかもしれないもの。

『クルゼライヒの真珠』については、本当にもう公爵さまにお任せするしかない。首尾よく公爵さまがイケオジ商人から取り戻してくれたら、その代金を全額いますぐ支払うのは無理なので、なんとか公爵さまにお願いして立て替えてもらい、少しずつでも返していこうという方向で、お母さまと話し合った。

そしてもし、公爵さまの交渉によっても『クルゼライヒの真珠』を取り戻すことができなかったら……これも本当に申し訳ないけど、公爵さまに相談して善後策を考えるしかない。何らかの罰を受けなきゃならないなら、それはもうしょうがないわ。

まあ、『何らかの罰』っていうの、私は自分で受けるつもりだけど、お母さまはお母さまで自分が受けようと思ってるの、わかるんだけどね。一応、現時点で伯爵位の継承権を持っているのは私なんだし、クルゼライヒ伯爵家として罰を受けるなら私でしょ。

それはでも、実際に罰がくだるならそのときに考えればいいわ。

結局、なんだかんだで結構公爵さまに甘えちゃう形になっちゃうなあ。

そう思ったところで、私はもうこのさい、もうひとつ公爵さまに甘えちゃえ、と思いついてしまった。

「お母さま、公爵さまは私たちが望めば、今後もこのタウンハウスに住み続けていいというおつもりだったようなのですけれど……」

「ええ、そのような口ぶりでいらしたわね」

うなずくお母さまに、私は言ってみた。

「それでしたら、このタウンハウスから魔石やリネン類を持ち出してもいいのではないでしょうか？　その、つまりわたくしたちは追い出されるのではなく、通常のお引越しをするのだということで……」

ええもう、伯爵令嬢にあるまじきみみっちさだって、わかってるわよ。

でもね、魔石ってホンットーにお高いの。しかもこのタウンハウスに常備されているような魔物石って本当に高価なのよ。その高価な品が山のようにここにはあるの。そんでもって、一個でも持ち出せば二十年や三十年は使えるのよ！

私の言葉に思案顔を浮かべたお母さまに、私はさらに言った。

「もし公爵さまがそれは駄目だとおっしゃったら、そのときは魔石もリネン類もお返しすればいいのではありませんか。お返ししなければならない場合も想定して、どの魔石がどこに設置してあったか、一覧表にしておけばいいと思います」

「そうね……そうしましょう」

お母さまもうなずいてくれた。

「これから、節約できるところはどんどん節約していかなければなりませんものね」


早速、魔石の回収を始めることにした。

なにしろこのタウンハウスはバカでかい。灯用の魔石だけで五百や六百はあると思う。その全部を根こそぎ持っていこうなんて不埒なことは考えてないのよ。新居で必要な灯用の魔石は五十二個（ナリッサが数えてくれた）。だから予備を入れて七十～八十個もあれば、と思ってる。魔石は使用しなければ基本的に劣化しないから、予備もがっつりもらっちゃう気満々なので。

だからまず、使っていないフロアの廊下や客室にセットしてある灯用魔石の回収から始めよう。

あ、その前にまたクラウスだ。

カールには悪いけどもう一度、商業ギルドへ走ってもらっちゃった。だって明日には魔石屋さんとリネン屋さんが新居へ来てくれることになってたからね。とりあえず明日の予定はキャンセルしてもらわないと。ごめんねクラウス、また迷惑かけちゃって。もうこのさいだからクラウスには顧問料払うよ、いやもうマジで。

回収した灯用魔石は廊下用と室内用に分け、それぞれセットしてあった場所ごとに番号を振って一覧表を作っておくことにした。こうしておけば、新居で魔石をセットするときに迷わなくていいし、もし公爵さまがダメって言った場合もすぐもとに戻せる。

魔石に直接番号を書き込むことはできないから、古いシーツを切って端切れをたくさん用意し、その端切れにそれぞれ番号を書き込んで魔石を一個ずつ包むことにした。

いや、風呂敷包みって、こっちの世界の人は知らないんだね。私が正方形の端切れの真ん中に魔石を置いて、対角にたたんで魔石を包み、両端を真ん中で結ぶ包み方をしてみせると、お母さまはもちろん、ヨーゼフもナリッサもシエラもすごく感心してくれた。

で、回収作戦には食事の準備をしてくれているマルゴ以外は全員参加。アデルリーナも魔石を端切れで包む作業を、にこにこ笑顔でやってる。お手伝いができて嬉しいのかな、ホントに私の妹はどうしてこんなにもかわいくてかわいくてかわいくてかわいくてかわ（以下略）。

私とナリッサとハンスで手分けして魔石を回収して居間へ運び、お母さまがリストを作成して、ヨーゼフが端切れに番号を振ってる。その端切れはシエラが古いシーツを鋏でカットして作ってくれている。

カールも帰ってきたら、回収班に入ってもらうか、それともアデルリーナと一緒に包む班に入ってもらうかな。

灯用魔石が回収できたら、次はお風呂用と暖炉用、それにはばかり用も回収しないと。

ちなみにこの世界のトイレってすごいのよ……個室に、用を足すための大きな陶器のツボみたいなの（ふた付き）が置いてあるんだけどね、その中にはばかり用の魔石が入れてあるの。その魔石、なんと排泄物をすべてサラッサラの白い砂みたいなのに変えてくれちゃうんだよー。

しかもその白い砂みたいなの、そのまんま処理砂っていうんだけど、作物の肥料として使えるというね。

その上、このはばかり用の魔石はわりと安価な魔鉱石でまかなえちゃうの。おかげで、この世界の衛生事情はかなりいい。下水がないのに、下町でも汚物があふれてるようなことなんてないからね。平民でも各家庭に魔鉱石が一～二個あれば二～三年はもつし、街中には共同トイレみたいな設備もあるし。

もちろん、江戸時代のし尿屋さんみたいに、処理砂を回収するお仕事もあったりする。回収した処理砂を、地方の農場に売ってるんだって。ある意味、完璧なリサイクルかも。

灯用の魔石は七十八個集めたところで終了した。

ヨーゼフが番号を書いてくれた端切れの上に一個ずつ魔石を置いて並べていくと、あまりにも数が多くて床の上にも置くしかなくて、足の踏み場がなくなってしまった。

包む班のアデルリーナが焦っているようすに、私は声をかける。

「リーナ、ゆっくりで大丈夫よ。解けてしまわないようひとつひとつきちんと結んでね」

「はい、ルーディお姉さま」

真剣にうなずくリーナが本当にかわいくてかわいくてかわいい（以下略）。

「暖炉用とお風呂用はそれほど数がないですけれど、灯用を包んでしまってから集めてきたほうがよさそうですね」

「ええ、そのほうがわかりやすくていいと思うわ」

私の言葉にお母さまはリストを書きながら返事をしてくれる。

包む班にはカールとハンスも参加してくれたので、ペースが上がってきた。

「ではこの間に、わたくしはナリッサと一緒にリネン類の運び出しをしようと思います。衣裳箱に詰めて玄関ホールへ下ろしますね」

そう言って私はナリッサとともにリネン庫へ向かった。


「ええと、わたくしたち三人に、ナリッサ、ヨーゼフ、カール、ハンス、シエラ……ヨアンナたちが一家で来てくれるとして、あと三人だから十一人分？　どれくらいシーツやタオルが要るのかしら？」

リネン庫を開けてその量の多さに茫然としちゃった私とは違い、ナリッサはさくさくと運び出しを始めてくれた。

「枚数は気にせず、持ち出せるだけ持ち出しましょう。余ったシーツやタオルの使い道はいくらでもありますから」

確かに。

いまだって魔石を包むのに使ってるしね。

私たちはとにかく、衣裳箱に詰められるだけ詰め込むことにした。

そしてリネン類をぎゅうぎゅうに詰め込んだ衣裳箱に縄をかけてもらい、私は【筋力強化】をして担ぎ上げる。まったく、私の固有魔力が引越し作業にこれだけ役立つとは。

そう思いながら、私はその衣裳箱を玄関ホールへと運び下ろした。

うむ、順調であーる。

って、公爵さまがダメだって言ってくれちゃったら、全部戻さなきゃいけないんだけどさ。まあそのときはそのときだ。

私はリネン類のおかわり、じゃなくて衣裳箱二つめを取りに行こうと階段へ足を向けた。と同時に、その階段からヨーゼフが下りてきた。

「お客さまがいらしたようです」

襟元を正しながら玄関へと向かうヨーゼフに、私は思いっきり困惑した。公爵さまがいらしたことも驚きだったけど、そもそも我が家を訪れるお客さんがそんなにいるはずがない。

いったい誰が来たっていうの？

あ、でも公爵さまは早めに連絡するって……でも早すぎない？

「お客さまって、もしかして公爵さまのお使いのかたとか……？」

「いえ、貸馬車のようですから、公爵さまとはご関係のないかたではないかと」

さらりと答えたヨーゼフに、私は目を丸くした。

だって、まだ玄関も開けてないし馬車も見えてないのよ？

「えっ、なぜ貸馬車だとわかるの？」

「王都の貸馬車の馬が使っている蹄鉄の音がしておりますから。それに、車輪のがたつき具合からも貸馬車だと思われます」

またさらりとヨーゼフは答えたけど、私の目はさらに丸くなってしまう。

だってだって、確かに言われてみればかすかに馬車の音……馬の蹄が石畳を蹴っているような音と車輪が転がっているような音が聞こえてきたけど、それで蹄鉄の音を聞き分けちゃうの？　それに車輪のがたつき具合？

え？　ええ？　もしかしてヨーゼフ、お母さまと同じ固有魔力を……いや、いやいや、ヨーゼフって平民だよね？　でも平民でも魔力の強い人はいるし……。

私が混乱している横で、ヨーゼフが眉を寄せた。

「正門を閉めておくべきだったかもしれません」

我が家はすでに門番がいないので、ふだん正門は閉めたままにしてる。必要に応じて開けるんだけど、今日はツェルニック商会が来ることになっていたので開けてあった。

そして続いて公爵さまも来られた。その流れで、公爵さまから早めに連絡がある、つまり公爵さまのお使いがすぐ来られるかもしれないからと、ヨーゼフは正門を開けておいたのだと思う。

馬の蹄が石畳を蹴る音が近づいてくる。

その貸馬車は我が家の玄関前、車寄せへと入ってきたようだった。

あり得ないレベルの招かれざる客

私はヨーゼフが指示してくれた通り、玄関ホールの衝立の裏にあるソファーに腰を下ろした。

なんかこう、顔を合わせたくない貴族同士が訪問先で鉢合わせしそうになったとき用に、こういうちょっと目隠ししたような控え席が貴族家の玄関ホールには造ってあるんだよね。ナニがどうなって顔を合わせたくないのかは、私にはわからないけど。

そうこうしているうちに、ノッカーが響いた。

ヨーゼフは落ち着いたようすで玄関を開ける。

「いらっしゃいませ。本日はどのようなご用件でございましょうか？」

玄関先に立っていたのは、若い男性……っていっても、たぶん二十代半ばくらいだろう。身なりからしておそらく貴族だろうけど、なんていうのか一目見て明らかに公爵さまとは格が違う。

その男性が身に着けている衣裳も、ベストにもジャケットにもやたらゴテゴテと刺繍がしてあり、それが逆にものすごく安っぽい印象になっちゃってる。黒一色でまとめた公爵さまはあんなに上品だったのに。

　それに、とにかく立ち姿が公爵さまとは比べものにならない。この男性は別に太ってはいないけど、全身がだらんとしててまるで緊張感がない。公爵さまは引き締まった身体で、すっと背筋が伸びていた。動作のすべてに洗練された優雅さがあった。ホンット、この男性はぶっちゃけただの軽薄なにーちゃんって感じだ。

「お前がこの家の執事か」

　男はいきなりヨーゼフに言った。

「当家の爵位持ち娘を呼べ。ああ、伯爵家未亡人も、な」

「失礼ですがお名前を頂戴できますでしょうか？」

　ヨーゼフの声は落ち着いている。

　男は馬鹿にしたような声で言った。

「お前、私を知らんのか」

「寡聞にして存じ上げておりません」

　やっぱり落ち着いた声で答えるヨーゼフに、男はさらにあざけるように言う。

「私はお前の主人になる者だ。よく覚えておけ」

　いや、いやいやいや、ナニソレ？

　お前の主人になる者って……名前も名乗らずナニ意味不明なこと言ってんの？

　私は衝立の陰であっけにとられてた。

でもやっぱりヨーゼフは落ち着いてる。

「お名前を頂戴することはかないますでしょうか？」

フン、と男は鼻を鳴らし、さんざんもったいぶった挙句、なんだか勝ち誇ったように言った。

「私はバウヘルム・フォン・デ・ボーデルナッハだ。いや、いずれ、クルゼライヒ伯爵家当主バウヘルム・フォン・デ・ボーデルナッハになるが、な」

は、あぁ？

ナニ言ってんの、この男？

いずれクルゼライヒ伯爵家当主になるって……ナニがいったいどうなってこんな一面識もない、しかも失礼極まりない男が我が家の当主、クルゼライヒ伯爵になるっていうの？

ちなみに、フォンは貴族の称号、デは男性貴族の冠詞だ（女性貴族はダになる）。でも、貴族家での名乗りでわざわざそこまで言う？　学院でもほとんど聞いたことないよ？

いや、でも、えっと、もしかしてお母さまの知り合い？

私、なんかまた誤解っていうか勘違いしてる？

いやいや、でも、いきなり自分がクルゼライヒ伯爵になるとか……どう考えてもコイツおかしいよね？

「はて？」

ヨーゼフの、やっぱり落ち着いた声が聞こえた。

「私は長らく当クルゼライヒ伯爵家にお仕えしておりますが、新たなご当主がすでにお決まりであるなどということは、まったく存じ上げておりませんでした」

よかった、ヨーゼフも心当たりなんてないみたい。

って、ヨーゼフ、その言い方はちょっとまずいんぢゃ……。

けど男は、ヨーゼフの言ったことなんて聞いちゃいねえって感じで、ヨーゼフを押しのけて玄関に入ろうとしている。

「フン、執事ごときでは話にならん」

ヨーゼフはなんとか男を押しとどめようとしているけれど、一応相手は貴族のようだし、平民のヨーゼフでは強く出ることはできない。男は玄関ホールに踏み込んできた。

私は立ち上がって衝立の陰から出た。

「どのようなご用件で当家をご訪問くださったのでしょうか？」

男の背後から私に視線を送るヨーゼフがわずかに首を振る。わかってるよ、私は隠れてたほうがよかったんだろうけど、でもこんな礼儀知らずのワケわかんないヤツをヨーゼフ一人に押し付けておくことなんかできない。

男は衝立の陰から出てきた私に顔をしかめた。

「なんだ、お前は？」

「当家の長女ゲルトルードです」

「お前が？」

男はぽかんと間の抜けた顔をし、それから眉を寄せて私を上から下まで、遠慮のかけらもない目つきで眺めまわした。そしてその挙句、吐き出すように言った。

「嘘をつくにも、もうちょっとマシな嘘をつけ。お前のような不細工で貧相な小娘が伯爵家の令嬢だと？　それも絶世の美女と名高いクルゼライヒ伯爵家未亡人の娘だなどと……下女だかなんだか知らんが、人をたばかるのもいい加減にしろ」

「わたくしが、当家の長女ゲルトルードです」

いや、正直にムカついてたけどね、ちょっと頭のネジが外れてるようなヤツを相手にする場合、とにかく根気が大事だからね。だから私は表情を変えずに繰り返した。

男は苛立ちを隠さずに言う。

「いい加減にしろと言っているんだ、だいたい伯爵令嬢がそのような恰好で――」

「わたくしが、当クルゼライヒ伯爵家の長女ゲルトルードです」

相手に最後まで言わせず、はっきりと言葉を被せながら、私は三度目を繰り返した。

恰好のことはしょうがないよ、引越し作業中でブリーチズを穿いてるんだもん。

「それで、本日はどのようなご用件で当家をご訪問いただいたのでしょうか？」

なんだか馬鹿みたいに口を開けちゃってるソイツに、私はにこやか～に問いかけた。

「……お前が？」

男はまだ私が伯爵令嬢だとは認められないらしい。私と執事のヨーゼフの顔を、何度も見比べてる。そりゃあね、たとえウワサ程度でもお母さまの美貌について聞いてるなら、どうにも信じられないんでしょうけど。

「まさか本当にお前が？　十六歳だと聞いていたが……」

男は顔をしかめ、それからフッと鼻で笑ったかと思うと、思いっきり声をあげて笑い出した。

私もヨーゼフも、なんだかもうあっけにとられちゃってる。

いやもう、ホントにマジでコイツ、頭、大丈夫？

けれど男は……なんだっけ、ボーデル……棒出る菜っ葉？　だかいうその男は、ひとしきり笑ってから言い出した。

「いや、これはいい。たとえ爵位持ち娘だろうが、お前みたいな不細工で貧相な女を妻に迎えようなどと考える男がいるわけがない。私は何もしなくても六年後には伯爵位が手に入るというわけだ！」

六年後に伯爵位って……私はそこでようやく思い至った。

コイツ、まさかあのゲス野郎のまたいとこの息子とかいうヤツ？

確かに貴族名鑑で我が家の親族をたどったけど、あのゲス野郎の親族だと思うと名前を覚える気も湧かなかったわ。

思わずヨーゼフと顔を見合わせちゃった私に、男はふんぞり返ってさらに言った。

「だが私は慈悲深いからな。お前が成人する二年後には結婚してやろう。そうすれば、お前のように誰も見向きもしないような女でも伯爵家夫人だ。ふふん、ありがたく思え」

あいた口が塞がらないって、こういうこと？

いやもう、失礼だとか無礼だとかそんな言葉、軽く超越してるよね？

私はもう本気でまじまじと、そのどや顔棒出る菜っ葉を見てしまった。なんかもう、ナニをどう反応していいのかわからない。

それが私の正直な感想だった。

でもヨーゼフは違ったのか、すぐにはっきりと言った。

「おっしゃりたいことは以上でございますか？」

「は？　お前、何を——」

「ご用件がお済みでございましたら、お引き取り願います」

みなまで言わせずヨーゼフは棒出る菜っ葉に玄関を示す。

とたんに棒出る菜っ葉が苛立ちをあらわにした。

「お前、たかが執事の分際で何を言っている。私がクルゼライヒ伯爵になった暁には真っ先にお前の首を切ってやるからな！」

「どうぞご自由に」

さらりとヨーゼフは答えた。

「貴方さまが当クルゼライヒ伯爵家当主になられる日は永遠に来ないと存じますので」

ちょ、ちょっ、ヨーゼフ？

ねえヨーゼフ、どうしたの、もしかしてめちゃくちゃ怒ってる？

ヨーゼフの表情はまったく変わってないんだけど、こんなストレートなイヤミを言うヨーゼフなんて私は初めて見た。

まずい、棒出る菜っ葉の顔色がみるみる変わってきたよ。

「貴様、よくも私に……！」

私は慌てて、でもできるだけ落ち着いて見えるように、口を開いた。

「大変申し訳ございませんが、ご用件がお済みでしたらお引き取り願えませんでしょうか？」

ちょっとひきつってるって自覚はあるけど、私は精いっぱいの笑顔を貼り付けて言った。

「わたくしたちはこのタウンハウスを引き払う準備で、大変忙しくしておりますので」

棒出る菜っ葉の視線が私に向く。

「は？　引き払う？　このタウンハウスを？」

案の定食いついてくれたので、私はさらに頑張って笑顔を浮かべた。

「そうです。ご存じかと思いますが、このタウンハウスだけでなく領地も含め、亡くなった当主の全財産を、エクシュタイン公爵閣下にお引渡しすることになっておりますので」

領地も財産もなーんにもないよ、残ってるのは伯爵位だけだよ、と私はわかりやすーく言ってあげる。

けれど棒出る菜っ葉は鼻で笑った。

「そんなもの、『期日は設けない』と言わせておけば済むことではないか」

出たよ、『期日は設けない』！

思わず目を見開いてしまいそうになるのを、私は堪えた。

てか、その言葉ってそんなにメジャーなの？

棒出る菜っ葉（って名前に私の中ではすでに決定）は、なんかもう自慢げに続ける。

「公爵は期日を切ってきたのか？　フン、何が公爵だ、器の小さい男だな。だがそんなもの、期日に納得できない、再考しろと、こちらから言い続けてやれば済む話だ」

……いやもう、目が点になっちゃうよ。

それが『正しい』お貴族さまのやり方なわけ？

だいたい、『期日は設けない』って博打に勝ったほうの温情でしょ？　なんで負けたほうがそんな偉そうにふんぞりかえって、借金なんか踏み倒して当然とか言ってんの？

私はなんとか気持ちを落ち着け、とにかく頑張って笑顔を貼り付ける。

「このタウンハウスを手放すことは、すでにエクシュタイン公爵閣下にお伝えしております。何かご不満がお有りでしたら、ご自身で公爵さまにお問い合わせされてはいかがですか？　貴方にそのような権利がお有りなのか、わたくしは存じませんけれど」

やべっ、ついイヤミをくっつけちゃったよ。

いやもう、私も結構本気で怒ってるみたいだわ。

「当クルゼライヒ伯爵家の今後については、エクシュタイン公爵閣下のご意向に沿うことになりますので、わたくしからは何も申し上げられません」

と、急いでとりあえず公爵さまのご意向ならぬご威光に丸投げしてみた。

だってこの手のバ、げふんげふん、その、頭が少し悪くていらっしゃるようなかたの場合、序列とか権威とかの前ではあっさり尻尾巻いちゃうことが多いからね。

で、またもや案の定、棒出る菜っ葉はひるんだような表情を浮かべた。

でも、それは一瞬だった。

「こ、公爵に問い合わせる？　いや、それはお前の役目だろうが！　お前が公爵に『期日は受け入れられない』と言い続ければ済むんだ！　お前が私の言う通りにしさえすれば、すべて上手くいくんだ！」

まさかの逆ギレだよ……。

なんなの、この幼稚さは。私は頭を抱えたくなっちゃった。

でもこの状況はまずい。公爵さまはいきなり暴力をふるうようなことはしなかったけど、この頭が悪くて幼稚な菜っ葉にそんなことは期待できない。

私だけなら【筋力強化】しさえすれば、こんなヤツに殴られようが蹴られようが痛くもかゆくもないけど、ヨーゼフがいる。

なんとか穏便に……。

「お引き取りくださいませ」

とか思ってたのにいきなり、ヨーゼフがずいっと足を踏み出した。

そのヨーゼフの顔に、うっすらと貼り付いてる笑顔がめちゃくちゃ怖い。
ヨ、ヨーゼフ、だからなんでそんな怒り狂ってるの？　そりゃこんな男、相手すればするほど疲れるしムカつくだけなのはよくわかるけど！
ヨーゼフを止めなきゃと焦ってるのに、どういうわけかナリッサが階段を早足で下りてくるのが見えた。しかもナリッサも、ゾッとするようなすさまじい笑顔を貼り付けてる。

だからダメだって、ナリッサまで！

ナリッサがさっきみたいに自分の体を盾に私を守ろうとなんかしてくれちゃったら、とんでもないことになる。

さらに焦る私の耳に、ヨーゼフの低い声が聞こえた。

「貴方さまにはもう二度と、ゲルトルードお嬢さまの前に現れてくださらないことを強く願います。さっさとお引き取りくださいませ」

だから、だから煽っちゃダメ、ヨーゼフ！

私は叫びそうになったけど、もう遅かった。

棒出る菜っ葉は手を上げていた。腰に差していたらしい乗馬用短鞭を握りしめた手を。

その手が、その鞭が振り下ろされ、ヨーゼフに打ち付けられた音が響いた瞬間、私は頭の中が真っ白になった。


「お前のような礼儀知らずの使用人には、しつけが必要だな！」

勝ち誇ったような笑いを含んだ声が聞こえ、再び鞭が振り下ろされた音が響く。

私はそこでようやく声を上げることができた。

「ヨ、ヨーゼフ！」

床に倒れ込んだヨーゼフに駆け寄り、必死に呼びかけた。

「ヨーゼフ、しっかりして、ヨーゼフ！」

とっさに腕を上げて頭を守ったのだろう、ヨーゼフの袖が裂けて血が流れている。

それだけじゃない、倒れ込んだヨーゼフに追い打ちをかけた鞭の痕が、肩から背中にかけてはっきりと残っていた。

私の体が震えている。

本当に、冗談抜きで、わなわなと震えている。

怒りで体が震えるって、本当だったんだ。

「いますぐ出て行け」

顔を上げ、鞭を構えたままのクズ野郎に向かって言った私の声も、怒りで震えている。

「出て行け。二度と来るな」

一瞬、気圧（けお）されたようにひるんだクズ野郎は、それでもなおその手を上げた。

「な、なんだその顔は！　慈悲深くも妻に迎えてやるとまで言っている私に、よくもそのような口を……！」

「ゲルトルードお嬢さま！」

ナリッサが血相を変えて駆け寄ってくる。

私は、振り下ろされた鞭を片手で薙ぎ払った。【筋力強化】した私の手には、痛みも痕も何ひとつ残らない。ブラウスの袖はちょっと裂けちゃったけど。

「なっ……！」

さすがにぎょっとした表情を浮かべ、クズ野郎がひるむ。

たぶん、そのとき私の全身から殺気が噴き出してたんだと思う。だって本気で、コイツぶっ殺してやるって思ってたもの。

でも、私が立ち上がりかけた瞬間、大きな声が響いた。

「何をしている！」


玄関から入ってきたのは、エクシュタイン公爵さまだった。

「其方、何をしている！　これはいったい何の騒ぎだ！」

私はとっさに言葉が出なかった。ただもう怒りに体を震わせていた。

その私の横に、さっとナリッサが控える。

「エクシュタイン公爵さま、その男はたったいま、当家の当主たるゲルトルードお嬢さまに鞭をふるいました。さらには、当家の執事にも無体を働き鞭で打ち据えました」

ナリッサの声も震えていた。たぶん私と同じように、怒りに震えているんだ。

公爵さまが、倒れているヨーゼフと私の裂けた袖を見る。そして、冷えきった藍色の目を、菜っ葉に向けた。

とたんに棒出る菜っ葉は挙動不審になる。

「い、いや、私は……私は別に……」

「其方、名は？」

もう圧倒的に格が違う。公爵さまの威圧感ときたら。

それでも、棒出る菜っ葉はなけなしの見栄を振り絞ったようだ。

「わ、私はバウヘルム・ボーデルナッハだ。そ、そう、私はこのクルゼライヒ伯爵家当主の血縁者で、いずれ伯爵位を継ぐことに決まっている者だ！」

眉を寄せた公爵さまの視線が、私に向く。

私はまだ怒りに震えている自分のあごに、ぎゅっと力を込めた。

「そのような予定は、いっさいございません」

「な、何を……！」

棒出る菜っ葉が慌てたように言い募る。

「お前のような不細工な女を、妻に迎えてやろうなどという慈悲深い男は私くらいなものだ！　いや、そもそもお前など妻に迎えなくとも、六年後には私がクルゼライヒ伯爵位を賜ることになっているのだぞ！」

「黙れ！」

公爵さまの一喝が響き渡った。

「貴様、何を勘違いしているのだ！　貴様のような屑（くず）にくれてやる爵位など、我が国にはひとつだとてあるわけがない！」

茫然とした表情になったクズ野郎の顔が、カーッと赤くなっていく。

けれど公爵さまはもはや有無を言わせなかった。

「出て行け。そして二度と当クルゼライヒ伯爵家に近づくな。もしその禁を犯すようであれば貴様の息の根を止めることなど、私にはたやすいということを忘れるな」

赤くなっていたクズ野郎の顔が、今度はみるみる青くなっていく。

「行け」

公爵さまがあごをしゃくると、クズ野郎はじりっと後ずさりし、そしてそのまま身を返して玄関から逃げ出していった。


「どのような具合なのだ?」

公爵さまが私の前に膝を突き、声をかけてくれた瞬間、私は泣きそうになった。

たぶん、安心したんだと思う。

私は歯を食いしばり、なんとか泣くのを堪えた。

「わたくしは大丈夫です。でも、ヨーゼフが……」

「……大丈夫、です。ゲルトルードお嬢さま」

倒れているヨーゼフがうめくように言った。

「ヨーゼフ! 無理はしないで!」

悲鳴のように言ってしまった私の横から、ナリッサがさっとヨーゼフに手を伸ばす。そしてヨーゼフの具合を手早く確認すると、ナリッサは言った。

「ゲルトルードお嬢さま、客室を使わせていただいてよろしいですか? ヨーゼフさんを運びます」

「もちろんよ、ああ、グリークロウ先生を呼ばなければ……！」

「カール、グリークロウ先生を」

「わかった！」

ナリッサがすぐにカールに声をかけ、返事と同時にカールが医者を呼びに駆け出す足音が聞こえた。

そしてナリッサはまたすぐに次の指示を出す。

「シエラ、二階の一番手前の客室を開けてちょうだい。ハンスは厨房へ行ってお湯をもらって客室へ運んで」

「は、はい！」

「はい！」

返事をしたシエラとハンスのほうへ顔を向け、私はハッと体を硬くした。

その私の耳元で、ナリッサがささやく。

「ここは私にお任せください。お嬢さまは奥さまのおそばに」

私の視線の先、階段の上には、お母さまが立っていた。

真っ白な顔をして、まるで蝋人形のようにすべての表情を失って、お母さまは立ち尽くしていた。

私はぎゅっと奥歯を食いしばる。

「ありがとうナリッサ、任せるわ」

そして公爵さまに顔を向けると、公爵さまもなぜかうなずいてくれた。

「行きなさい。執事は私が運ぼう」

えっ？　と思ったけど、私はとにかくお母さまが心配で、お願いしますと頭を下げてすぐに階段を上がった。

「お母さま？」

そっと声をかけても、お母さまは動かない。ただ、その体が細かく震えている。

そのお母さまのスカートの陰から、アデルリーナが泣き出しそうな顔をのぞかせた。

「ルーディお姉さま……」

「大丈夫よ、リーナ」

私は妹を抱き寄せ優しく言った。

「お母さまは以前、とても恐ろしい思いをされたことがあるの。そのときのことを思い出されてしまったのよ」

こういう状態のお母さまからは、アデルリーナは離していたほうがいいと思う。アデルリーナをこれ以上不安がらせたくない。でも、いまは誰の手も空いていない。

どうしようかと私が迷ったとき、階段の下から声がかかった。

「アデルリーナお嬢さま、みなさんのお夕食を作るお手伝いをしていただけませんかねえ？」

なんとマルゴまで厨房から出てきていた。

マルゴはゆっくりと階段を上がってくると、その肝っ玉母さんと呼びたくなる顔でにっこりと笑いかけてくれる。

「奥さまが落ち着かれましたら、お嬢さまがたと一緒にお夕食を召し上がられますからね。アデルリーナお嬢さまがお手伝いくださったお夕食なら、奥さまは特にお喜びになりますよ」

マルゴに振り向いたアデルリーナがこれ以上お母さまの顔を見てしまわないよう、私はさりげなく後ろからアデルリーナの肩に手を置いてその顔を覗き込んだ。

「リーナ、お母さまはすぐに落ち着かれるわ。そうね、リーナがお手伝いしてくれたお夕食だなんて、お母さまは間違いなく喜んでくださるし、わたくしもとっても楽しみよ。だから、マルゴのお手伝いをしてきてもらえるかしら？」

私の言葉にアデルリーナがうなずいた。

「さ、アデルリーナお嬢さま、厨房へ参りましょう。今日はお野菜たっぷりのシチューですよ。これは秘密なんですがね、あたしのシチューにはチーズも入れるんですよ」

「チーズの入ったシチューなの？」

「ええ、ほんのちょっぴり、チーズをおろし金でおろして入れるんですよ。それだけで、シチューがぐっと美味しくなるんでございます。今日はそれを、アデルリーナお嬢さまにお手伝いしていただきましょうかねえ」

ふつう、貴族家の令嬢が、いくら幼いからといって厨房へ入って料理を手伝うなんてことはあり得ないはずだ。

でも、マルゴが来る前、人手がまったく足りていなかったとき、カールが食事の準備をするかたわらでアデルリーナの相手をしてくれていたことを、マルゴはすでに聞いていたんだと思う。だからとっさに、アデルリーナを引き受けてくれたんだろう。

ようやく少し笑みが浮かんだアデルリーナの手を取って階段を下りていくマルゴに、私は心の中でありがとうと言った。マルゴはその声が聞こえたかのように振り向いて私にうなずき、自分の胸をポンとたたいてみせてくれた。

マルゴの背を見送りながら階段の下、玄関ホールに目をやると、驚いたことに公爵さまとイケメン近侍さんがヨーゼフを両脇から支えて立ち上がらせてくれていた。

「公爵さま、お召しものが汚れますので……」

恐縮するヨーゼフの言葉に、公爵さまは淡々と答えている。

「魔物討伐の遠征時には、私も負傷者の治療にあたる。案ずる必要はない」

なんか……なんか、いろいろびっくりだわ、この公爵さまは。

それでも……ヨーゼフに鞭をふるうようなクズ野郎に比べたら、公爵さまは百万倍くらい信用して大丈夫だと思う。私はやっとそう思えた。

「お母さま」

私はそっとお母さまの手を取った。

お母さまはいまもすべての表情が抜け落ちたような真っ白な顔で、ただただ細かく体を震わせている。

「大丈夫です、お母さま。わたくしたちの周りにはもう、わたくしたちを害するような者はおりません」

お母さまの背中にそっと腕を回し、私はお母さまを抱きしめる。

ゆらり、と……お母さまの体が傾き、私はそのまま支えるように歩きだした。

お母さまと私の過去

あのゲス野郎は、暴力でお母さまを支配していた。

暴力をふるい、暴言を吐き、恐怖で身動きできなくなったお母さまを、自分の最高かつ最大のアクセサリーとして飾り立てていたんだ。

もちろん、自分のアクセサリーに傷なんか付けたくないから、お母さまに直接手を上げることはなかった。それでも、目の前で鞭を振り回され、罵声と暴言を浴びせかけられ続けた人がどんな精神状態に陥るか、想像に難くない。

しかも、当時のお母さまはまだ十代だ。男爵家の一人娘として大事に育てられ、そんな恐ろしい暴力がこの世にあることすら知らなかったに違いない。

それにおそらくあのゲス野郎は、暴力をふるう者の常套手段として、暴力をふるわれるのはお前に不備があるせいだ、暴力をふるってまで『しつけ』てやっているのはお前のためだと、言いくるめていただろう。

そんな状況で、お母さまには逆らうことなど、到底考えることもできなかったはずだ。

よくぞお母さまの心が壊れてしまわなかったものだと思う。

いや、おそらくほとんど壊れかけていたんだと思う。

そんなとき、私が生まれた。

お母さまは、娘である私に救われたのだと言う。

どんなことをしても、何があっても、この小さな命を守らなければと、お母さまは自分でも驚くほど強くなれたと言っていた。

だから、その私が、お母さまの目の前で、あのゲス野郎に鞭で叩きのめされたとき、お母さまの精神状態は限界を超えてしまったんだ。

あのとき私は、七歳になったばかりだった。

たった七歳の子に、あのゲス野郎は鞭をふるい、私は瀕死の重傷を負った。

それまでは一応、このクルゼライヒ伯爵家直系の子は私一人だけだったから、あのゲス野郎もどれだけ気に入らなかろうが、爵位持ち娘としての私を無下にはできなかった。

でも、アデルリーナが生まれた。

お母さまにそっくりのその美貌は、赤ちゃんのときから際立っていた。

だからゲス野郎は、自分の苦手な母親、つまりベアトリスお祖母さまに似た、どうにも気に食わない長女の私は、もういらないと考えたらしい。

何が原因だったのか、私はよく覚えていない。

ただもう激昂したあのゲス野郎が、乗馬用の短鞭で幼い私をめちゃくちゃに打ち続けた。

その痛みや衝撃よりも、私はただただお母さまの姿が怖かった。

その顔にはまったく血の気がなく、そしていっさいの感情もなかったから。本当に、人の姿だと思えなかった。お母さまが人形にでもなってしまったのではと、私はそれだけが恐ろしかった。

あのときのお母さまの姿だけは、一生忘れられない。

当時七歳の私に【筋力強化】の固有魔力は顕現しておらず、文字通り瀕死の重傷を負ったために あの前後の記憶があいまいなのだけれど、あのときのお母さまの姿だけは脳裏に焼き付いてしまっている。

十二歳のとき、私は【筋力強化】ができるようになったため、それ以降はあのゲス野郎がどれだけ暴力をふるってきても痛くもかゆくもなくなった。

それに、固有魔力の顕現とともに私が前世の記憶を完全に思い出して、精神年齢が一気に上がったことも大きかった。自分で手段を講じてゲス野郎に対抗できるようになったんだから。

おかげで、お母さまの症状も、もう何年も落ち着いていた。

だけど今日、いまさっき、あの頭のおかしいクズ野郎のおかげで、お母さまはあのときの恐怖を思い出してしまったんだ。

私室にお母さまを導き、私たちはソファーに並んで腰を下ろした。

私はお母さまの手を取り、もう一方の手をお母さまの背中に回し、そっと何度もその細い背中をさすり続けた。

「大丈夫です、お母さま。わたくしたちを傷つける者は、もうここにはおりません。誰もお母さまを、そしてわたくしを、傷つけることなどできません」

何度もささやいていると、こわばって細かく震えていたお母さまの体がゆっくりとほぐれていく。

やがて、ぽたり……と、小さなしずくがお母さまの膝に落ちた。

「お母さま？」

そっと呼びかけると、お母さまはぎこちなく自分の手を動かし、あふれ出した涙を拭った。

「わ、わたくしは、どうして……」

ぽろぽろと涙をこぼしながら、お母さまはつぶやく。

「本当に、不甲斐ない……」

「お母さまが居てくださらなければ、わたくしはいま、ここにおりません」

私はそっとささやく。

「お母さまが、ずっとわたくしを守ってくださってきたからです」

「いいえ……いいえ！」

お母さまの涙は止まらない。

精神科医や心療内科医、カウンセラーがいる世界じゃないんだよ。

いや、そういう専門家の助けがあってもなお、ドメスティックバイオレンスで心に深い傷を負わされてしまった人が立ちなおることがどれほど難しいか。

それでも幸いなことに、本当に幸いなことに、元凶であるあのゲス野郎が死んでくれた。

お母さまは決して言葉にはしないけれど、どれほど安堵したことだろう。やっと解放される、それが正直な気持ちだったと思う。

それがあんな……頭の悪いクズ野郎が、我が家に乗り込んでくるとは。

私は思わず唇を噛んでしまう。

さすがあのゲス野郎の血縁者だけあるわ。でも、またいとこの子ってことは六親等超えちゃってんじゃないの？　それって親戚っていわなくない？　って、それは日本の話か。

今回はたまたま、公爵さまがタイミングよく登場して追い払ってくれたけど……今後もああいう輩がちょっかいを出してくることがあるんじゃないだろうか。

いまの私なら、筋力にモノをいわせてクズ野郎の一人や二人、たたき出すくらいのことはできるけど……ああいう連中って、小娘にやられたとかって逆恨みしてくる可能性大なんだよね。それで数にモノを言わせて襲撃されたりしたら、私一人では対応しきれないだろうし。

それになにより……私も暴力をふるってしまえば、あいつらと同じレベルに堕ちてしまう。そういうのって、屈辱だと私は思っちゃうのよ。

何か、いい方法を考えなければ……。

お母さまの心の平穏のために、早急に対策を立てようと私は心に誓った。

「お母さま、お食事は召し上がれそうですか？　できたら少しでもお口にしていただきたいのですが……」

お母さまが落ち着いてきたのを見計らって、私は声をかけた。

「今日はシチューだそうですよ。しかも、リーナがマルゴのお手伝いをしていて、シチューが美味しくなる秘密のチーズを、リーナが加えることになっているようです」

「まあ、リーナが？」

ようやくほんの少し、お母さまの顔に笑みが浮かんだ。

けれどすぐ、お母さまはハッとした表情を浮かべ、慌てて訊いてきた。

「そうだわ、ヨーゼフ、ヨーゼフの具合はどうなの？」

「大丈夫です、お母さま」

私はできるだけ落ち着いた声で答えた。

「ナリッサがついていてくれていますし、カールがすぐにグリークロウ先生を呼びに行ってくれました。それに、ヨーゼフはちゃんと意識があって、わたくしとも話せる状態でしたから」

「そ、そう……それなら……」

納得してくれたのか、お母さまは体から力を抜いてくれた。


「お母さま！」

厨房の扉を開けたとたん、アデルリーナが駆け寄ってきた。

「お加減はいかがですか？」

「大丈夫よ、リーナ。貴女にも心配をかけてしまったわね」

まだ顔色はよくないけれど、お母さまに抱きしめてもらえたことで、アデルリーナも安心したようだ。

「リーナ、マルゴのお手伝いをしてくれたのでしょう？　シチューは美味しくできたかしら？」

私が問いかけると、アデルリーナはちょっと恥ずかしそうにうつむいてから、マルゴに助けを求めるように顔を向ける。ああもう、なんで私の妹はこんなにもいちいちかわいくてかわいくてかわいすぎ（以下略）。

で、マルゴは、にっこり笑って言ってくれた。

「ええ、もちろんですとも。アデルリーナお嬢さまのおかげで、とびきり美味しいシチューができましてございますよ」

「まあ。では早速いただきましょう」

「本当に楽しみだわ」

お母さまが嬉しそうにほほ笑んでくれて、私もやっとほっこりできた。

「マルゴ、今日は遅くまでありがとう。あとはわたくしたちでするから大丈夫よ」

私がそう言うと、マルゴが首をかしげた。

「おや、お給仕はどうなさいます？　いまはお夕食も朝食室で召し上がっていると伺っておりますが」

私はちょっといたずらっぽく笑って見せる。

「今日はお行儀悪く厨房でいただくわ。伯爵家の夫人と令嬢が厨房でお食事だなんて、よそで話さないでね？」

「おやまあ」

マルゴは明るい声で笑った。

「それならば、料理人がお行儀悪くお給仕差し上げてもよろしゅうございますかねえ」

「あら、本当に大丈夫よ、お家で息子たちが待っているんでしょう？」

「なあに、息子たちなんざ待たせておいて構いませんよ」

「でも、もうすでにだいぶ遅くなってるのに……」

「それじゃあ、ちょっとばかりお手当をはずんでいただけますかねえ？」

マルゴが片目をつぶって見せてくれたので、私は笑ってマルゴの好意に甘えることにした。

「じゃあお願いするわ、マルゴ。本当に助かります」

ナリッサはまだヨーゼフのそばを離れられないだろう。シエラはたぶん、私たちの寝室の支度をしてくれていると思う。カールは医者のグリークロウ先生を送っていくだろうし、ハンスはイケメン近侍さんが使った馬の世話をしているはず。

みんな大忙しで働いてくれてるのに、朝食室を使っちゃったらその後始末が必要になる。だからもう、ホントにお行儀悪いけど厨房で簡単に夕食を摂ることにしちゃった。

「ここでお夕食をいただくのですか？」

アデルリーナがちょっとびっくりしているので、私は小声で言った。

「そうよ、誰にも言っては駄目よ？　我が家だけの内緒ですからね」

「わかりました。内緒なのですね」

なんだか真剣な顔でアデルリーナがうなずく。いやもうホンットにどうしてこんなに私の妹はかわいすぎてかわいくてかわいくてかわ（以下略）。

マルゴが手早くシチューを器によそってテーブルに並べてくれる。それにとろりとしたソースがかかったローストビーフのようなお肉料理や、ふんわりやわらかそうなパン、きれいに切りそろえられた桃のような果物も並んでいく。

テーブルといっても調理台なので、表面にでこぼこがあるし端もちょっと欠けてたりする。そこにマルゴがクロスをかけてくれて、角にお母さまとアデルリーナが座り、私はお母さまの隣に腰をおろす。椅子も作業用の丸椅子だ。

そこで、ごく当たり前に、ふつうの家族としてごはんを食べる。

まあ、料理人がいてくれるって段階ですでに一般家庭じゃないけどね。それでも、幼い妹がどうやって料理のお手伝いをしたかを話しながら、笑顔で美味しいごはんを食べられるんだ。これ以上の幸せなんてない。

お母さまもさすがにお肉料理までは無理だったようだけど、それでもシチューはちゃんと食べられた。シチューは本当に美味しかった。チーズを入れるとコクが出るんだよね。

アデルリーナも嬉しそうだ。でも今日は本当にいろいろあって、アデルリーナも気を張ってたんだと思う。もう、すぐにでもコテンと眠ってしまいそうな雰囲気だ。

「後片付けもしておきますよ」

マルゴは笑顔で請け負ってくれる。

「ありがとう。本当に助かるわ、マルゴ」

「いいえ、とんでもございませんです。ああ、そうでした、明日の朝食ですが」

マルゴは冷却箱を示す。

「あの『さんどいっち』というお料理、おもしろうございますねえ。カールから聞いて早速作ってみましたんで、明日の朝、召し上がってくださいまし」

「まあ、それは楽しみだわ。マルゴの作ってくれるお料理、本当にどれも美味しいもの。明日、いただきますね」

うーん、マルゴって本当に腕のいい料理人だから、どんなサンドイッチを作ってくれたのか、本気で楽しみだわ。

私はマルゴにお休みなさいと言って、三人で一緒に寝室へと向かった。


「あっ、お、奥さま、お嬢さま、あの、お風呂のご用意がまだ……」

寝室へ行くと、シエラが焦ったようすでタオルを抱えて出てきた。

「いいのよ、シエラ。まだ慣れていないのですもの」

「今日は魔石を集めてもらったりして、忙しかったですものね」

私だけでなくお母さまもシエラに労いの言葉をかけてくれる。

結局、もう沈没寸前のアデルリーナはお風呂に浸からず、お湯で体を拭くだけで済ませることにした。

シエラには、私が妹の世話をしている間にお母さまの寝室を整えるよう言った。その間、少しだけお母さまには待ってもらうよう言おうとすると、お母さまは自分もアデルリーナの世話をすると言い出してくれた。

「さあリーナ、後ろを向いて。ボタンを外してあげましょうね」

お母さまは意外なほど慣れた手つきでアデルリーナの衣裳を脱がせていく。

なにしろ、貴族令嬢というのは生まれたときから侍女たちによって着せ替えられるので、自分で服の脱ぎ着はほとんどしないものだ。一応、私みたいに自分ですべてできちゃう令嬢というのは規格外だという自覚はある。

だから私もアデルリーナもちょっとびっくりしたんだけど、アデルリーナはすごく嬉しそうだ。

私がタオルをお湯で絞っていると、お母さまはぽつりと言った。

「わたくしのお母さま……貴女たちのお祖母さまは、わたくしが九歳のときに亡くなったの」

マールロウのお祖母さまが、私が生まれる前にすでに亡くなっていたことは聞いていたけど、お母さまがそんなに幼いときに亡くなられたというのは初耳だった。

お母さまは、思い出すようにぽつり、ぽつりと話し続ける。

「わたくしをお産みになってから、お母さまは体調を崩されることが何度かあって……わたくしは小さい頃から、自分のことはできるだけ自分でできるようになりなさいと、お母さまに言われていたのよ」

寂しげに、お母さまはつぶやいた。

「お母さまは、もしかしたらご自分のお命があまり長くはないことを、感じていらしたのかもしれないわね……」

どう言葉をかけていいのかわからない私の前で、お母さまはアデルリーナをそっと抱きしめる。

「いまはとてもよくわかるわ。まだ幼かったわたくしを置いて逝かねばならなかったお母さまが、どれほどお辛かったかが」

そしてお母さまは、アデルリーナの髪をなでながら、染み入るような笑みを浮かべてささやくように言った。

「リーナ、こんなに大きくなってくれて、本当にありがとう」

「お母さま！」

アデルリーナが、どこか怯えたようにお母さまにしがみつく。

私も思わず、お母さま不吉なことは言わないで！　と言いそうになったその言葉を必死に呑み込む。

けれどお母さまは、アデルリーナの髪をなでていたその手を、きゅっと握りしめた。

「わたくし、強くならなくては」

私は目を見張った。

お母さまは決意に満ちた目で、私とアデルリーナを見た。

「わたくしは貴女たち二人の母ですもの。貴女たちの、本当に素晴らしい娘たちの母だという、こんなにも恵まれた立場ですもの。何があっても、どんなことをしてでも、貴女たちを守らなければ」

「お母さま！」

思わず手を伸ばした私を、お母さまは抱き寄せてくれた。私とアデルリーナを抱いた両手に、お母さまはぎゅっと力を込めてくれた。

お母さま、どうか無理はしないで……そう思いながらも、私は本当に胸がいっぱいになった。

緊急事態発生

アデルリーナはベッドに入ったとたん、本当にコテンと眠ってしまった。お母さまも落ち着いたようすでベッドに入り、すぐに寝息を立て始めた。

私はそっと寝室を出て、シエラに小声で問いかける。

「ナリッサはヨーゼフについているのね?」

「はい。お医者さまが、今夜は熱が出るだろうとおっしゃって……」

答えるシエラに私はうなずく。

「わかったわ。私もいまからようすを見に行きます。シエラは厨房で食事をしてね。こんなに遅くまで本当にありがとう」

「と、とんでもありません!」

慌てたようにシエラが頭を下げる。

「私、本当に手際が悪くて……」

「まだ慣れていないのだから当然よ。そうそう、ハンスとカールにも食事をするように言ってあげてね。美味しいシチューがお鍋いっぱいに作ってあるわよ」

「ありがとうございます、ゲルトルードお嬢さま」

なんだか、両手を合わせたシエラに拝むように言われてしまった。

でもシエラが衣裳を扱ってるときのことを考えると、こういうことも慣れてくればしゅたたたっとできるようになると思うのよね。期待してるわよ、シエラ。

ヨーゼフが運び込まれた客室へと歩いていくと、その客室の前にナリッサがいるのが見えた。

いやナリッサだけじゃない、公爵さまの近侍、あのイケメン近侍さんもいる。

てか、まだ近侍さん居たの？　っていうことは、も、もしかしてまだ公爵さまもいる？　た、確かに、確かに誰も、公爵さまがお帰りになるとは告げにきてなかったけど！

おまけに、ナリッサがちょっと剣呑（けんのん）な雰囲気なんですけどー？

「ゲルトルードお嬢さま」

ナリッサが、焦り気味に近づいた私にすぐ気がついてくれる。

私はできるだけ落ち着いたふうを装い、近侍さんに問いかけた。

「恐れ入ります、何か問題がございましたでしょうか？」

近侍さんは、にこやかに答えてくれた。

「いえ、少しだけ閣下を休ませてあげてほしいとお願いしていたのです」

は？

と、ばかりに近侍さんを見返してしまった私に、ナリッサが眉を寄せて言う。

「客室をご用意すると申し上げているのですが、どうしても受け入れてくださらないのです」

「いやいや、ご婦人しかいらっしゃらない邸宅に、閣下をお泊めいただくわけにはまいりませんから。なに、ほんの少しお休みになれば閣下はすぐ退散されますよ」

イケメン近侍さんがさわやかな笑顔で言ってくれちゃう。

でも、閣下を少しだけ休ませてあげてほしいって……私がそーっとドアの隙間から覗き込んだその部屋では、ヨーゼフが眠っているベッドの横で、椅子に腰かけた公爵さまが腕組みしたまま転寝をしていた。

え、えっと、いや、あの、マズイでしょ？　マズイよね？

公爵さまに、国王陛下の義弟にあたられるかたに、我が家の執事の面倒を見ていただいた挙句、転寝されてしまうほど疲れ果てさせてしまうだなんて。

いや、いくら貴族の常識に疎い私にだってわかっちゃうくらいマズイ状況だよね？

だって一部上場大企業の代表取締役が、零細企業の平社員の付き添いをずっとしてくれちゃってるような状況だもんね？

ナリッサに向かって思わず口をぱくぱくしちゃった私に、イケメン近侍さんはやっぱりとってもさわやかに言ってくれた。

「もう少ししたら起こしますから。本当に大丈夫です、魔物討伐の遠征に行ったりしてると、どこでもすぐ、眠れるときに眠れるようになっちゃうんですよ」

いや、大丈夫って、いや、起こしますからって、近侍さんが公爵閣下を起こしちゃうの？　眠ってる主を起こしちゃっていいの？

やっぱり口をぱくぱくしちゃう私に、イケメン近侍さんはちょっと困ったように笑い、そして言ってくれた。

「そうですね、もしよければ何か……簡単なものでいいですから、口に入れるものを少しいただけませんか？」

「も、申し訳ございませんでしたー！」

私はもう勢いよくスライディング土下座でもなんでもしちゃいたい心境だった。

助けていただいただけでなく、こんな遅くまでずっと怪我人の世話をしてくださっていたのよ？　そんな義理なんか何ひとつないっていうのに。その上お食事すら出していなかったなんて……私たちはちゃっかり食事を済ませていたのに。失礼にもほどがあるでしょ！

ナリッサも、あのスーパー有能侍女のナリッサも気がついてなかったみたいで、サーッと青ざめて私と一緒に深々と頭を下げている。

「いやいや、お手をわずらわせてしまって申し訳ない。本当に何か、温かい飲みものの一杯でもいただければ十分ですので」

「ただちにご用意致します！」

さわやかに言ってくれちゃうイケメン近侍さんをその場に残し、私とナリッサは超速で厨房へと向かった。

血相を変えて厨房に駆け込んだ私たちを、ちょうど食事をしていたシエラとハンス、それにカールがびっくりした顔で迎えてくれた。

彼らにいっさい構わずナリッサがかまどのお鍋に飛びつく。

「ゲルトルードお嬢さま、シチューがまだ残っております」

私も駆けつけてお鍋を覗き込み、すぐにシエラたちに振り向いた。

「貴方たち、十分食べた？　まだ食べ足りない人はいる？」

「えっ、あの……？」

戸惑っているシエラたちにはやっぱり構わず、ナリッサは冷却箱を開ける。

「ゲルトルードお嬢さま、朝食用の『さんどいっち』がございます。こちらもお出ししましょう。林檎のパイも残っていますのでこれも。公爵さまのお口に合ったようですし」

ナリッサは冷却箱から次々と、料理の入った陶製の箱を取り出していく。

「二階の客室にワゴンは使えませんから、お盆に載せられる分だけです。これだけあれば恰好はつきます」

真っ先に立ち上がったのはカールだった。

「姉さん、お盆はいくつ要るの？」

さっと踏み台を持ってきたカールが、棚の上のお盆に手を伸ばす。

ナリッサに代わって私が答えた。

「公爵さまと近侍さんの分よ、二つあればいいわ」

「えっ、こ、公爵さま、まだいらっしゃるんですか？」

シエラが手にしていたスプーンを取り落として声を上げた。

ハンスもぎょっとした顔をして、すぐに思い出したように言う。

「そう言えば、公爵さまの馬車がまだあったような……」

「ハンス！」

思わず呼んだ私の声に、ハンスがびくっとばかりに立ち上がった。

「よく思い出してくれたわ、ハンス。そうよ、公爵さまの御者さんにも届けなければ。カール、お盆は三つ出してちょうだい」

「はい！」

「え、え、あの……？」

立ち上がっちゃったハンスが挙動不審になっている。

ナリッサは朝食用のスープボウルにシチューをよそい、お盆に載せていく。その間にカールはサンドイッチ用のお皿やカトラリーを取り出す。この辺りはさすが姉弟というか、我が家の緊急事態に慣れているというか。

私は私で、戸棚からトングを取り出してサンドイッチの取り分けに向かう。

しかし、本当に、さすがマルゴと唸るしかない。

マルゴの作ったサンドイッチは、そりゃあもう彩(いろどり)もきれいで見るからに美味しそうだった。

こちらの世界には食パンのような四角い形のパンはないので、バゲットみたいに大きくて長い円筒形のパンをスライスして使ったようだ。具材をはさんだその直径十五センチほどの丸いパンを真ん中で半円に切り分け、切り口が見えるように並べてある。

その切り口は、厚焼き卵の黄色に葉野菜の緑、それにトマトソースの赤にコールドチキンの白と本当に彩がいい。ちらっとパンをめくって確認すると、具材の水分でパンがべしゃっとならないよう、ちゃんとバターも塗ってあるし。

たぶん私が簡単に作り方を教えたカールが、実際に作ってマルゴに見せたんだとは思うけど……でもそれだけで、こんなにいろんな具材を使ってすっごく美味しそうなサンドイッチを作っちゃったっていうマルゴは本当にすごい。

私は大きめの平皿にサンドイッチを取り分けながら、ナリッサに言った。

「ナリッサ、貴女は今のうちに少しは何か口に入れておいて」

「私は大丈夫です」

すぐにナリッサの答えが返ってきたけど、私はさらに言った。

「駄目よ、公爵さまの前でお腹が鳴っちゃったら恥ずかしいでしょ？」

ナリッサは無言で戸棚から大きめのカップを取り出すと、お鍋に残っていたシチューをよそって立ったままそれを食べ始めた。

なんかもう、そのようすがあまりにも手馴れていて、私はナリッサがふだんからこういう食事のとり方をしているんだなと想像できてしまった。

ううむ、ナリッサには強制的にでも、もっと休みを取らさなければ。

ハンスは御者さんに食事を届けに行き、カールはお鍋と食器を洗ってくれている。

私はお盆を持ったナリッサとシエラを従えて厨房を後にした。

みんな、今夜はもうちょっとだけ頑張ってね！


「ああ、これは……なんだか申し訳ない。こんなに立派なお食事をご用意いただいてしまいまして」

客室に届けたお盆を見たイケメン近侍さんが、恐縮したように言った。

「とんでもございません。すぐにご用意できたものだけです。こんな時間までお待たせしてしまって本当に申し訳ございませんでした」

深々と頭を下げる私と、手早くナイトテーブルを動かして準備するナリッサとシエラ。

そんな私たちに、イケメン近侍さんはお盆を見ながらまたさわやかに言ってくれた。

「いやあ、実は、今日閣下がいただいた林檎のパイが本当に美味しそうだったので、少しでも残っていたら私もいただけないかなあと、そういう下心があったんですけどね。ふふふふ、言ってみるものですね」

ああもう、この近侍さんてば、イケメンのくせになんでこう人当たりまで完璧なの。

そもそも何か少し口に入れるものが欲しいって言い出されたのも、公爵さまが目覚める前に食事を用意するよう促してくれたってことだろうし、さらに公爵さまに客室を用意するかどうかっていう話をナシにしようとしてくれたってことだよね？　イケメンのくせにイケメンなだけじゃないって、ちょっとずるくない？

そう思っているのに、イケメンなだけじゃない近侍さんは、さらにくすくす笑いながら言ってくれた。

「閣下はたいていああやって眉間にシワを寄せた小難しい顔してますけど、実は甘いおやつが大好きなんですよ」

そっと視線を動かしてみると、確かに椅子に座って腕組みしたまま寝てる公爵さまは、眉間にシワを寄せちゃってる。

この威圧感たっぷりのおかたが、実はスイーツ大好きって、ねえ？

なんだろう、ギャップ萌え狙ってんだろうか。

などと結構失礼なことを考えていると、その公爵さまの眉間のシワがぴくりと動いた。

「……誰が何だって、アーティバルト？」

「あ、起きましたか、閣下」

びっくぅ！　と私は、はしたなくも思わず身をすくめちゃったけど、近侍さんはのんびりしたものだ。

「ご令嬢がお食事をご用意くださいましたよ。林檎のパイもあります。召し上がりますよね？」

「……いただこう」

その不機嫌さが単に寝起きだからであってほしいと、私は思わず祈ってしまった。そして、このイケメンなだけじゃない近侍さんはアーティバルトさんというのね、と脳内に記録した。

「これ、おもしろいですね。薄く切ったパンに具材がはさんであるのか。えーっと、手づかみで食べちゃっていいですか？」

近侍さんの問いかけに、私はうなずく。

「はい。我が家では朝食など手軽に食べられるメニューとして作っていますので。そのまま手に取ってお召し上がりいただければ」

物珍しそうにサンドイッチを眺めていた近侍さんは、厚焼き卵と葉野菜がはさんであるサンドイッチを一切れ手に取り、口に運んだ。

「美味しいですねえ。卵に厚みがあるから食べ応えがあるし。しかも手軽に食べられるところがまたすばらしい」

そう言って、近侍さんは自分がサンドイッチをひとつ取ったお皿を、公爵さまに渡す。

ちゃんと二皿用意したのに、なんでそんなことをしているんだろうと私は訝ったんだけど、ハッと気がついた。

毒見だ。

「あ、あの、失礼致しました、わたくしが先に一口……」

慌てて言い出した私に、近侍さんは笑いながら手を振る。

「いやいや、まさかご当家のご令嬢に他意があるなどと思ってはいませんよ。これはもうクセみたいなものですから」

なんかもう、ここまで失礼と失態を重ねまくると、本気で意識が遠のきそうである。

それなのに公爵さままで、さらに意識が遠のきそうなことを言ってくれた。

「その通りだ。きみに他意があるなどと思っていない。それにそもそも、私は幼い頃からあらゆる毒の耐性を身につけているのだから、少々毒を盛られたところでなんということもない」

いや、ナニソレ、怖すぎるでしょ。

あらゆる毒の耐性って、それも幼い頃からって……公爵さまってそんなにカジュアルに毒を盛られちゃうようなお立場なの？

お貴族さま怖い。怖すぎる。

私がおののいている間にも、近侍さんはさくっとシチューをスプーンですくって口に入れてる。

「ああ、このシチューも美味しいですね。なんだろう、コクがあるっていうか……微妙に塩気があるのかな？」

「あ、はい。我が家の料理人が、チーズを少量入れるのだと言っておりました」

なんとか気を取り直して私が言うと、近侍さんはうなずきながら自分が一口食べたスープボウルを、公爵さまの前へ流れるような動作で移している。

「へえ。隠し味っていうやつですか」

近侍さんがちょっと内緒話をするように訊いてきた。

「それ、こっそり真似してもいいですか？」

「アーティバルト」

たしなめるように公爵さまが近侍さんを呼んだけど、私は軽くうなずいた。

「ええ、どうぞ。本当にチーズをおろして少し入れるだけですから」

「ありがとうございます」

イケメン値最大の笑顔で近侍さんが答えた。

「今度、野営のときに試してみますね」

私も笑顔でうなずいた。

「ええ、ぜひお試しください」

けど野営？　野営のときに試してみる？

このイケメンなだけじゃない近侍さんがお料理もしちゃうの？　なんかますますずるくない？

いやでも、本気で毒を盛られる心配があるのなら、誰がいるかわかんないような遠征部隊じゃ近侍さんが作ったものを食べるのが一番安全なのか……。

それにしても公爵さまって公爵家当主なんだから、学院でも領主クラスだよね？　武官クラスでもないだろうに、本当に魔物討伐の遠征とか行っちゃうんだ。それもこの口ぶりだと、結構回数もこなしてるっぽいよね。よっぽど強い攻撃系固有魔力でもお持ちなのかな？

いろいろとナゾな公爵さまは、眉間にシワを寄せたまま黙々と食べている。

それでも、最後に林檎のパイを口にしたときは、その眉間のシワがちょっと開いた……ような気がした。

そして、お出ししたものをすべてきれいさっぱり食べてくれた公爵さまは、おもむろに姿勢をただして私に言った。

「今日はもう時間も遅い。とりあえず用件だけ伝えておこう」

公爵さまの提案

思わず背筋を伸ばした私に、公爵さまは眉間にシワを寄せた顔で言った。

「まず『クルゼライヒの真珠』だが、ハウゼン商会と交渉することができた」

早っ！

公爵さま、仕事がめっちゃ早い！

ちょっと目を見開いちゃった私のようすに気がついたのか、公爵さまは言い足してくれた。

「ハウゼン商会の頭取がまだ王都に残っていた。おかげですぐに交渉ができた」

イケオジ商人、まだ国に帰ってなかったんだ。

ちょっとホッとした私に、公爵さまは眉間のシワを深くして続ける。

「交渉の結果、先方は『クルゼライヒの真珠』の返却には応じてくれたのだが、条件を出してきた」

「条件、ですか？」

思わず問いかけてしまった私に、公爵さまはなんだか難しい顔をしてうなずく。

「そうだ。『クルゼライイヒの真珠』に代わる、クルゼライイヒ伯爵家の真珠蒐集品を何点か譲ってほしい、と」

なんだ、それくらいなら……と、安堵の息を吐きそうになった私は、その息を止めた。

「あ、あの、公爵さま？」

「なんだ？」

「その、お恥ずかしい話ですが、その、我が家が所有する宝飾品の中で、国の財宝目録に記載されているのは『クルゼライイヒの真珠』だけなのでしょうか？　それともまだ、ほかにもあるのでしょうか？　わたくし、存じておりませんので……」

またもやうっかり手放しちゃいけない宝飾品を手放しちゃったりなんかしたら、もう目も当てられない。だからもう、私は我が家のことなのに恥を忍んで公爵さまに訊いちゃった。

「ふむ」

公爵さまはあごに手を遣った。

「確か尊家の場合はあの『クルゼライイヒの真珠』だけだったと思うが……念のために確認しておいたほうがいいな」

顔を動かす公爵さまの視線の先で、イケメンなだけじゃない近侍さんが目を伏せる。

「御意」

なんかこれだけで、近侍さんが調べてくれることになったらしい。ちょっとカッコよすぎるんですけど。

私は近侍さんに、お願いしますとばかりに一瞬だけ目礼を送ってから、またちょっと背筋を伸ばした。

「それでは、当家の蒐集品の目録を早急にお渡しします。その中から選んでいただければと思います」

「ハウゼン商会に選ばせるのか？」

「公爵さまが選んでくださっても結構です」

てかもう、私はどの品にどれだけの価値があるのか、さっぱりわかんないんだってば。

とりあえず使われている真珠が大きければ、それだけ価値は高いんだろうなーって思うレベルなの。どの品がその条件に対して妥当なのか、イケオジ商人がどの品を欲しがるのかなんて、これっぽっちもわかんない。

だからもう丸投げする気満々でそう言ったんだけど、公爵さまは思案している。

「きみは……本当に、それでいいのか？　いずれきみが相続する品々なのだろう？」

「構いません。『クルゼライヒの真珠』が取り戻せるのであれば、それを最優先に致します」

いや、だってホント、取り戻せないっていう最悪の事態もあったわけだし、その程度でＯＫなら御の字だよ。

でもって、それ以上に大事なことがあるんだからね。

ホンットに大事なことだから、ここはもう恥をかき捨てるしかない。

「それで公爵さま、先方は『クルゼライヒの真珠』の買い戻し代金について、どのように伝えてきたのでしょうか？」

私の問いかけに、公爵さまは目を瞬いた。

「どのように、とは？」

「ですから、あの、ハウゼン商会は、単純に品の交換というわけではなく、当家に支払った金額を払い戻した上に、さらに蒐集品を何点か希望したのだと思うのですが」

「……確かに、その通りだが」

そりゃそうだよね、商人として当然だよね。いったんこっちが売ったものを、こっちの都合で返してくれって言ってるんだから。全額返金さらに何か上乗せしろ、だよね。

そうだよ、だから私、頑張れ！

私は自分で自分を励まして、それを口にした。

「その、買い戻す代金なのですが……分割でお支払いすることは可能でしょうか？」

公爵さまの、あの不思議な藍色の目が瞬いている。

私はなんかもう早口で言い募ってしまう。

「あ、あの、かなり大きな金額でしたので……その、一括ですべてお支払いすることは、いまの我が家には難しいのです。その、どうしても全額一括で支払ってほしいと先方が申し伝えてきているのであれば……その、大変お恥ずかしい話で申し訳ないのですが、公爵さまに一部お立て替えいただくことは可能でしょうか？　お立て替えいただいた分は、できるだけ早くお返ししますので」

言い切った私は、思わず視線を落としてしまう。

ああもう、伯爵家としては相当恥ずかしい話だけど……でもしょうがないんだってば。ほかにこんなことお願いできる相手なんていないんだし。いくら棒引きにするって言ってもらってるったって、もうたんまり借金しちゃってる相手にさらに借金を申し込んじゃうなんて、本当に本当に申し訳ないんだけど。

「きみは……」

なんだか、茫然としたような公爵さまの声が降ってきた。

「きみは、自分で代金を支払うつもりなのか？」

へ？

思わず顔を上げた私の前で、公爵さまがぽかんとしてる。

え？　え？　えっと、その、そんなに信じられないようなことだったの？　その、博打に負けた相手がさらに借金を申し込むのって。

どうしよう、私、またやらかしちゃった？

恥ずかしさに赤くなってた私の顔から、サーッと血の気が引いていく。

「あ、あの、公爵さま……！」

なんとか言い訳しようと焦る私を遮るように、公爵さまはさっと片手を上げた。

「待ってくれ、いまちょっと頭の中を整理する」

公爵さまは片手で私を遮り、もう一方の手で自分の頭を抱えている。

私、そんなに非常識なことを言っちゃったんだろうか。『貴族の常識』では、こういうときどう言えば『正解』だったんだろう。

なんかもう生きた心地がしない私に向かって、公爵さまはようやく口を開いた。

「確認するが……私はこの件、つまり『クルゼライヒの真珠』を取り戻すことに関しては、私にすべて任せてほしいと、きみときみの母君に言った。そしてきみたちは、それを了承した。間違いないな？」

「はい」

とりあえず、私はうなずく。

でも公爵さまは、眉間にシワを寄せまくった顔を、私に向けた。

「では、それで何故、代金をきみが支払うという話になっているのだ？」

「はい？」

私の返事が思いっきり疑問形になった。

なのに、眉間にシワを寄せまくってる公爵さまの頭の上にも、クエスチョンマークが浮かんでるような雰囲気だ。

「私に任せることを了承したのだから、それで終わりではないのか？　そもそも、買い戻しの代金をどうやって都合するつもりなのだ？　『クルゼライヒの真珠』を売却した代金は、すでに新居の購入に充てたのだろう？　残金を返済に充てても、その後の生活費はどうするつもりなのだ？」

「え？　あっ」

そうだ、その話をしていなかった、と私は慌てて説明する。

「あの、マールロウの、母の父である前マールロウ男爵家当主が、母に信託金を遺してくれておりました。わたくしたちの当面の生活費は、それで十分まかなえます」

「ああ」

ようやく公爵さまの顔に納得の色が浮かぶ。

「なるほど、そういうことか」

そのようすに、私は胸をなでおろして説明を続ける。

「母が受け取れる信託金は向こう十五年間です。その間、節約して暮らせば、いくらかは支払いに回せます。ほかにも、何かわたくしたちにできることで収入を得て……」

「いや、待て」

再び公爵さまが手を上げて私を遮った。

「だから何故、きみが代金を支払うのだ?」

「へっ?」

なんかもう、素で私は間の抜けた声をもらしちゃった。

だって、何故私が代金を支払うのかって……。

「あの、当家が売却した品を当家が買い戻すのです。当然、その支払いは、当家が負担するしかありませんでしょう?」

私の答えに、公爵さまは両手で頭を抱えてしまった。

「……さっぱりわからぬ」

ぼそりとつぶやいてから、公爵さまはげんなりと疲れた顔を私に向けた。

「私が、この件については私に任せるように言ったのだから、きみたちはただ品が返却されるのを待っていればいいだけではないか。何故わざわざ、自分たちに負担を強いるようなことを申し出てくるのだ？」

は、い？

私は本気でぽかんと口を開けてしまって……それから公爵さまが言ったことを、何回も頭の中で反芻した。ただ品が返却されるのを待っていればいいだけ、って……。

あの、えっと、それってつまり……お支払いに関しても全部、公爵さまに丸投げしていいってこと？　あのすごい金額をそのまんま、公爵さまが自腹を切ってくれて、私たちは自分のミスで売っぱらっちゃった『クルゼライヒの真珠』をタダで返してもらえちゃうってこと？

ナニソレ？

詐欺？　詐欺だよね？　売ったものをほかの人に取り返してもらって、売ったときの代金は返さないで知らん顔しちゃうって、どう考えても詐欺だよね？

私はすっごい混乱してるのに、公爵さまは困ったように、あきれたように、深く息を吐いちゃうんだ。

「代わりの品を、それも複数寄こせと相手が言ってきた時点で、きみたちに十分な負担を強いることになってしまった。それを私は申し訳なく思っているのに、何故きみはさらに代金まで負担しようと言うのか？　私にはどうにも理解できないのだが」

くらっ、と……本当にくらっと、私は意識が遠のきかけた。

だって、このどう考えても詐欺でしかない行為が、『貴族の常識』なの？　貴族の間のお金のやり取りって、そんないい加減で大雑把で都合が悪けりゃ知らん顔しちゃっていいものなの？

そりゃあのクズ野郎が『期日を再考しろと言い続ければ済む』なんて、平然と言ってのけちゃうわけだよ！

げんなりした顔で公爵さまは言う。

「公爵家当主である私には、きみたちを援助できるだけの地位も財力もある。きみもその程度のことはわかっているのだろう？　それで何故、私を頼らないのか？　何故そこまで、私を頼ることを拒絶するのだ？　それほど私は、信用ならぬ相手なのだろうか？」

「えっ、あの」

私は跳びはねそうになった。

だってそんなつもりはこれっぽっちも……いや、まったく知らない相手をいきなり頼れと言われても困るけど、でもこの公爵さまが悪い人じゃなさそうだっていうのはだいたいわかってきたんだけど、そもそも何かがズレちゃってるっていうか……。

「あの、えっと」

私は必死に頭を回す。

「あの、公爵さまはわたくしたちにとって債権者で、それ以外の接点などいままでまったくなかったと思うのですが……その、親族でもなく、親しくお付き合いがあったわけでもないかたを一方的に頼ってしまうというのは、失礼ではないのでしょうか？」

「……なるほど」

公爵さまはまたも深く息を吐いた。

「きみは、そういう考え方をするのだな……」


どうやらやっぱり私は、一般的な『貴族の常識』から程遠いらしい。

でもね、その『貴族の常識』って、ちょっとひどくない？

借金は踏み倒して当たり前、自分に都合が悪いことは知らん顔、従業員だって仕事に縛り付けてただ働きさせるんだよ？

いや、ちょっとどころか、めちゃくちゃひどいよ。

我が家のゲス野郎は最低最悪だって思ってきたけど……もしかして、あの最低最悪が実は珍しくないとか？　だって、今日やって来たあのクズ野郎だって同じレベルだったよね？

もしかして、それがふつうの貴族社会、貴族の常識だとでもいうの？

なんか、それってもう……。

「ひとつ、覚えておいてほしいのだが」

公爵さまの声に、私はハッと顔を上げた。

膝の上で手を組んだ公爵さまは、その不思議な藍色の目で私をまっすぐに見ている。

「私は、きみの後見人になる用意がある」

後見人？

後見人って、えっと、親がいない未成年の保護者的立場の人だっけ？　でも、私にはお母さまが……そうか、この世界、このレクスガルゼ王国では女性の権利はほとんど認められていないから、男親の代わりにってこと？

ちょっと眉を寄せちゃった私に、公爵さまは続けた。

「私はきみが言うところの、親族でもなければ親しく付き合ってきた者でもない。だが、これは『持てる者』である私の、当然の義務だ。庇護が必要な未亡人と令嬢が目の前に居るのだから。公爵家当主の名誉にかけて、信用してもらうしかない」

いや、いやいや、公爵家当主の名誉だとか、そんな御大層なものをかけていただいちゃうとか。でも……なんて言うか、初めて私が思う『貴族らしい』言葉を聞かせてもらった気がする。いわゆる、ノブレス・オブリージュだよね？　高貴なる身分の者は、その身分に応じた社会的義務を負う、っていう。

「私がきみの後見人になれば、経済的支援はもちろんだが、それ以外にも私の名を出すことによって、要らぬ諍(いさか)いを避けることもできる。爵位持ち娘になったきみには、今後もあのような」

公爵さまはそこで思いっきり顔をしかめた。

「勘違いした男が、きみを所有することで伯爵位を手に入れようと近づいてくるだろう。だが、きみがエクシュタイン公爵家の庇護下にあると知られれば、不用意に近づいてくる輩はほぼ居なくなるはずだ」

それは……とっても、魅力的なお話です。

本当に、今後あぁいうクズ野郎が我が家に近づかなくなってくれるのだとしたら。

目を見開いちゃった私に、公爵さまははっきりと言った。

「きみと、きみのご家族の平穏のために、利用できるものは何でも利用しなさい。我が公爵家は、きみに利用されたぐらいでどうにかなるようなものではないのだから」

利用できるものは何でも利用しなさい、って……。

これってつまり……公爵家の名前を笠に着ていいよ、それくらいの面倒はみてあげるよ、ってことなのかな？

いや、確かに、学院に通うようになってから、なんとなーくだけど、やっぱ貴族の間にも派閥ってもんがあるみたいだなーとは感じてるんだよね。ほかの貴族子女とほとんど交流できてない私でも、その程度のことは感じてる。

エクシュタイン公爵家って四家しかない公爵家の一角で、しかも現王家と直の縁続き。別の一角であるガルシュタット公爵家とも縁続きだし、どう考えても我が国最大派閥でしょう。その派閥に入るっていうのなら……。

「母と、相談してみます」

私はそう答えた。

公爵さまはうなずいてくれた。

「そうだな。そうしなさい」

そして公爵さまは、控えめに伸びをするように体を動かし、肩を回した。やっぱ、椅子に座ったまま眠ってたので体が固まってたんだろうね。

「ずいぶん遅くなってしまったな。まだ話し合わねばならないこともあるが、今日はここまでにしよう」

立ち上がった公爵さまに合わせて、私も立ち上がる。

「はい、本日はまことにありがとうございました」

頭を下げる私に、公爵さまは片手を上げた。

「いや、こちらこそ馳走になった」

言いながら公爵さまはベッドに目を遣る。

「執事の具合については、きみの侍女が心得ている」

「はい。グリークロウ先生から詳しく承っております」

ナリッサが即答する。

しかし公爵さま、そういう心遣いもできる人なんだね。ヨーゼフのこともちゃんと気にかけてくださって。ヨーゼフは薬を飲ませてもらったのか、よく眠っている。

私とナリッサは、公爵さまと近侍さんをお見送りするため一緒に玄関へ向かった。

階段を下りながら、公爵さまはぼそりと訊いてきた。

「……母君は、落ち着かれたのか?」

えっ？　と私は、斜め後ろを歩いている公爵さまを見上げる。

公爵さまは前を向いたまま低い声で言った。

「以前、同じような状態になった者を見たことがある。戦場で、心に深い傷を負った者だった」

「あ、あの……」

私は言葉に詰まってしまう。

「あの、母は、すでに落ち着いております。お心遣い、ありがとうございます」

「そうか。落ち着かれたのなら何よりだ」

そう言った公爵さまの声には、間違いなく安堵の響きがあった。

そのまま玄関ホールへ下りて、公爵さまが私に顔を向ける。

「ハウゼン商会に渡す品の相談もあるので、明日以降またできるだけ早く連絡する」

「はい。お待ちしております。よろしくお願いいたします」

「しっかり戸締りしておきなさい。では、お休み」

そう言って公爵さまは、イケメンなだけじゃない近侍さんを連れて玄関から出て行った。

閑話集・次代のクルゼライヒ伯爵家

The Daughter of
a downfall Earl
Wants to Support
Her Family

閑話＠厨房シエラ

「ほら姉ちゃん、オレの言った通りだろ！」

荷馬車と馬の手入れを済ませたハンスが厨房に駆け込んできた。ハンスの後ろから、ハンスを呼びに行ってくれていたカールも駆け込んでくる。

「シエラさん、オレたちもお茶もらっていいんだ。すぐ淹れるね」

あたしは、信じられない気分でテーブルの上のかごと、その中にたくさん入っている美味しそうなスコーンをまじまじと見てしまう。

このクルゼライヒ伯爵家では、毎日使用人におやつが出るんだとハンスから聞いていたけど、半信半疑だった。

でも、侍女初日の昨日もちゃんと、午後のお茶の時間にあたしたちにもクッキーがどっさり届いた。奥さまたちに給仕をしているヨーゼフさんとナリッサさんの分を残しておけば、あとは全部食べていいんだと言われたときも本当にびっくりした。明日は明日で、またちゃんとおやつがもらえるからって。しかも毎日、お茶まで飲んでいいなんて。

でも、それよりも何よりも、昨日はいきなりゲルトルードお嬢さまから『ありがとう』なんて言われてしまって、もう本当にひっくり返ってしまうかと思った。

まさか貴族のお嬢さまが、あたしにお礼を言ってくださるなんて！

あたし、いままで何人もの貴族のお嬢さまや奥さまの採寸や仮縫いをしてきたけど、お礼どころか声をかけてもらったこともないわよ。あの人たち、お針子なんて大きな待ち針だとしか思ってないんだもの。

いや、でも、一応ハンスから聞いてはいたのよ。

臨時雇いで入っただけの下働きの自分に、貴族のお嬢さまが声をかけてくださったって、ハンスが興奮しながら言ってたのを、ちゃんと聞いてはいたの。でもやっぱりどこかで、ハンスが何か勘違いして大げさに言ってるだけだと思ってたのよね。

だって、本当に厩の下働きよ？　それも臨時雇いよ？

それなのに『毎日よく働いてくれてありがとう、足りないものがあったら言ってね』なんて貴族のお嬢さまが、それもわざわざ厩までやって来て言ってくださるなんて、誰だって信じられないでしょ？

その上、正式雇いになったハンスに、住み込みで御者見習の下働きでしかないハンスに、毎月きちんとお給金が出るだなんて。なんかもう逆に、怪しいって思っちゃうわよね？

だってそういうのなら、珍しくないもの。

すごくいい条件を並べておいて、実際に働いてみたらさんざんだったっていう話。

あたしがお針子として働いてたベルリナ商会だってそうだったもの。確かにお給金は出たけど、縫製がよくなかっただの仕上げの火熨斗（アイロン）が下手だっただの、なんだかんだ難癖つけられてはそのたびにお給金を減らされて、しょっちゅうただ働きだったわ。

その上、毎日毎日深夜まで作業させられてたんだからね。お休みだって全然なかったし。

ベルリナ商会の頭取の言い分は、とにかく納期を間に合わせないとお貴族さまは代金を支払ってくれないから。そしたらあたしたちの給金も支払えないから。

実際、こんなの絶対無理っていう納期をわざと言ってるとしか思えない貴族さまが多くて、それで間に合わなかったら、間に合わなかったことを理由に代金を踏み倒すのよね。納期を過ぎてても商品は絶対持っていくくせに。

商業ギルドに仲裁を頼んでも、裁定が下りるまでに時間がかかるし、裁定通りに代金を支払ってもらえることはまずないって聞くし。さらに仲裁を依頼したってことが貴族さまの間で広まると、それだけで注文がガクッと減るって頭取は言ってた。

だからハンスも騙されてるんじゃないかって、すごく心配してたの。

でも、噂を聞いたのよね。

ご当主さまが亡くなって没落しちゃうんじゃないかって言われてるクルゼライヒ伯爵家が、ツケを全部払ってくれたって。

パン屋さんもお肉屋さんも八百屋さんも、みんなちゃんとツケを払ってもらったって。絶対踏み倒されると思ってたのに、って。しかもそれ以降は、買い物のたびにちゃんと代金を支払ってくれてるって。

その噂は本当だってハンスも言うし。

だからハンスからクルゼライヒ伯爵家で侍女を募集してるっていうのを聞いたとき、あたしは思い切ってハンスに訊いてみたの。あたしも侍女に応募できないかな、ってね。

「毎日おやつがもらえるようになったのって、前のご当主さまが亡くなってからだよ」

カールがお茶を淹れながら教えてくれる。

「こういうこと言っちゃいけないんだろうけどさ、ご当主さまが亡くなってオレたちなんかいろいろ、すっごくよくなったよ」

「そうなの?」

「うん。オレ、前はほかの使用人からフツーに嫌がらせとかいっぱい受けてたしさ。それにナリッサ姉ちゃんもずっと、嫌なことはいっぱいあるけどゲルトルードお嬢さまがいるから我慢できるんだって言ってたし」

「ゲルトルードお嬢さまって本当にお優しいよなあ」

スコーンをほおばりながらハンスが言う。

「それに奥さまも。オレを正式雇いにするの、奥さまが言ってくださったんだって」

「うん、新しい使用人を雇う話をみなさんでされてるときに奥さまが、ハンスがいいんじゃないのって。真面目に働いてくれてるからって」

「そんな話、なんでカールが知ってるの? ナリッサさんが教えてくれたの?」

「ううん、オレもその話し合いに参加させてもらってたの。そんで、奥さまからハンスのことも訊かれたよ。仲良くしてるんでしょ、って」

あたしはまたひっくり返りそうになった。

だってカールは確かに侍女頭のナリッサさんの弟だけど、下働きよ？　しかもまだたったの十二歳よ？　それでなんで、お貴族さまのご家庭の話し合いに参加させてもらえるの？　それどころか貴族の奥さまから質問されるなんて！

でもそう言えば、あたしの面接のときにもカールは居たわ。ふつう、あり得ないよね？

さらに奥さまはまだ幼いアデルリーナお嬢さまに意見を求められて……アデルリーナお嬢さまもあたしとハンスのことをあんなふうにおっしゃってくださって。

本当、アデルリーナお嬢さまもなんてお優しくておかわいらしいんでしょう。

それに、お貴族さまの姉妹であんなに仲がいいのも珍しいわよね。お貴族さまの姉妹なんて一緒に仮縫いに来ても、どっちがより豪華なドレスにするか張り合ってばかりってことが多いもん。

それどころかこのお宅では、奥さまとお嬢さまがたも本当に仲がよくて……あんなすてきなお衣裳部屋に入れてもらえるだけで最高なのに、あたし本当に運がいいわ、こんな貴族家にお勤めできるなんて。


その後、厨房へやってきたナリッサさんが、カールにスコーンの代金をお店に届けるようにって言いつけてから、またもや信じられないことを言ってくれた。

あたしたち使用人全員に、暖炉用の魔石を用意してくださるんだって！

信じられる？

だって貴族家の使用人が冬の間にお屋敷内で凍死するって話、結構聞くよね？　暖炉の魔石どころか毛布すらもろくに与えてもらえなくて。

なのに暖炉用の魔石！　使用人全員に一個ずつ！

それだけでも信じられないのに、ナリッサさんはさらにすごいことを言った。

薪が必要な魔鉱石じゃなくて、火力の強い魔物石を買ってくださるって！　夜中に起きて薪をくべる必要もないのよ！

あたしもう一生、このクルゼライヒ伯爵家にお仕えするわ！

閑話＠厨房マルゴ

「いまは正式な晩餐はしていないので、食事はすべて朝食室でとっているの。厨房も、使っている焜炉は二つだけなので申し訳ないけれど。あ、かまどと天火（オーブン）も使えるわ」

十六歳になられるというご長女のゲルトルードお嬢さまは、自らあたしを厨房に案内して説明してくださった。

「いまある食材や使える食器については、カールが心得ているから」

視線を送られた下働きの男の子が誇らしげに答える。

「はい、大丈夫です、ゲルトルードお嬢さま」

うなずき返したお嬢さまは、また丁寧にあたしに向き直ってくださった。

「今日から働いてもらえるなんて、本当に助かります。これからよろしくね、マルゴ」

侍女頭だという若い侍女を伴って、ゲルトルードお嬢さまは厨房を後にされた。

あたしは思わず大きな息を吐きだして、そこにあった椅子に座り込んじまった。

「マルゴさん、いろいろびっくりしたでしょ？」

下働きの男の子が、いたずらっぽく笑いながらカップに水を汲んで渡してくれる。あたしは遠慮なくそれを受け取って飲み干した。

「いや、びっくりしたなんてもんじゃないよ」

あたしはカップを返しながら言った。「お前さん、カールっていったね、いつからここで働いてるんだい？　もうずっとこのお屋敷はこんなごようすなのかい？」

「前のご当主が亡くなられてからだよ」

カップを洗って戸棚にしまったカールがあたしの前に座る。

「オレはここにきてまだ一年経ってないし、ほかの貴族家のことは知らないけど、そんでもまあ、それまではふつうのお貴族さまのお屋敷って感じだったと思うよ」

やっぱりそうなんだね。

いや正直なところ、クルゼライヒ伯爵家っていったら、これまであんまりいいウワサは聞いてなかったからね。

その通りのことを、カールは言ってくれた。

「前の執事はオレみたいな下働きなんてゴミを見るような目で見てたし、前の侍女頭はオレのこといじめるのが趣味みたいな感じだったし。ほかの使用人からもフツーに嫌がらせされたしね」

「じゃあ、お家が奥さまとお嬢さまがただけになってからなんだね。こんな、なんて言っていいのかね、使用人のことを、その、ずいぶん大事にしてくださるようになったのは？」

カールは本当に嬉しそうにうなずいた。

「うん。ゲルトルードお嬢さまがこの家のご当主になってからだよ」

どうやら商業ギルドのクラウスさんが言ったことは本当だったようだね。

代替わりしたクルゼライヒ伯爵家は完全に別物だって言われても、どうにも信じられなかったんだけどねえ。

「やっぱりあのお嬢さまが、新しいご当主さまなんだね」

「オレはよくわかんないんだけど、仮のご当主なんだって、姉ちゃんが言ってた。あ、姉ちゃんって、さっきゲルトルードお嬢さまと一緒にここへきてた侍女だよ」

まあ、顔を見たときからたぶん姉弟なんだろうとは思ってたけどねえ。

「もしかして、商業ギルドのクラウスさんも、お前さんの兄ちゃんなのかい？」

「あ、やっぱわかる？　ウチ、三人ともよく似てるって言われるんだ」

カールはやっぱり嬉しそうに笑った。

「オレはつい最近だよ。最初は臨時雇いでここへ来てて、こないだ正式採用してもらったんだ」

ハンスという厩番の男の子も嬉しそうに言った。商店から配達されたチーズとベーコンを厨房に持ってきてくれたんだ。

「そんでオレの姉ちゃんも、ここんチの侍女に採用してもらえて。姉ちゃんも大喜びしてるし、父ちゃんも母ちゃんもすっげえ喜んでる」

ああ、もう一人の侍女だね、このハンスの姉ちゃんってのは。シエラとかいったかね、この姉弟もよく似てるわ。

あたしはハンスが持ってきてくれたチーズとベーコンを確認した。

うん、これは上等だね。チーズはちょうど食べごろに熟成してるし、ベーコンも切り口の色が鮮やかでとても新鮮だよ。

この伯爵家ではさっき奥さまがおっしゃった通り、新鮮な食材で美味しい料理を作って差し上げて大丈夫なようだね。貴族家なんて、どこの家でも料理は見映えしか考えてないんだと思ってたけど、このお屋敷は本当に違うようで嬉しいねえ。

テーブルに置かれたチーズとベーコンを横目に、ハンスとカールが話してる。

「このベーコン、美味そうだなあ。おやつをたっぷり食べたばっかなのに、オレもう腹が減ってきた気がする」

「冷却箱にまだ牛乳あるだろ?」

「あ、そうだよな、一杯もらおうっと」

あたしは二人の会話に目を剝いちまった。

「お前さんたち、冷却箱の牛乳を勝手に飲んじまっていいのかい？　それにおやつもたっぷり食べたって？」

「いいんだよ！」

「今日のおやつはビスケットだった！　しかもジャム付き！」

二人はまるで競うように口々に、このお屋敷では使用人全員に毎日おやつが出ること、食事もたっぷり与えてもらっていることを話してくれた。

「この瓶に入ってる分は、オレとカールで飲んでいいって言われてんだ」

冷却箱から出してきた大きな瓶から牛乳をカップに注ぎ、ハンスは言う。

「そんでも、さっきのゲルトルードお嬢さまには、なんて言うんだろ、感激？　そうだよな、こういうの感激って言うんだよな？」

「オレたちが食べ盛りだからたくさん食べさせてあげて、って言ってくださったときだろ？」

「そうそうオレなんかもう、信じられなかったよ。いまだってじゅうぶん食べさせてもらってんのにさ、もっと食べていいなんて言ってくださるお貴族さまがいるなんてさあ」

「オレも、姉ちゃんがいっつも、ゲルトルードお嬢さまは特別なんだって言ってるのが、本当によくわかったよ」

いやもう、あたしもあの言葉には驚いたってもんじゃなかったね。お嬢さまが何を言ってらっしゃるのか、理解するのに時間がかかっちまったよ。

いままでいくつかの貴族家で働いてきたけど、使用人のことをここまで気にかけてくださるようなご当主なんざ、ウワサに聞いたことすらもなかったからねえ。

あたしのお手当のことだって、本当にきちんと話してくださって。

毎月のお給金も結構な額なのに、お茶会や晩餐にお客さまを招いたときは別にお手当をくださるとか、ちょっと信じられないような話だよ。

まあ、本当に言われた通り支払ってくださるかどうかは別、っていうのが貴族家ってもんだけどさ、このお家は違うだろうね。このところ市場でも、このクルゼライヒ伯爵家がたまってたツケを踏み倒すどころか全部きれいに支払ってくださったって、話題になってたくらいだからね。

実際、こちらの奥さまとお嬢さまがたを見ていると、ご自分が言われたことをウソ偽りなく本当にしてくださるだろうなって気持ちになる。

あたしの面接に、下働きのカールや厩番のハンスまで同席させたってのも本当にびっくりしたけど、そのカールやハンスに対して奥さまもお嬢さまもごく当たり前に話しかけて、いやもう、きちんと相手の目を見て話しかけていらっしゃるんだから。

それどころか、この小僧っ子のカールにすら、奥さまはごく自然に『ありがとう』なんておっしゃってたからねえ。あれはもう、ふだんから口にされていなければ、あんなに自然にお礼を言われるなんてことはないだろうさね。

そこでふと、あたしは思った。

「カール、ハンス」

「なに？」

「もしかしてお前さんたちも、お給金をもらってるなんてことは……？」

二人が顔を見合わせ、それからにーっと顔いっぱいに笑う。

「オレ、臨時雇いの分をちゃんと払ってもらった！」

「オレはいままでの分をまとめて払ってもらった！」

「えっ、いままでの分って、何だい？」

カールの言葉にあたしが問いかけると、カールは胸を張った。

「オレ、ゲルトルードお嬢さまがご当主になられるまでは無給だったからさ、その分をまとめて払ってくださったんだよ！」

あたしは仰天してひっくり返りそうになった。

なのにカールはさらに言う。

「オレだけじゃないよ、ナリッサ姉ちゃんも執事のヨーゼフさんも、ちゃんといままでの分をお手当付きで支払ってもらったんだぜ！」

ハンスまでも言い出した。

「お給金のほかに、オレとカールにもお仕着せを用意してもらえるんだ！　それに暖炉の魔石を、それも薪のいらない魔物石を、住み込みのオレたちみんなに一個ずつ買ってくださるんだぜ！　こんな貴族家、ほかに絶対ないよな！」

こりゃあ、あたしはとんでもない貴族家にお勤めすることになっちまったようだ。

閑話@客室ナリッサ

ムカついて眠れやしない。

公爵さまも先ほどお帰りになり、すぐ休むようにとゲルトルードお嬢さまからは言っていただいたけど、とてもじゃないけど眠れるような状態じゃないわ。

あたしは深呼吸をしてから、ヨーゼフさんが眠っている客室に向かった。

お医者さまからは夜中に熱が出るだろうと言われたし、どうせ眠れないなら枕元についていてあげよう。

ヨーゼフさんはよく眠っていた。

あのクズに鞭で打たれて倒れ込んでしまったヨーゼフさんを見たときは、あたしの血の気も引いたけど……本当によかった、骨も折れてないってことだし。

でも、額にだいぶ汗が浮いてる。あたしは持ってきた水入れから洗面器に水を張り、タオルを絞ってヨーゼフさんの顔を拭く。確かに額は熱くなってるけど、呼吸は落ち着いてるようだから大丈夫だと思う。

まったく、本当にうかつだったわ。来客に気づいた時点で、あたしも出迎えに行くべきだった。

ゲルトルードお嬢さまが玄関ホールにいらっしゃることはわかっていたんだし、あたしならあのクズ野郎に鞭をふるわれても百倍にして返してやったのに。

ダメだわ、思い出してしまってまた腸が煮えくり返ってくる。全身の血が逆流する感じってこういうのを言うんだわ。

なんだかもう、じっと座っていることすらできない。

あたしは立ち上がって、客室の中をぐるぐる歩き回ってしまった。

どれくらい歩き回っていたのか、あたしはベッドの中でヨーゼフさんが身じろぎする気配にハッとした。

枕元へ寄ると、ヨーゼフさんがぼんやりと目を開けていた。

「ヨーゼフさん、目が覚めましたか？」

「……ナリッサ？」

ヨーゼフさんはぼんやりと頭を動かし、あたしの顔を見上げている。

あたしはタオルを洗面器に浸して絞った。

「熱が出てるんですよ。痛みはあります？　グリークロウ先生が置いていってくださったお薬がありますから、飲みますか？」

「ああ……」

あたしが顔を拭いてあげると、ヨーゼフさんは何度か瞬きして軽く頭を振った。

「そうか、私は……ああ、ゲルトルードお嬢さまは？」

「もちろんご無事ですよ」

ハッとしたように体を起こしかけるヨーゼフさんを、あたしはすぐに押さえる。

そして、言うかどうか一瞬ためらったけど、それでもやはり執事であるヨーゼフさんには言っておくべきだと思い、あたしはそれを口にした。

「奥さまも、いまは落ち着いておられます」

またもやハッと目を見開いたヨーゼフさんが、すぐに片手を自分の額に当てる。

そしてうめくように言った。

「私は……なんということを」

「何を言ってるんですか」

あたしはタオルを絞りながら言った。

「あたしだったら、あんなイヤミ程度で終わらせやしませんでしたよ。あのクズの顔が変わるまで殴り飛ばしてやるところだった。ええ、クズがどれだけ鞭をふるってこようとも、ね」

あたしは絞ったタオルをヨーゼフさんに手渡す。

「ヨーゼフさんはよく我慢しましたよ」

「いや、それでも……奥さまのことを思えば、もう少し自重するべきでした」

ヨーゼフさんがタオルを握りしめてる。「ああいうクズは、人に暴力を振るうための道具を常に持っていることくらい、簡単に予想できたのに」

「貸馬車だったんでしょ？　それで乗馬用の鞭を持ってるって……まぎれもない、掛け値なしのクズですよね」

思えば、このクルゼライヒ伯爵家のようやく死んでくれた前ゲス当主も、常に短鞭を持ってた。家の中でも常に。

もちろん、その鞭で誰かを打つためだ。馬ではなく、人を。

貴族家の当主や子息の中には、使用人を鞭で打つヤツは結構いる。

でもまさか、自分の娘を鞭で打つとは……しかも、そのお嬢さまは、たかが下働きの使用人であるあたしを守るために、自分から鞭に打たれるよう仕向けてくださったんだ。

下働きに入ったばかりのあたしを、あのゲス当主はいきなり寝室に引きずり込もうとした。そこに、ゲルトルードお嬢さまが駆けつけてくださったんだ。文字通り、息を切らして。

そしていきなり言われた。

「ナリッサ、こんなところに居たのね！　ダメじゃない、ちゃんとわたくしの部屋に控えていないと！」

あたしはわけがわからなかった。

いまあたしの名前を呼んだのが、この家のお嬢さまだということぐらいはわかる。けど、こんな大きなお屋敷のご令嬢が、なんで入ったばかりの下働きの名前を知っているのか。お目にかかるのは初めてのはずだ。その上、わたくしの部屋に控えて、だって？

なのに、ゲルトルードお嬢さまは一方的にまくしたてた。

「ナリッサは、わたくしの侍女にするために面接をするところだったのです。いますぐ連れて行きますから」

お嬢さまはゲス当主からあたしを奪い取るように、あたしの腕をつかんでひっぱった。そしてあたしを自分の背後にさっと回すと、また大きな声で言った。

「ナリッサ、いますぐわたくしの部屋へ行きなさい。部屋へ入ったら一歩も出てはダメよ！」

そう言って振り向いた赤琥珀色の目が、いまのうちに逃げなさいとあたしに告げている。

茫然としているあたしの体をお嬢さまが押して、あたしは廊下の角へと追いやられた。

角を曲がったところで、ものすごい罵声が聞こえた。そして、言い返すお嬢さまの声も。

さらに、その声に交じってビシビシと何かをたたくような音が聞こえてきて……あたしはさすがに、まさかと思ったのだけれど……角からこっそり顔をのぞかせて言葉を失った。

あのゲス当主は、自分の娘に鞭をふるっていた。

それも、我を忘れたかのように、めちゃくちゃにふるいまくっていた。

まさか……まさか、だって、自分の娘でしょ？　しかも跡継ぎだよね？　この家には息子はいないもの、ご長女で跡継ぎのお嬢さまだよね？

それにあのお嬢さま、本当に小さくて細くて……なのにゲス当主は威嚇のために壁や床を打つのではなく、本当にあの小さな体に容赦なくビシビシと鞭を打ち込んでいて……。

血の気が引いた。

あたしは、情けないことに全身がガタガタと震えて、声を上げることもできなかった。

お部屋に戻られたゲルトルードお嬢さまは、自分は固有魔力による【筋力強化】ができるので鞭で打たれたところで痛くもかゆくもないのよと言って、笑ってくださった。

確かに、お嬢さまの体には傷も痕もなかったけれど……お衣裳は何か所も裂けてボロボロになってしまっていて、あのゲス当主がどれだけ見境なく鞭をふるったのか、あたしはまたもや血の気が引いた。

そんなあたしにゲルトルードお嬢さまは、こんなひどい家に勤めているのが嫌なら辞めてもらっても構わない、でも本当に申し訳ないことに紹介状が出せないのよ、と言われた。

まだ子どものお嬢さまには紹介状が書けず、奥さまにお願いして書いてもらってもあのゲス当主が手を回して紹介状を握りつぶしてしまうらしい。

いや、そもそも下働きに紹介状を書く貴族家なんてないと思うんだけど……あたしはただ呆気にとられていた。

ゲルトルードお嬢さまはさらに、もしあたしにその気があるなら、本当に自分の専属侍女になってくれないか、と言われた。専属侍女になれば、お嬢さまのお部屋の控室で寝泊まりできるから、さすがにあのゲス野郎も娘の寝室にまでは入って来ないから、と。

「わたくし、この通り当主から思いっきり目の敵(かたき)にされちゃってるでしょ。だから、そのわたくしの専属侍女になれば、ナリッサにはこのタウンハウスの中でとっても肩身の狭い思いをさせてしまうことになると思うわ。本当に、それでもよければ、なんだけど……」

「お、お待ちくださいませ」

あたしは焦って問いかけた。

「そもそも、お嬢さまはなぜ私の名前をご存じなのでしょうか？　それに私は下働きです、それをいきなり専属侍女だなどと……」

「あら、自分の家で働いてくれている人の名前くらい、全員覚えているわよ？」

お嬢さまはきょとんと答えた。

「それに、ナリッサは我が家には下働きで入ったけれど、以前ほかの貴族家で侍女をしていたって聞いたわ。それが事実であることも、いまの貴女の言葉遣いでちゃんとわかったし」

あたしの代わりに鞭で打たれてボロボロになったお衣裳をまとい、そんなことをごく当たり前に言ってくださる小さなお嬢さまの姿に、あたしは泣きそうになった。

いままで何軒もの貴族家で働いてきたけど……あたしにこんなことを言って、こんなふうに接してくださった貴族さまなんか一人もいなかった。


あたしは、このちょっとばかり派手な見た目のおかげで、勤めていた貴族家の当主や子息連中から目を付けられ、いままで何度も寝室に引きずり込まれそうになってきた。

最初は、十三歳のときだった。

あたしは十二歳でとある貴族家の侍女見習いになった。孤児院へ慰問にきた貴族家の当主が、あたしに自分の屋敷へ奉公に上がらないかと話をもってきたんだ。

まあ、いまならその時点で、そのゲスな当主の思惑が何だったのか、わかっただろうけどね。いや、わかっててもどうにもならなかったわ。だって孤児院の子が貴族家に、それも侍女見習いで召し抱えられるなんて破格の話、孤児院長には断るなんて選択肢があるわけないもの。

そしてその貴族家で一年ほど侍女見習いをして……当主はいきなりあたしを、自分の寝室に引きずり込んだ。まだ十三歳になったばかりのあたしを、だよ。

あたしは驚いて、ただただ恐ろしくて、必死に暴れた。

暴れに暴れて当主を蹴り飛ばして、それでなんとか逃げた。

孤児院に逃げ帰ったあたしは、孤児院長に罵倒された。『その程度のこと』で逃げ出すとはどういうことだ、と。しかもお貴族さまに逆らって暴れたなどと、お前のせいでこの孤児院に害が及んだらどうしてくれるんだ、と。

クラウスが必死になってあたしをかばってくれて、しかも自分が働き始めたばかりの商業ギルドの寮でこっそりかくまってくれた。

あたしは男の子の恰好をしてクラウスの兄弟として隠れていたけど、やっぱりバレてしまった。それでも商業ギルドの人が、貴族家の未亡人しかいない隠居宅での侍女の仕事を斡旋してくれた。

未亡人は恐ろしく陰険で意地悪で、しょっちゅう扇でたたかれたり物を投げつけられたりしたけど、ほかの侍女からもさんざん嫌がらせをされたけど、それでもあたしの身の安全だけは守られていた。

未亡人の甥だという、クズが同居を始めるまでは。

クズは早速あたしに目を付けた。

あたしはクズの寝室に引きずり込まれそうになり、とにかく大声をあげて騒いだ。騒いで騒いで騒ぎまくって、とうとう未亡人がその場にやってきたので、あたしはこの甥をなんとかしてほしいと訴えた。

未亡人はあたしに向かって、小娘のくせに男に色目を使うとは末恐ろしいと罵り、クズの甥は、お前にはしつけが必要だと言ってあたしを鞭でたたいた。

それでもあたしが大騒ぎをしたおかげで、外聞を案じた未亡人はあたしを追い出した。ただクビを切って街中に放り出したのでは悪評を流されるとでも思ったんだろう、自分の親族の貴族家へあたしを送り付けたんだ。

その貴族家には、夫婦に娘三人と息子が一人いた。子どもは全員未成年だった。

当主は比較的温和な雰囲気で、夫人も特にあたしに嫌がらせをしてくることはなかった。

ほかの侍女からはそれなりに嫌がらせもあったし、従僕がいやらしい目で見てくるようなこともあったけど、それでもとりあえずこれなら長く勤められるかもとあたしが思い始めたとき、夫人があたしに言ったんだ。

「お前に、我が家の跡継ぎの閨の相手をさせてやることになりました」

あたしは耳を疑ったよ。

閨の相手？　させてやる？

意味が分からないという顔をしていると、夫人は汚物でも見るような顔であたしを見ながら言ったんだ。

「お前、大奥さまのお屋敷でも甥御さまが同居されたとたん、色目を使って取り入ろうとしたんですってね。まったく、お前のような薄汚い下賤(げせん)の女を、貴族家の跡継ぎの閨の相手と認めてやるなどと……心から光栄に思いなさい」

言っとくけどね、その息子、十四歳だったんだよ？

学院にも進んでいない十四歳のクズが、あたしが気に入ったからってお母さまにおねだりしたらしい。お母さまの横で、にやけた顔で笑っていやがった。

もちろんその場で辞めたよ。

着ていた侍女服のエプロンを脱いで丸めて夫人に投げつけ、クズ息子の目の前のサイドテーブルを蹴り倒して堂々と辞めてやった。

孤児院には戻れないし、もうクラウスの世話になるわけにもいかない。

あたしは商業ギルドで仕事を探し、街の食事処で働き始めた。

貴族家の侍女として正式な給仕も身に付けていたし、子どもの頃から親の商売を手伝っていたおかげでお金のやり取りにも慣れていた。仕事自体にはなんの問題もなかった。

けれどそのうち、またも厄介ごとに巻き込まれた。

とある商家のバカ息子が一方的にあたしにのぼせ上り、なんの関係もない常連客と乱闘騒ぎを起こしたんだ。

そのバカ息子はその前からいろいろ、あたし絡みで問題を起こしていて、これ以上問題を起こすのは勘弁してくれと、あたしはその店をクビになった。

さらにその上、そのバカ息子の親が、息子の体面をつぶされたとか逆恨みしてきて、あたしに制裁を加えるとか言い出して。

本当にやってらんないよ。あたしは結局また、どこかの貴族家に潜り込んで身を隠すしか、方法がなくなっちまったんだから。

そうやって下働きとして入ったのが、このクルゼライヒ伯爵家だった。

本当はもう、寝室に引きずり込まれそうになった時点で、ゲス当主を殴り飛ばして逃げるつもりだった。すべてに嫌気がさして、何もかもどうでもいいって気分だった。

そこへ、ゲルトルードお嬢さまが駆けつけてくださった。そして下働きのあたしを、文字通り身を挺して助けてくださったんだ。

あたしはあのとき、一生このお嬢さまにお仕えしようと決めたんだ。


あれ以来、あたしはずっとゲルトルードお嬢さまの専属侍女として仕えさせていただいてるんだけど、自分の選択は本当に正しかったと日々実感してる。

ゲルトルードお嬢さまほど、お優しくてご聡明でお美しいご令嬢がほかに居るもんか。

それをあの、何を勘違いしてやがったのか、ご当家の、クルゼライヒ伯爵家の当主になるとか寝言をぬかしていたクズが……よくもあんな、よくもまあゲルトルードお嬢さまに、あんな信じられないような暴言を！

ダメだわ、また腸が煮えくり返ってきた。

あたしはまた、イライラと客室の中を歩き回り始めてしまった。

そんなあたしに、ヨーゼフさんが声をかけてきた。

「ナリッサ、あのクズがまたゲルトルードお嬢さまの前に現れたら、息の根を止めてやると公爵さまがおっしゃってくださっていましたが」

枕元に戻ったあたしに、ヨーゼフさんは口の端をゆがめて言った。

「公爵さまのお手をわずらわせるまでもありません。私たちでクズどもを徹底的に排除しましょう」

「いいですね、ヨーゼフさん！」

あたしは嬉しくなって笑ってしまった。

「いますぐ排除の方法を相談しましょう。あのクズだけじゃない、ほかにも勘違いしたクズがやってくる可能性は高そうですから」

「ええ、本当に。ゲルトルードお嬢さまを貶めるような輩を、決して近づけてはなりません」

ヨーゼフさんもよっぽど腹に据えかねていたんだろう、熱があるっていうのに、ものすごく熱心に話し出した。

ええもう、その気持ちはあたしだってよーくわかりますとも。

あたしたちは、どうやってクズどもを排除するのかでさんざん盛り上がった。

さんざん盛り上がって、ようやく気持ちが落ち着いたのか、ヨーゼフさんは薬を飲んで眠った。

あたしも同じく、ようやく気持ちが少し落ち着いて、客室のソファーで横になった。

けれど今度は、違う興奮で眠れなくなってきた。

そうよ、ヨーゼフさんもだけれど、協力者はたくさん居る。クラウスとカールはもちろん、シエラとハンスの姉弟も絶対に協力を断らないだろう。マルゴさんも大丈夫だ。

それに商業ギルドには、すでにゲルトルードお嬢さまの信奉者が何人もいるってクラウスが言ってた。

あとは、そうね、ツェルニック商会も完全に取り込まなくては。あの頭取兄弟もおそらく喜んで協力してくれるだろう。

今後、どんなクズ野郎がゲルトルードお嬢さまに近づいてこようと、もう二度とお嬢さまのお耳を汚すようなことはさせない。クズが何かしでかす前に、あたしたちで排除するんだ。

ゲルトルードお嬢さまを貶めることの対価がどんなものなのか、クズどもには徹底的に思い知らせてやるわ。

ふふふふ、明日もまた、ゲルトルードお嬢さまにお仕えするために頑張らなければ。

閑話@公爵家馬車アーティバルト

おもしろい。いや、実におもしろい。

俺はクルゼライヒ伯爵邸から公爵邸へと帰る馬車に揺られながら、つい緩んでしまいそうになる頬に力を入れてちょいと横目にヴォルフを見ていた。

ヴォルフ……エクシュタイン公爵家当主ヴォルフガングは、いつものように眉間にシワを寄せ、むっつりと黙り込んでいる。それでも、長年の付き合いのおかげで、俺はコイツがいま何を考えているのか、手に取るようにわかってしまう。

そりゃあもう、あんなおもしろいご令嬢、興味をそそられないわけがないもんな。

とにかく、このエクシュタイン公爵閣下にお茶とおやつを勧めてきた時点で、本当に驚いた。

でもそれをいいことに、コイツも出されたものを澄ました顔で口にして……俺は笑いを堪えるのに必死だったよ。いや確かに、あのゲルトルード嬢が出してくれたおやつも軽食も、これまた驚くほどに美味かったんだが。

ヴォルフとはもう十年以上の付き合いだ。

俺は貧乏子爵家の次男坊で、王都中央学院ではこの公爵家の跡継ぎと同級生だった。

まあ、なんだかんだいろいろあって、俺は学院を卒業後コイツの近侍になり、以来ずっと仕えている。

「……なんだアーティ、その顔は」

おっと、やっぱり頬が緩んじまったらしい。

口をとがらせ気味ににらんでくるヴォルフに、俺は澄まして答える。

「なんでもございません、閣下」

「閣下言うな」

ふてくされたようなヴォルフに、俺はついに口角を上げてしまった。

「わかったよ、ヴォルフ」

そして俺は軽く手を振る。

「疲れてんだろ？　着いたら起こしてやるから眠ってろよ」

なにしろ初めて訪れたクルゼライヒ領を大急ぎで巡り、昨日の夜中に王都へ戻ってきたばかりだ。で、戻ってみたら弁護士から意味不明の手紙を見せられ、今日は午前中からクルゼライヒ伯爵邸へ。そこからはもう、大忙しの一日だった。

まあ、とにかくあのあくどくて有名だったクルゼライヒ伯爵家当主のご令嬢だからねえ。

夫人に関しては、ある程度レオポルディーネさまから情報は入ってたけど、娘のほうはどうなんだって、いったいどんな罠を仕掛けようとしてるんだって、ヴォルフが警戒心丸出しで行っちゃったのは仕方ないと思うよ。

でも、見事に裏切られた。いいほうに、だけどね。

まさか、エクシュタイン公爵家当主相手に、あれほど見事に媚びず怯まず向かってくるお嬢さまが居ようとは。

おまけに、エサもたっぷり撒いたはずなのに、あのお嬢さまはそれがエサであることすらまったく認識していなかった。

たいていの貴族なら、いや貴族でなくても、公爵家が関わってきたとたん目の色を変えて食いついて、むしり取れるだけむしり取ろうとするものなのに。あのお嬢さまときたら、言うに事欠いて『親族でも親しい間柄でもない相手を一方的に頼るのは失礼ではないのですか？』だもんなあ。

いや、逆にヴォルフが落ち込むの、わかるよ。いっさい当てにされない、当てにしてもらえない公爵さまってどうなんだ、ってね。

いやいや、俺だって自分の容姿がまったく役に立たないって状況に、結構驚いてはいたんだけどね。たいていのご婦人は、俺の見た目にコロッと騙されてくれるっていうのに。まったく、とんでもないご令嬢だ。

まずいな、また顔が笑っちまう。ヴォルフはもう寝たか？

コイツもホント、いろいろ面倒くさいヤツだけど、公爵家当主としては真面目に、真面目過ぎるほどによくやってるよ。

今回のことだって、もとはと言えば国王陛下からの極秘の依頼だったもんな。

闇賭博って時点ですでに十分マズイのに、あのゲス伯爵はイカサマでほかの貴族、それも下位貴族を狙い撃ちして身ぐるみ剥ぎまくって、ついに自殺者まで出しちまった。

もしクルゼライヒ伯爵家に爵位を継げる男子がいれば、陛下ももう少し早く手を打たれたんだろうが……あのゲスが一線を越えてしまった以上、たとえ伯爵家を取り潰してでも動かざるを得ない状態になっちまったからな。

まあ、それだけ、あのゲス伯爵も切羽詰まってたんだろうけどさ。

それはでも、自業自得だな。あれだけ恵まれた領地を持っていながら、先代未亡人が亡くなったとたん、領地経営をガタガタにしちまってたんだから。どのみち、近いうちにクルゼライヒ伯爵家は破産してただろうよ。

今回はクルゼライヒ領の惨状について情報が入っていたから、とにかくそちらが最優先だった。実際、ヴォルフがすぐさまクルゼライヒ領に駆けつけたおかげで、領主館の家令が伯爵家の私財をごっそり持ち逃げするのを阻止できたんだし。

しかし本当にクルゼライヒ領は、領主が自分をチヤホヤしてくれるだけの無能ばかり取り立てているとこうなる、っていう見本だったな。いやもう、無能どころか有害だな、領主館の家令ときたら脱税に横領、おまけに出入りの商人には必ず賄賂を要求。ほかの使用人は当然のごとく家令に媚びへつらう者ばかり。

あんなことになってて、領地収入が上がってくるわけがない。

まったく、先代未亡人に仕えてた使用人たちがまだ領地に残っててくれて助かったよ。あれでもう誰も残ってないなんて状況だったら、ヴォルフはこんなに早く王都へ戻ってはこられなかった。使用人総入れ替えでなんとか最低限の体裁は整えられたからね。

確かに、クルゼライヒ領の本格的な立て直しはこれからだけど……あのご令嬢なら、ご令嬢自身に経営を任せてしまうのもおもしろそうだ。たぶん、ヴォルフもそれを考えてるだろう。

いや、それにしてもすごいよ、ゲルトルード嬢は。

まさか、自分で競売を開くとは。ふつう、当主を失った貴族家の未亡人や令嬢が自分の宝飾品を売り払うとしたら、出入り商人の言い値で思いっきり買いたたかれるもんだ。それを競売にするとは。いったい、何をどうやってそんなことを思いついたんだろう？　ヴォルフも呆気にとられちまってたよなあ。

まあ、そのおかげで『クルゼライヒの真珠』の買い戻し代金が結構な金額になっちまったわけだが、あの程度の金額ならヴォルフは痛くもかゆくもない。

そして案の定、競り落としたハウゼン商会は、いずれクルゼライヒ伯爵家が買い戻しにくるだろうことを想定してたよな、あの態度はどう見ても。むしろ待ち構えていた感じだったな。そりゃあまさかエクシュタイン公爵が買い戻しにくるとまでは思ってなかっただろうが、ね。

ふん、ルーベック・ハウゼンか……もしかして後ろに元辺境伯がついているのか？　一応調べておいたほうがいいな。

いや、そもそも商業ギルドでも、宝飾品部門の上層部は国家財宝目録のことは承知しているはずなんだが……あのクラウスという青年は、おそらく上層部の者に嵌められたんだろう。見るからに優秀そうな子だったし、妬まれたか。宝飾品部門は、商業ギルドの中でも特にいろいろ面倒だと、ヒューも言ってたしな。

しかしその嵌めようとしてたヤツ、クルゼライヒ伯爵家から紋章と署名の入った手紙を受け取って、いったいどんな顔をしただろうか。

ふふん、まさか伯爵家が、一介の職員をそこまでかばうとは思ってもいなかっただろう。いくらその職員の姉が、伯爵家で侍女をしているといっても。

むしろ、これ幸いとばかりに下の者に責任を押し付け、自分は悪くないとふんぞり返る連中ばかりだからな。

それにつけてもゲルトルード嬢の使用人に対する手厚さには、ちょっと本気で感動しちまうね。

使用人のほうも、そのことを十分理解していて真摯に仕えてるし。なにしろ、侍女も執事も身をなげうってお嬢さまを守ろうとしてたからなあ。あれほどまで使用人に慕われているご令嬢が、ほかにいるだろうか。

それも、彼女自身決して恵まれた環境ではなかったというのに。

いや本当に、あれには肝を冷やしたよ。

ヴォルフも茫然としてた。

そりゃ衝撃的だよな、ヴォルフが一歩踏み出しただけで、ゲルトルード嬢は瞬時に身構え、侍女は飛んできて身を盾にしたんだから。

あれはもう……どれほど彼女が暴力にさらされてきたのかを、如実に物語ってた。

日常的に父親から暴力をふるわれ、自分の身を守るだけでなく、おそらく同じように暴力にさらされて精神の安定を欠きそうになってしまった母親をも守ってきたんだ、あのまだたった十六歳のお嬢さまは。

あのたくましさは本物だな。

額面通り家屋敷財産すべてを失ったと思い込んでたのに、泣き暮らしたりゴネ倒したりするどころか、自ら資金を調達して新居を購入、だよ？

その資金の調達方法も、本当によくまあそんなことを思いついたな、っていうねえ。いや、実にすばらしい。

あのゲルトルード嬢がヴォルフの被後見人になってくれれば、今後もヴォルフは堂々と介入できる。

いや、介入できる状態を維持するために、少々裏工作をしてでも被後見人になってもらわねば、だな。その辺、ヴォルフともよく相談しておかなければ。

さあ、公爵邸の門をくぐった。そろそろヴォルフを起こしてやろう。

まったく、これからが本当に楽しみだ。

書き下ろし番外編

理解できないご令嬢

The Daughter of
a downfall Earl
Wants to Support
Her Family

目が覚めたとたん、俺は絶望する。

毎晩、くたくたになって眠るたびに、朝が来なければいいのにと心から願う。

けれど毎日朝はやってきて、すべてが無意味になってしまった自分の人生がまだ続いているのだという絶望を、俺は繰り返し味わわされる。

そして、仕方なく起き上がりながら、毎日思う。

なんで俺は、あんな見え透いた手に易々とひっかかり、自分の人生を棒に振ってしまったのだろうか、と。

本当に、悔やんでも悔やみきれない。

たった一度、ありもしない話に乗せられて、差し出された書類に自分の名前を書いてしまったというだけで、俺はどうしようもないクズでゲスな暴君に人生をまるごと乗っ取られてしまった。

俺はもう死ぬまで、ゴミカスみたいな主（あるじ）に仕える以外の生き方ができない。

辞めることも、逃げることもできない。

毎日ひたすらゲスな暴君の顔色をうかがい、罵声を浴びながら命令に絶対的に服従し続けるしかない。

これで絶望しないほうがおかしいだろう。

それでも、その絶望をさらに深くしたくないがために、俺は毎朝起き上がって命じられたことをこなしている。

完璧に身なりを整えて上っ面の笑みを浮かべ、あのゲス野郎の後ろに侍（はべ）っているしかないんだ。

完璧な身なり。

本当に馬鹿みたいに、恰好だけを要求する当主の機嫌を損ねないために。

それなのに、今朝用意されていた俺の衣裳のうち、右の靴のかかとに汚れが残っていた。

「おい！　今日の衣裳係は誰だ！」

俺がベルを鳴らしても、扉を開けて廊下に向かって怒鳴りつけても、誰も出てきやしない。腹立ちまぎれに俺は舌打ちをして、壁を蹴りつけた。

それでようやく廊下の奥にある部屋の扉が開き、年配の女が顔を出した。

「朝から荒れてんじゃないよ」

侍女頭だ。

大あくびをして、面倒くさそうに髪を整えながらこっちへ歩いてくる。

「あんた、そんな剣幕で呼びつけたって、誰がのこのこ出てくるもんかね」

侍女頭は鼻で笑いながら、ちらっと俺の部屋の中を覗き見る。

「執事が、自分で自分の衣裳を手入れするんじゃなくて、下働きにやらせてるってだけで十分いいご身分じゃないか」

「俺にそんな時間があるとでも言うのか？」

ムカつきながら俺は言い返した。

「そもそも、執事と当主の近侍を兼ねた役職なんて不可能なんだよ！　毎日毎日当主のご機嫌取りをしてるだけでも身が持たないってのに、執事の仕事までやれるわけがないんだよ！　それを無理やりやらされてるんだから、俺の身の回りの世話を下働きにさせるくらい当然じゃないかよ！」

「それだったらなおのこと、さっさと身支度して玄関へ下りといたほうがいいんじゃないかね。そろそろご当主が朝帰りされる頃だよ」

侍女頭はまた鼻で笑った。「お出迎えが遅れても、それにあんたの衣裳に不備があっても、罵倒されたり鞭で打たれたりすんのは、あんただよ？」

俺は盛大に歯噛みした。

不愉快極まりないが、まったくもってその通りだからだ。

あのゲス野郎は、見てくれを異様なまでに気にする。要するに、上っ面だけ取り繕ってさえいればあとはどうでもいい、ともいえるのだが。けれど、見た目には一分の隙も許さない。

自分の身なりはもちろん、傍にいる俺の身なりにも少しでも乱れがあれば、一気に機嫌が悪くなって罵倒してくる。そしてもちろん、そのゲス野郎の衣裳を整えるのも、俺の仕事だ。

どれだけバカバカしくても俺は、その仕事から逃れることができない。

罠に嵌められ、あのゲス野郎の言いなりにされてしまっているから。

だからもう俺にできることは、ほんの少しでも自分の負担を減らすようにすることだけだ。

盛大に歯噛みして、それでも俺は身支度のために室内に戻ろうとした。

なのに、侍女頭が思い出したように俺を引き留めた。そして盗聴防止の魔道具をさっと俺にも握らせる。

「聞いてるかい、ご長女には今後いっさい、食事を与えないようにって話」

「は？」

さすがに俺も目を剥いた。

「食事をいっさい与えないようにって……自分の娘を飢え死にさせる気かよ？」

「さあね」

侍女頭は肩をすくめる。「ご当主が気に入って、お手つきしようとしてた新入りの侍女を逃がした罰らしいよ。いつまで、ってのは聞いてないけど、まあ、あのご当主なら自分のご長女が飢え死にしようが気にしないだろうね」

俺は、十三歳になったばかりだという、当家の長女であるゲルトルード嬢を思い浮かべた。いまでも十分やせ細ってる。俺がこの屋敷に連れてこられた一年ほど前から、背もまったく伸びていないように思う。もともと十分な食事を与えられているとは言い難いんじゃないだろうか。それを、もういっさい食事を与えないとなると……。

勘弁してくれ。

もしご長女が本当に飢え死にしちまったら、その後始末は間違いなく俺がやらされる。

うんざりしながら俺が首を振ると、侍女頭は顔をしかめて付け加えた。

「あんたは直接ご令嬢がたと関わることはほとんどないだろうけどね、ただ、奥さまには絶対知られないようにって、それだけは注意しときなよ」

確かに、あの奥方ならご自分の娘が飢え死にさせられそうだと知ったとたん、何か行動を起こすだろうな。

あのゲス野郎は、最大の自慢である美形の奥方にだけは絶対手をあげない。罵詈雑言は平気で浴びせかけるが、あの完璧な見た目の美しさに瑕をつけるのだけはどうしても嫌らしい。だから、奥方が抗議のために自傷行為にでも走ってしまえば、ゲス野郎も折れざるを得なくなるだろう。

奥方にだけは知られないように、ってのは、そういうことだ。

「まったく、いい迷惑さ」

吐き捨てるように侍女頭が言う。「これであたしらは、奥さまがご長女に近づかないよう、ずっと見張ってなきゃなんない。それに、使用人がうかつにウワサ話でもしてようもんなら、いつ奥さまの耳に入るかわかったもんじゃないからね、そっちも見張ってなきゃなんなくなっちまった」

侍女頭のご大層なようすに、俺は鼻を鳴らしてやった。

「でもどうせ、料理人と俺らくらいなんだろ、そんな話を知らされるのは。もともと、侍女なんか一人もご長女にはついてないじゃないか。食事だって、配ぜん係が適当に子ども部屋に置いとくだけだって聞いてるぜ。それも、いままでだってしょっちゅう『忘れられてる』ことがあるって話だし」

「それでも注意は必要だよ。ご長女が、自室で『もう何日も食事をもらってない』って声に出して言うだけでも、あの奥さまのお耳に入らないとは言い切れないからね」

「まったく、やっかいな固有魔力をお持ちだよな」

侍女頭もフンと鼻を鳴らし返してきて、俺は手の中にある盗聴防止の魔道具を握り直した。

それから何日経っただろうか。

俺は毎朝絶望し、毎晩朝が来なければいいのにと思いながら気を失うように眠る。

当主は相変わらず自分の機嫌次第で俺に当たり散らし、俺はとにかく完璧な身なりで薄ら笑いを浮かべているだけ。毎日が、その繰り返しだ。

その日はたまたま、当主の罵倒の矛先が俺ではなく、例のご長女に向いた。

具体的に何があったのかは、俺にはわからないし興味もない。

いつもの通り、二階の私室が並ぶ一角で例のご長女と当主が大声で何か言いあい、その後すぐにビシビシと鞭が打ち付けられる音が響いてきた。

最初はさすがに俺も血の気が引いた。

まさか、あんなやせ細った小さな娘に直接、鞭をふるうだなんて。

けれど侍女頭によると、あのご長女は顕現した固有魔力のおかげで、いっさい痛みも感じず傷も残らないのだそうだ。

侍女頭は、手当をする必要もないし放っておけばいいから楽だと言っていた。いや、たとえご長女が傷を負ったとしても、どうせ手当なんかしないだろうに。

ふん、あのご長女も哀れなもんだ。

あんな父親のもとに生まれて、将来なんて何も考えられないだろう。貴族家における当主の権限は絶対だ。当主は、まだ魔力も発現していない下のご令嬢に婿をとって跡を継がせると公言してるし、そうなると上のご令嬢はおそらく身一つで家から放り出される。

家から追い出された貴族令嬢が、どうやって生きていけるというのか。

あのご長女には、家庭教師すら付けられていない。このままでは、学院に通わせてもらえるかどうかも怪しい。最低限の教育すら受けさせてもらえなければ、上位貴族家の侍女になったり家庭教師になったりなんて、数少ない貴族女性の職に就くこともままならないだろう。

ただ、あれだけ強い固有魔力を持っているなら、おそらく魔力量も多いだろうから、跡継ぎの男子が欲しい貴族家で囲われるという可能性もあるだろうが……あんなに当主に盾突きまくっているかわいげのない娘にそれができるかどうか。

いや、もう、そうなるまであのご令嬢が生きているかどうかも、怪しいな。

なにしろ、食事すら与えられていないのだから。

まあ、そういうことを思ってはいても、俺は俺自身のことで手一杯だ。

食事に関して言えば、俺だってギリギリの状態だしな。一応、俺の食事は毎日用意されているが当主が在邸している間は傍を離れることが許されず、ろくに食事をとっているヒマがない。用意されている食事も、どれもこれも不味い上に最低限の量しかない。空腹で目が回りそうになることもしばしばだ。

ご令嬢を哀れんでいても、もしかしたら先に倒れるのは俺かもな。

いや、もう、むしろそのほうがいっそ楽になれるかもしれないが。

それでもとりあえず、ご長女が当主の相手をしてくれている間に、俺は洗濯室の確認に行くことにした。

まったく、近侍をさせておきながら執事の仕事まで押し付けられるなんて、どう考えてもあり得ない。何をどうやっても手が回りきらないのは、最初から目に見えている。

案の定、洗濯室には洗濯物が溜まりに溜まっていて、洗濯業者に引き渡しもしていなかった。下働きの連中はどいつもこいつも、俺の手が回りきらないのをいいことに、怠けられるだけ怠けようとする。

当主の着替えのシャツが足りなくなったら、罰を受けるのは俺なんだぞ。

俺は下働きの連中を全員呼びつけ、さんざん怒鳴り散らして命令した。明日の朝、洗濯業者に引き渡していいては間に合わないものについては、いますぐお前らが洗って火熨斗（アイロン）をかけろ、と。

本当にもううんざりだ。

あのゲス当主の手にアレがある限り、俺は絶対に逃げられない。

もし、隙をついてアレを持ち出せたとしても、俺には解除できない。解除できない限り、俺はゲス当主に支配されたままだ。あっという間に連れ戻され、いまよりさらに酷い状況に置かれることは目に見えている。

何をどうやっても、俺には打てる手がないんだ！

当主はご長女をさんざん鞭で打ち据えて、ようやく出かけていってくれた。夜会という名の賭博場に、だ。

やっと俺も一息つける状態になったが、それでもしなければならないことは山積みだ。洗濯室の確認のあとは銀食器磨きだ。

これもまた、あの見てくれだけのゲス当主がたまに自邸で晩餐をとるとき、銀食器にほんの少しの曇りでもあれば料理を全部床にぶちまけて怒鳴り散らすから、どれだけ面倒でもしないわけにはいかない。

時間はもうかなり遅く、俺は重い足取りで厨房へと向かった。

当家の料理人は通いなので、この時間にはもう厨房にはいない。それに、下働きの連中もみんないまは洗濯室で作業をしている。

それなのに、なぜか厨房に明かりがついていて、しかも何やらいい匂いがしてくるじゃないか。

誰か勝手に厨房を使って料理をしてるのか?

うすく開いていた厨房の扉の隙間から、中のようすをうかがった俺は、驚愕した。

なんであのご長女が、自分で料理なんかしてるんだ?

いや、貴族のご令嬢だぞ?

それも、使用人もろくにいない下位貴族家の令嬢じゃない、名門伯爵家のご令嬢だぞ?

そもそも、なんで料理なんかできるんだ? おかしいだろ!

けれど、ゲルトルードとかいう当家のご令嬢は、鼻歌なんか歌いながら焜炉の前に立ち、鉄鍋を使って間違いなく料理をしている。その焜炉にすらちゃんと届かないのか、踏み台を置いて乗っているような小さな子どもだというのに。

それでも卵が焼ける匂いがしているので、何か卵料理を作っているらしい。妙に慣れた手つきでいま鉄鍋に何かを入れた。すぐに、チーズが溶ける香ばしい匂いがした。チーズ入りの炒り卵でも作っているのか？

俺はなんだかもう茫然と、扉のところに立ち尽くしていた。

すると、料理が仕上がったのかご令嬢が鉄鍋を手にくるりとこちらを向いた。

茫然としていた俺と完全に目が合い、ご令嬢はハッとしたような表情を浮かべた。

けれどご令嬢はすぐに、平然と言ったんだ。

「あら、ゴディアス。貴方もお腹が空いたの？　よかったら食べる？」

俺は、いったい何が起きているのか、理解するのに少しばかり時間がかかってしまった。

ご令嬢は俺の返事を待たず、勝手にテーブルの上に皿を二枚並べている。

そして皿の上に何やら薄く切ったパンを置き、そのパンの上に炒ったばかりのチーズ入り炒り卵を広げていく。そしてちぎったレタスもその炒り卵の上にのせると、もう一枚の薄く切ったパンを重ねた。そうやって、同じものを二つ作る。

「残りものだけど、味は保証するわよ」

ご令嬢はそう言って俺を手招きした。

「いつもこの時間の厨房には誰か下働きがいるから、分けてあげるために多めに作ってるの。今日は誰もいないから、貴方が食べるといいわ」

言いながら、ゲルトルード嬢はカップを二つ出してくる。そしてまた焜炉へと向かい、火にかけてあったらしい小鍋を持ってきて、そこから温めた牛乳をカップに注ぎ込んだ。

「はちみつを少し入れると美味しいのよね」

今度は戸棚からはちみつの壺を取り出してきて、ご令嬢はカップの中に少しだけはちみつを溶かしこんでいく。

「今日は珍しく新鮮な卵が冷却箱に入ってたの。割ってみたら黄身が盛り上がってて、すごく美味しそうだったわ。チーズも今日仕入れたものみたいだし」

準備が終わったのか、ゲルトルード嬢は作業台の丸椅子にちょこんと腰を下ろした。

「食べないの、ゴディアス？　遠慮しなくていいわよ？」

いや、食べないのって……遠慮しなくていいって？

おかしいだろ、おかしすぎるだろ、いろいろと！

ついさっきまで、あんたは父親である当主からさんざん鞭で打たれていただろうが。いくら固有魔力のおかげで痛みもなければ傷もないとは言っても、なんで何もなかったかのようにけろっとしてるんだ？

どう考えてもおかしい。

当主からさんざん冷遇され、侍女も付けられず家庭教師も付けられず、あの外見至上主義の当主の娘でありながらあんなみすぼらしい衣裳をまとわされ、子どもの社交に出ることも許されない。本来、上位貴族家のご令嬢であれば与えられて当然のものを何一つ与えられず、それどころか最低限の食事すら与えられていないんだぞ。

それでなんでこのご令嬢は、絶望に沈むこともなく、泣き暮らすこともなく、弱っていくどころか相も変わらず当主に逆らい続け、おまけにちゃっかりと自分で自分の食事まで作っているんだ？

ありえないだろうが！


しかもこのご令嬢は、俺にまで食べろと言う。

食事を与えられていない自分が楽しそうに作った料理を、俺にまで施すのか？

いままでろくすっぽ口もきいたことがない俺に、親し気に名前を呼びながら。

あんたを哀れんでやっていた俺が、馬鹿みたいじゃないかよ！

許せない。

カーッと、俺の全身が燃えるように熱くなった。

俺はあんたの父親に人生を踏みにじられてるんだ。

それなのに、なんであんたは平然と好きなように生きてるんだ。

あんたはご令嬢として何も与えられてないんじゃない、自由に生きる権利を与えられてるじゃないか、それも、俺の犠牲の上に！

俺は、ぎゅっと奥歯を噛みしめた。

そうしてひきつりそうになる自分の口元に力を込め、いつものように薄ら笑いを顔に貼り付ける。

「遠慮など、滅相もございません、ゲルトルードお嬢さま」

きょとんと俺を見ている貧相な小娘に言ってやる。

「ゲルトルードお嬢さまが手ずからご用意くださったお食事を、この若輩がいただきますなどと恐れ多いことはできかねますゆえ」

わざとらしく慇懃（いんぎん）に、俺は腰を折ってみせてやった。

ゲルトルード嬢はそんな俺に目を瞬き、そして苦笑を浮かべて息を吐きだしてくれやがった。

「食べたくないのなら、別にそれで構わないけど。でも、我が家の当主のことだから、執事の貴方だってほとんどまともな食事をもらっていないのではないの？」

俺は、引きつりそうになる自分の口元に必死に力を込める。

「おお、虐（しいた）げられた執事を哀れんで、食事を施してくださるわけでございますか。なんともお優しいことでございます、ゲルトルードお嬢さまは」

「施すなんて、そんなこと考えてもいないわよ」

ご令嬢は少し困ったように苦笑を浮かべた。「貴方だって知っているでしょう、当主がわたくしに食事を与えないよう命じていることくらい。わたくしは、食べるものが何もなくてひもじい思いをすることのつらさを、知ってしまってるのよね」

そしてご令嬢はそこで、いきなり明るい声で言ったんだ。

「自分が人からされてつらい思いをしていることを、自分も同じようにほかの誰かに押し付けてつらい思いをさせるのなんて、なんだか自分がいっそうみじめな気持ちになってしまうじゃない？　わたくしはただそれが嫌だから、こうして一緒に食べましょうって言ってるだけなのよ」

その瞬間、俺は自分の全身の血が沸騰したかと思った。

自分が人からされてつらい思いをしていること？

ああ、いままさに、俺はあんたの父親から、つらいどころじゃないことをされてるよ！

俺はあんたの父親に、人生をまるごと踏みにじられてるんだ！　その絶望が、あんたにわかるのか！

何を言っていようが、あんたがいま俺にしようとしてることはただの施しだ。

あいにく、俺はあんたみたいに人に施しをしてやれるほど余裕なんかない。本物の絶望を味わわされている俺の気持ちなんか、あんたには一生理解できないだろうよ！

俺は、慇懃に腰を折った。

「これはこれは、ゲルトルードお嬢さまにはまことに素晴らしいご高説を賜り、このゴディアス・アップシャー、感動に打ち震えております」

顔を伏せたまま、俺は本当に声が震えてしまわないよう、必死にあごに力を込める。

「しかしながら私ごとき若輩者には、ゲルトルードお嬢さまのように高邁（こうまい）なふるまいを為すことなど到底かないそうにございません。なにとぞお目こぼしくださいますよう、心よりお願い申し上げ奉ります」

俺には、あんたみたいな綺麗ごとを言ってる余裕なんかないんだよ。

あんたの父親が俺の人生を踏みにじっているのと同じように、俺もほかの誰かの人生を踏みにじってやる。

当然だろう？　これほどまでにつらく苦しい思いをさせられている俺には、それくらい許されるはずだ。俺だけがつらくて、俺だけがみじめで、俺だけが意味のない人生を送らされるのなんてまっぴらなんだ！

俺は薄ら笑いを顔に貼り付けたまま、扉を閉めて厨房を後にした。
その俺を、ゲルトルード嬢がどんな顔で見ていたかは知らない。
俺はゲルトルード嬢の顔を見なかった。見ることができなかった。

書き下ろし番外編

初めてのお茶会

The Daughter of
a downfall Earl
Wants to Support
Her Family

ついに、来てしまった。

私は、ナリッサが届けてくれた紋章入りの封筒を手に、思わず奥歯を噛みしめてしまった。

封筒の表には、流麗な文字で『クルゼライヒ伯爵家ご令嬢ゲルトルード・オルデベルグさまへ』と、間違いなく私の名前が書いてある。

いや、自慢じゃないけど友だちどころか知り合いすら一人もいないというこの状況で、私宛に届けられた封筒……どう考えても、お茶会の招待状である。

「申し訳ございません、ゲルトルードお嬢さま」

ナリッサがうなだれてる。

「私がこのお部屋に戻ってまいりましたおりに、待ち構えていた他家の侍女に捕まってしまいました。どうしても逃れることができず、受け取らざるを得ませんでした」

「ナリッサのせいじゃないわ」

私は即座に言った。「学院に通っている以上、これはもう避けては通れないことですもの」

貴族の子女だけが入学を許される王都中央学院に、私も無事入学して一か月余り。

座学の教室では常に隅っこに席を取り、ダンスや乗馬といった実技も完全にモブと化しているので、いまのところはまだ私の残念っぷりもそれほど目立ってはいない、はず。

それに、休憩時間は学内にある自分の個室（上位貴族家の子女には一人一室割り当てられる）にナリッサと二人でこもり切り、授業が終わればそそくさと帰宅。ほかの生徒たちとは、ほとんど口をきいたこともない。

もちろん、新入生歓迎舞踏会もきっちりスルーしたわよ。

でも……それでも！

やっぱり来てしまうのね、お茶会の招待状が！

私は、意を決してその紋章入り封筒を開けた。

開けて、差出人や招待されたお茶会の日時を確認して……詰んだ。

いやもう、完全に詰んだ。

どうすんのよ、コレ？

「いかがなさいますか？」

ナリッサが緊張の面持ちで問いかけてくる。

私は思わず大きく息を吐きだしちゃった。

「お断りは、難しそうだわ」

「ならば、ご参加を？」

「ええ、参加するしかないみたい」

私が答えると、ナリッサは顔を上げた。

「では、ご準備をいたしましょう。お茶会はいつの開催でございますか？」

「それが、明日なの」

「明日、で、ございますか？」

言ったきり、ナリッサが固まった。

うん、わかるよ、ナリッサ。

せっかく前向きになってくれたのに申し訳ないけど、ホントに最初から詰んじゃってるのよね。

「明日、二時間目の授業が先生のご都合で休講になったのだけれど、つい先ほどそのお知らせをいただいたのだけれど、その時間にお茶会を開催するのですって。急なことで申し訳ございませんがぜひご参加くださいませ、って書いてあるわ」

私は、手元の招待状に目を落とした。

「ご招待くださったのは、デルヴァローゼ侯爵家のご令嬢、デズデモーナ・ヴィットマンさまよ。侯爵家のご令嬢なのだから、伯爵家のわたくしからは基本的にお断りはできないわ」

我が家より上位の侯爵家令嬢からのご招待で、しかもいきなり明日の開催。

突然の休講なので、一年生は全員その時間が空いていることは明白なうえ、このタイミングではすでにほかの予定が入っているなんていうのもかなり不自然。

体調不良などを言い訳にしようにも、その場合は三時間目以降の授業も欠席しないとすぐにウソだとバレてしまう。

さらに、ナリッサが招待状を直接受け取ってしまったので、招待状が部屋に投函されていることに気がつかなかった、という言い訳もできない。だから、ナリッサがうなだれてたんだけどね。

ええもう、全方向において詰んでます。

なんていうかもう、とにかく絶対参加してちょうだいね？　という侯爵家ご令嬢の強力な圧を感じる招待状です。

いや、私はその、デー〇ン閣下みたいなお名前の侯爵家ご令嬢の顔が、まったく思い浮かばないんだけど。同じ一年生なら、同じ授業をいくつも受けてるはずなんだけど。いかに私が、ほかの生徒と目を合わせないようにしているのかが、丸わかりですわ。

だからもう、なんでここまで周到なご招待がきたのか、さっぱりわからない。

私は再び、招待状に目を落とした。

「でも、授業の合間に、それも急な開催のお茶会なのだから、とりあえず制服で参加して大丈夫だと思うのよ。招待状にも、お衣裳については特に何も書かれていないし」

「それは、確かにそうでございますね」

ナリッサが少しホッとしたようにうなずく。

生徒同士のお茶会は、基本的に制服で参加することになっている。でも、それはやっぱりあくまで『基本』であって、上位貴族家のお茶会の場合、私服で参加するお茶会もやっぱりあったりするわけだ。

実際に放課後、華やかな私服に着替えたご令嬢数人が、お庭の四阿(あずまや)に集まってお茶会をしてたのを、私も目撃してる。

「それから、やっぱり急なご招待なので、手土産などはなくても大丈夫だと思うの」

言ってから私は、ちょっと顔をしかめちゃった。

「まあ、こういう場合、招待された側が手土産をお持ちするのが正しいのかどうなのか、それすらもわたくしにはよくわからないのだけれど」

ホントに、それ。

問題はそれなのよね、私はお茶会のお作法ってものが、さっぱりわかってない。ナリッサも、他家での侍女勤めを含めお茶会の経験がないため、やっぱりわからない。

だからこそ、せめてもう少し貴族社会というか学院になじめるまでは、お茶会の参加はお断りしたいのだけれど。

「今夜、奥さまとご相談されるお時間が、少しでも取られればよろしいのですが……」

「うーん、ちょっと難しそうよね……」

お茶会経験ゼロの私たちにとって唯一頼りになるお母さまには、いまちょっと事情があって相談できそうにないっていうのが、さらに詰んでる理由なのよね。


案の定、帰宅してからお母さまと話せる機会はなく、無情にも朝が来ていきなりお茶会当日である。

一時間目の授業を終え、私はナリッサを連れて指定された部屋へと向かった。

部屋の前で一度深呼吸し、私は扉をノックする。

すぐに、侍女らしき女性が扉を開けてくれた。

そして彼女は、私の顔を見ると一瞬、えっという表情を浮かべたものの、すぐさまていねいに礼をしてくれた。

「ようこそおいでくださいました。どうぞお入りくださいませ」

そう言って私を出迎えた侍女さんが、室内に声をかける。

「クルゼライヒ伯爵家ご令嬢、ゲルトルードさまがご到着にございます」

室内が一瞬、ざわめいた。

なんだろ、私が参加するとは思ってなかった、って雰囲気だよね。

なんかもう、心臓をばくばくさせながら一歩室内に足を入れると、着席していたご令嬢が一人、さっと立ち上がって私を迎えてくれた。

「まあ、ゲルトルードさま、ようこそわたくしのお茶会へ。お返事をいただけておりませんでしたので、てっきりご参加くださらないのかと……嬉しい驚きでございますわ」

って、もしかして招待状にお返事出さなきゃいけなかったの？

いや、そうだよね、ちょっと考えればわかるよね、いくら急なご招待だっていっても、いや急なご招待だからこそ、お返事出さないとダメだよね？　なんで私、出席のお返事を出さなかったの？

そりゃ確かにいっぱいいっぱいではあったけど！　開始前からすでにダメダメじゃん、私！

と、頭を抱えそうになった一方で、私は出迎えてくれたご令嬢にくぎ付けになっちゃってた。

だって……だって、だって、こんな、金髪碧眼ドリルヘア、いや縦巻きロールヘアが似合いすぎて、しかもキッと目じりの上がった美貌のご令嬢って……どこからどう見ても完璧な『悪役令嬢』なんですけどー！

いや、このご令嬢がその、なんだっけ、デー〇ン閣下みたいな名前の、侯爵家ご令嬢だよね？

いやいや、名前からして悪役令嬢っぽいなーとは、チラッと思ったんだけど、ホントにホントにこのルックスってなんなんだろう？

ああ、ダメだわ、こんなこと考えてちゃダメ！

とにかく非礼を詫びなければ。

私は無理やり笑顔を貼り付け、さっと片足を引いてカーテシーをした。

「お返事を差し上げずにお伺いしてしまうなど、たいへん失礼を致しました。我が身の不調法さに身がすくむ思いでございます。これ以上失礼を重ねてしまわぬよう、本日はこのままおいとまさせていただいたほうが……」

ええ、もうこのまま帰らせて！

思いっきりもって回った言い方をしてみたけど、すでに本音がダダ漏れよ。

だけど、私がそう言ったとたん、悪役令嬢じゃなくて主催者の侯爵家ご令嬢はさっと私の目の前にやってきて、並々ならぬ迫力で言ってくれた。

「とんでもございませんわ！　せっかくおいでくださったのですもの、ぜひご参加くださいませ、ゲルトルードさま！」

背後からは、侍女さんもさあどうぞどうぞとばかりに、私に圧をかけてくる。

ううう、やっぱり逃げられそうにないわ。

そして席へ案内され……いやもう、やっぱ帰りたい。帰らせて。

だって、全員私服なんですけど！

なんでー？　授業の合間のお茶会なのに、なんで全員ちゃっかり着替えて私服なの？

悪役令嬢じゃなくて主催者である侯爵家ご令嬢も淡いブルーにフリフリヒラヒラのドレス姿なん

だけど、ほかの参加者もみんなピンクだの白だの、いかにも若いご令嬢っぽい華やかなドレス姿なんですけど！

いやもう、最初から詰んでたけど、さらに追い打ちかけられてる気分よ。

「あら、ゲルトルードさまはダンスの授業も制服で受けられますの？」

と、着席していたご令嬢の一人が言って、私はようやく理解した。

そうだった、本日三時間目の授業はダンスだよ！　だからみなさん、すでに着替えていらっしゃるのね？

いや、ダンスの授業も別に制服で受けちゃっても構わないの。ただね、上位貴族家のご令嬢は私服の、夜会でも着られるような華やかな衣裳でダンスの授業を受けるのが暗黙の了解になってるらしいのよ。

ええ、もちろん、私はこれまでもずっと制服でダンスの授業を受けてるけど。

制服姿で、ダンスホールの隅っこのモブとして授業を受けてますけど。

「伯爵家のご令嬢ですのに、ダンス用のお衣裳はお召しにならないのですの？」

「子爵家のドロテアさまもこのように、ダンスのお衣裳にお召し替えていらっしゃいますのに」

と、いきなり名指しされたそのご令嬢が、にこやかな笑みでさらっと答える。

「あら、どのようなお衣裳でダンスの授業をお受けになるのかは、ご本人がお決めになることですわ。わたくしはたまたま、母から譲り受けた衣裳があったものですから」

って、私はまた、その名指しされたご令嬢にくぎ付けになっちゃった。

だって、だって、だってね、ふわふわのストロベリーブロンドの髪に明るいペリドットの瞳で、しかも子爵家のご令嬢？　それで侯爵家のお茶会に招かれてるって……めっちゃヒロインじゃない？　いや、乙女ゲームのヒロインでしょ！　名前はちょっと、ドロ◯ジョ的なアレなんだけど。

まったくワケのわからない状態で私は、そのヒロインっぽいご令嬢のとなりに着席を促された。

そして、念のためにということで、主催者である悪役令嬢っぽい侯爵家のご令嬢が、みなさんを紹介してくれた。で、わかったことは……そのヒロインっぽい子爵家のご令嬢以外のお二人は、そろって侯爵家のご令嬢らしい。

ってことは、なんでその、子爵家っていう下位貴族家のご令嬢が一人だけ、このお茶会に参加してるのか、っていう、ね？　いったいなんなの、このシチュエーションは？

え、ええっと、王太子殿下って……いま学院の二年生に在籍されてる王太子殿下って、婚約者はいらっしゃらないのよね？

確か、隣国の公女さまと婚約されていたんだけど、先方のご都合で婚約解消になったとかなんとか……婚約っていってもお互いまだ子どもで魔力が発現する前の話だったので、魔力発現後に解消されることってそんなに珍しいことじゃない、らしいんだけど。

でも、そのおかげで、王太子殿下の婚約者選びが難航してるって聞いてる。

そんでもって、いまこの場にいるのは侯爵家のご令嬢が三人に、子爵家のご令嬢が一人。そしてなぜか、伯爵家の私。

もしかして、侯爵家のご令嬢三人は王太子殿下の婚約者候補で、そこに子爵家のヒロインなご令嬢が割って入ってるなんて乙女ゲーム的展開が……でも、じゃあ、なんでモブな私が呼ばれたの？　数合わせとかそんなんじゃないよね？

だってホントに最初から、絶対参加しなさいねって言わんばかりに、辞退する逃げ道を徹底的にふさいでくれちゃってるような状況でのご招待だったし。

さっきだって、私が早々に退散しようとしても、がっつり阻止されたよね？

すいません、もう、ナニがなんだか全然意味わかんないです。


本当に、ナニをどうしていいのかさっぱりわからず、引きつりそうになる笑顔を無理やり貼りつけた私の前に、お茶が配られてきた。

ナリッサが表情を取り繕って私のお給仕をしてくれてる。たぶん、出席のお返事を出してなかったことで、ナリッサは自分を責めてるだろうな。後でちゃんと話をしておかなきゃ。でも、手土産は必要なかったみたいなので、それについては一安心。

そのナリッサが給仕してくれたティーカップに、私は目を落とす。

あれ、この香りって……私は、カップから立ち上ってきたそのお茶の香りを、思わず深く嗅いでしまった。

えっと、これ、このお茶、いただいちゃっていいんだよね？

こっそり周囲を確認すると、主催者である悪役令嬢っぽいご令嬢が最初にカップに口をつけた。

そして続けて、おやつのクッキーもひとかじりする。

「それではみなさまも、お召し上がりくださいませ」

そこで、ほかのご令嬢たちもカップを持ち上げて口をつけた。

「あら、これはまた不思議な味わいのお茶でございますこと」

「本当ですわ。わたくし、このようなお茶は初めてでございます」

口々に述べられた感想に、悪役令嬢っぽいご令嬢がちょっと自慢気に応えた。

「ええ、トゥーラン皇国から珍しいお茶が届きましたの。それでぜひ、みなさまに味わっていただこうと思い立ちましたのよ」

そうなんだよ、紅茶じゃないんだよ。

これって烏龍茶だよ。

なんか懐かしいっていうか、かなり嬉しい。こっちの世界にも烏龍茶があるんだ。そうだよね、紅茶と烏龍茶って、同じ茶葉を発酵の違いで分けてるんだって聞いたことあるし。

なんかほっこりしちゃった私の周りでは、ご令嬢たちの会話が続いている。

「まあ、デルヴァローゼ領は国境とは接しておられませんのに、よくこのような珍しいお茶を手に入れられましたことね」

「ええ、確かに我が家の領地は国境沿いではございませんけれど、フェルン街道が通っておりますでしょう？　おかげで、領都にはさまざまな品が運ばれてまいりますの」

やっぱりちょっと自慢気にそう言った悪役令嬢っぽいご令嬢は、そこでパッと私に視線を送ってきた。

「ゲルトルードさまのクルゼライヒ領でも、そうではございませんの？」

はい？

あの、そんな唐突に話題を振ってこられても。

私はやっぱり引きつりそうになる顔を、なんとか整えて答えた。

「そうですね、我が家の領地も国境とは接しておりませんが、領都は大きな宿場町となっておりますので、さまざまな品が入ってきていると思いますわ」

と、とりあえず、図書館で調べておいた我が家の領地に関する一般知識を並べておく。

だってしょうがないじゃん、私は生まれてこのかた、一度も領地へ行ったことがないし、領地に関して話してくれる人もいないんだから。お母さまも、結婚式を挙げるために一度行っただけだって言われてたし。

「そうですわね。クルゼライヒ領にも、フェルン街道は通っておりますものね」

悪役令嬢っぽいご令嬢はそう応えてから、今度はヒロインっぽいご令嬢に話しかけた。

「ドロテアさまのヴェルツェ領は、フェルン街道は通っておりませんでしたわよね？」

「ええ、残念ながら」

ヒロインっぽいご令嬢はにこやかに答えてる。

「ウォードの森がございますでしょう？　あの森を避けるように街道が折れておりますので」

「ええ、ウォードの森は我が家もかなり広く領有しておりますので、あの森の厄介さは身に染みておりますわ」

悪役令嬢っぽいご令嬢が、あごに指を添えてため息なんか吐いてくれちゃってる。

ウォードの森って、確かクルゼライヒ領にもかかってた気がするわ。複数の領地にまたがる、かなり大きな森だよね。

でも、森が厄介って、なんのことだろう？

意味がよくわからずおとなしく烏龍茶を味わってる私に、悪役令嬢っぽいご令嬢だけでなくヒロインっぽいご令嬢まで、なんか意味ありげにちらちらと視線を送ってくるのはナゼ？

うーん、この集まりの中で、私だけがみなさんとお話しするのは初めてのようなので、なんとか話題を振ろうとしてくれてるのかな？

でも、ごめんなさい、領地の話をしていただいても、私はまったく参加できません。本当に情けない話だけど、我が家の領地のことを私はなんにも知らないんだもの。

「ゲルトルードさまは、こちらのお茶はお気に召されましたかしら？」

うわ、やっぱりこの悪役令嬢っぽいご令嬢は、新参者の私をなんとか会話に参加させてあげようと思ってくれてるらしい。また話題を振られちゃったよ。

「ええ、とても美味しいですわ」

なんだか餃子食べたくなってきちゃったです。

とは、さすがに言えず、私はできるだけにこやかに答えておいた。

で、私がにっこりしていると、ほかの侯爵家のご令嬢が言い出した。

「わたくしもこちらのお茶を手に入れとうございますわ。デズデモーナさまはどちらの商会でお求めになりましたの？」

あ、そうだ、デズデモーナさまだ、デー◯ン閣下じゃなくて。

その悪役令嬢っぽいご令嬢デズデモーナさまは、少し困ったように首をかしげた。

「たいへん申し訳ございませんが、我が家の領地の商会を通しておりますので」

「まあ、そうでしたの。それは残念ですわ」

ええと、それぞれ領地ごとに商業ギルドがあるんだったっけ？

各領地の商業ギルドは、王都の商業ギルドとは完全に別の組織だって、クラウスから聞いた気がするわ。

じゃあ、領地の商業ギルドを通してじゃないと、その領地の商会とは取引できないってことなのかな？　でも、だからって他領からは購入できないとか、そういうことはないんじゃないかと思うんだけど……。

とか思ってたら、悪役令嬢っぽいデズデモーナさまがまた、私に話を振ってきた。

「そうですわね、けれどクルゼライヒ伯爵家でいらっしゃれば、我が家の領地の商会であってもご紹介できますわ」

へっ？

なんで我が家はOKなの？

きょとんとしちゃった私に、悪役令嬢っぽいデズデモーナさまはさらに言う。

「珍しい茶葉ですもの、伯爵家のご当主さまもご興味をお持ちではないかしら？」

え、あの、いや、いやいや、伯爵家のご当主さまって、あのゲス野郎だよね？

あのドケチが珍しい茶葉のためにお金を使うとか、ちょっと考えられないんですけど。あのゲス野郎、見た目を飾るためにはざばざばお金を使ってるようだけど、口に入れるものにかけるお金なんて最低限でいいと思ってると思う。

だから私は、ちょっと申し訳なさそうな感じで答えた。

「まあ、ありがとうございます。けれど残念ながら、我が家の当主は茶葉にはあまり興味がないようですの」

「あら、それは……」

悪役令嬢っぽいデズデモーナさまの口元が、ひくっと引きつった。

「でも、そのようなことはおっしゃらずに。我が家の当主もクルゼライヒ伯爵家であれば、ぜひお譲りしたいと申し上げると存じますわ」

え、えっと、あの、これってもしかして、侯爵家からのプレッシャーがきてる？

なんかよくわかんないけど、何がなんでも我が家はこの烏龍茶を買わないとダメってこと？　もしかして私がこの席に呼ばれたのって、烏龍茶を売りつけるため？

いや、でも、ごめんなさい、本当にあのゲス野郎は無理だと思うの。

そもそも、私からあのゲス野郎に何か買えとか、そんなこと言うだけ無駄だし。言ったら言ったでまた鞭で打たれちゃうのよ、私は。そりゃ、鞭で打たれたって私自身はもう痛くもかゆくもないけど、なけなしのドレスをボロボロにされちゃったら本当に困るの。

それに……いまは、ホントにちょっとしたことでもあのゲス野郎を刺激したくないのよ。

私がいまこうして学院に通えているのは、たぶんお母さまが……私をちゃんと入学させ、教科書や制服も全部買いそろえてくれるよう、お母さまがあのゲス野郎に要求してくれたからだと思うのよね。

でなきゃ、あのゲス野郎は平然と『長女は病に伏しており通学できる状態ではない』くらいのウソを並べ立てて、私をあのタウンハウスに閉じ込めたままにしてたと思う。

それを、お母さまがなんらかの方法で私を学院に送り出してくれて……ゲス野郎はお母さまの要求に対し何か交換条件を出したんじゃないかと思うのよ。このところお母さまが私と話す時間が持てなくなってるのは、そのせいじゃないかと心配してるんだけど。

だからね、私にはそういう理由があるから、侯爵家からのお達しであっても、ここはどうしても退(ひ)くわけにはいかないの。

「まあ、侯爵家のご当主さまにそのようにおっしゃっていただけるなど、恐れ多いことでございますわ。ただ、本当に申し訳ございませんが、我が家の当主はそちらに関してはもう、まったく興味がないものですから」

私はもうめちゃめちゃ頑張って笑顔を貼り付け、できるだけにこやかに応える。

でも、悪役令嬢っぽいデズデモーナさまのほうは、すでに笑顔を取り繕うことも止めちゃって、なんかちょっと本気で私をにらんできてるんですけど。

うう、まさか伯爵家が侯爵家からの申し出を断るだなんて思ってもいなかった、とかそういう感じだよね?

でも、無理なものは無理なの。そりゃ私自身は、烏龍茶が我が家でも飲めるなんてのは大歓迎だけど、こればっかりはどうしようもないのよ。

なんかもう、これ以上どう言えばいいのかわからなくて、笑顔を貼り付けたままイヤな汗をかいてる私に、悪役令嬢っぽいデズデモーナさまがさらに言ってきた。

「ご興味がなくていらっしゃるのだとしても、デルヴァローゼ侯爵家の当主がお声をかけていることを、ご当主さまにお伝えするだけでもお願いできませんこと?」

うわーん、悪役令嬢っぽいデズデモーナさま、美人なだけにその笑顔が怖いよー。

でも、本当に無理なものは無理なのよ。私にとっては死活問題なんだってば。

だから、やっぱり頑張って言うしかない。

「ええ、大変申し訳ございませんが」

私の引きつった笑顔を、悪役令嬢っぽいデズデモーナさまはものすごく不満たっぷりな表情を隠そうともせずににらみつけてきてるし、デズデモーナさまの両サイドに座っている侯爵家ご令嬢お二人はそろってなんだか意地悪そうな薄ら笑いを浮かべてる。

いやもう最初から詰んでるとは思ってたけど、完全に罰ゲーム状態なんですけど。

そのとき、私の横から、くすくすと笑い声が聞こえた。

「ゲルトルードさまって、おとなしげなかただと思っていたのですけれど……ずいぶんと強かなかたでいらしたのね」

って、いや、ヒロインっぽいご令嬢のドロテアさまが意味ありげな横目で私を見てくれちゃってます。

えっと、あの、明るく健気なヒロインってワケじゃなくて、その、もしかして名前だけでなく中身もドロ◯ジョ的なキャラでいらっしゃいます？

ヒロインっぽいご令嬢ドロテアさまは、その笑顔を悪役令嬢っぽいデズデモーナさまに向けた。

「デズデモーナさま、本日のところは、お退きになったほうがよろしいのではございませんこと？」

言われた悪役令嬢っぽいデズデモーナさまは、眉を寄せてヒロインっぽいドロテアさまをにらんじゃってる。ヒロインっぽいドロテアさまのほうは、にこやかな笑顔のまま見返し……あ、悪役令嬢っぽいデズデモーナさまが、プイっと視線を逸らした。

「デラマイヤさま、本日のお衣裳はどちらの商会でお求めになりましたの？　たいへんよくお似合いでございますわ」

いきなり悪役令嬢っぽいデズデモーナさまが、にこやかにほかの侯爵家のご令嬢に話しかけた。

ううう、もしかして私、逃げ切れた？

いや、となりに座ってるヒロインっぽいドロテアさまは、やっぱり意味ありげな含み笑いをしたまま、私に横目を送ってきてるんだけど。

で、それ以降、私は完無視されました。

いっさい、私に会話を振られることがありませんでした。

私は烏龍茶を美味しくいただき、あんまり美味しくなかったクッキーをもそもそといただき、お時間になったところで退散させていただきました。

ああもう、ナニがなんだったのか、さっぱりわかんないよ。

あの悪役令嬢っぽいデズデモーナさまは、いったい何が目的で私をお茶会に招待したの？　ホントに烏龍茶を、ピンポイントで我が家に売りつけたかったの？

それに、なんで子爵家のヒロインっぽいドロテアさまが参加してて、しかもなんだかヒロインっぽくない言動で私のことをおもしろがってたの？

ホントに、ホンットに、私にはさっぱり意味がわかりません！

とりあえず、しみじみと実感したのは、やっぱり私はお茶会に参加しないほうが無難だなってことだけだったわ……。

はあ、私の初めてのお茶会は、見事なまでに惨敗でした。

あとがき

　この『没落伯爵令嬢は家族を養いたい』をお手に取ってくださったみなさま、ありがとうございます。改めまして、作者のミコタにうと申します。

　ご承知の方も多いかとは思いますが、この作品は『小説家になろう』というＷＥＢ小説投稿サイトにて連載しております。投稿開始から一年で、このように書籍化し出版していただけたというのは、本当にあらゆる幸運が重なったのだろうと思っています。関係各位には感謝しかありません。

　いやー、でも本当に、いったいナニがどうなってこうなった？　っていう感じなのですよ。

　私も小説自体はぼちぼち書いてはいましたけれど、『小説家になろう』に投稿をしたのはこの『没落伯爵令嬢は家族を養いたい』が初めてでした。それが連載を始めたとたん、恐ろしい勢いでＰＶ（ページビュー）が伸び始め、二週間でさくっと百万を超えました。

　ちょっ、あの、ひゃくまんにんもの人がコレ読んでくれてるの？　いや、ＰＶと実際の読者数は違う？　それでも何万、何十万人って単位だよね？　えっと、あの、当初の私の計画、一日に百人読みにきてもらえば上出来、ホソボソかつダラダラと二年くらい書き続けていこう、っていうのはどうなったの？　と、作者本人が完全に白目になってしまいました。

　そして連載を始めて二か月足らずでＴＯブックス様から書籍化の打診をいただき、マジか、なんかおかしいだろ、なんか間違ってないか、と思いつつもどんどん話は進み、本当に書籍が出ちゃったよ、という状況だったりします。

本当にナニがウケてこうなったのか、作者自身がいまだによくわかっていません。

それでも、この作品の主人公ゲルトルードをはじめ、すべてのキャラクターたちが動き回ってくれている間はお話を書き続けよう、最後まで書き切ろうと思っています。

私は完全にキャラクター先行型なのですよね。ぼんやりと輪郭が現れたキャラクターに名前がついたとたん、一気に動き出してくれます。例えばアーティバルトなんか、イケメンで公爵さまの近侍っていう設定しかなかったのに、なんなのこの主人公食っちゃいそうな状態は、になっちゃってますし。

書き進めていくうちに、作者自身が「えっ、アレってこういうことだったの?」と驚きの展開になったりするので、本当に書いていて楽しいです。これから、あのキャラは実は○○だった、なんてエピソードがいろいろと出てきますよ〜。


しかしなんというか、香月美夜先生の『本好きの下剋上〜司書になるためには手段を選んでいられません〜』を読んだことをきっかけに『小説家になろう』に足を踏み入れ、自分でも作品を投稿したところ、TOブックス様に拾っていただき今日に至ることには、不思議なご縁を感じずにいられません。

拙作『没落伯爵令嬢は家族を養いたい』は、その『小説家になろう』のテンプレート通りの転生令嬢モノでありながら、主人公はちっともチートじゃないし、恋愛展開なんかいまのところこれっぽっちもないという状態ではありますが(そのうち恋愛要素も出てくる……はず!)、読者のみなさまにはこれからもぜひ楽しんでいただけることを願っております。

コミカライズ決定記念！

しろ46先生による
キャラクターデザイン
大公開！

しろ46先生からの
コメント

「没落伯爵令嬢は家族を養いたい」
書籍化おめでとうございます！
ルーディの母と妹を想う気持ちを
原動力にしたたくましい行動力と、
その周りに集まる人たちの楽しい
様子をコミカライズでもお届け
できるように頑張りたいと
思います！

漫画　しろ46　　原作　ミコタにう　キャラクター原案　椎名咲月

ゲルトルード

「お母さまとアデルリーナを養っていくくらい、私がなんとかしてみせるわよ！」

年齢	16歳
身長	150cmほど
好きなもの	お母さまと妹の笑顔
苦手なもの	貴族の常識
特技	固有魔力による怪力・イケメン耐性

コーデリアお母さま
「ルーディ、貴女がわたくしの娘であることを誇りに思います」
アデルリーナ
「ルーディお姉さま、今日のおやつはりんごのパイなのですって！」

エクシュタイン公爵
「私は、きみの後見人になる用意がある」
コミカライズ
好評
連載中！

次巻予告
お姉さま
だれと婚約
するの…？
僕は
どうかな？
コミックス第1巻 好評発売中！
［漫画］しろ46
ミコタにう ill. 椎名咲月
没落伯爵令嬢は家族を養いたい
The Daughter of a downfall Earl
Wants to Support Her Family
4

栗拾いイベント
楽しいお茶会に
どうしましょう
お母さま・・・
王妃さまが飛び入り参加!?
目新しいアイデアで、注目を集めるゲルトルード。
家族を守るためにも、婚約者を決めなきゃいけないと言われ——？
2024年7月20日発売!

TOブックス
コミカライズ
連載最新話が
読める!!!!
「本好きの下剋上」をはじめとする
TVアニメ化作品盛りだくさん!!